JN110988

岬《はな》

下巻

まつはじめ

幻冬舎MC

岬《はな》

下巻

岬　下巻／目次

第1章　債権者集会

そんなこと、どうでもよい　005
債権者集会　015
グループ再編成と再生会議　058
債権者個別挨拶　075
会長の死　088
友達ってありがたい　118

第2章　アルミ鋳物工場とゴルフ場経営

売上激減　140
会社存亡の危機　170
生産改革　196

横領事件 231
コース改造 290
スリランカ出張 304
東京三友銀行の融資 323
なぜ、コースの改造に取り組むのだ 350
加瀬の死 372
激励会 398

第3章 事業の拡大

小場、スリランカに行く 419
経営会議 1 449
経営会議 2 455
東京三友銀行 463
経営会議 3 473
経営会議 4 479

主な登場人物

松葉　哲造　松葉工業株式会社社長、後に会長　大学を卒業後アルミの会社での修業を経て、松葉工業に入社、アルミサッシの加工販売を始める。しかし製品加工販売に独自性が見出せないことに失望、当時不採算部門であった鉄鋳物の製造をアルミ鋳物の製造に転換、全国版企業を目指し、事業を拡大するが、バブル崩壊時の金融改革の荒波に揉まれ、塗炭の苦しみの中で、再起を期す。

仙田　守英　松葉工業株式会社専務取締役　外国語大学を卒業後、大手商社に入社、長い海外駐在を経て、本社国際部長を最後に、松葉工業に三顧の礼をもって迎えられた。松葉のよき助言者でもあり、社員のよき指導者でもある。

竹之下忠雄　松葉工業株式会社常務取締役　中卒ながら情熱と正義感で常務まで上り詰める。滅私奉公を地で生きてきた部下を叱り切れる仕事師。

野津　靖義　ひむか銀行調査役　自行の損得の前に、再建を図ろうとする松葉に生き残りを懸ける厳しさを説く稀有な男。

松葉　一郎　松葉工業株式会社　3代目社長、入社と同時に資金繰りの厳しさに七転八倒する。

西　重孝　大学を卒業と同時に松葉工業株式会社に入社、若くして工場長に就任、生産本部長の後に常務取締役に就任、獅子奮迅の如く再生に立ち向かう。

船山　剛　松葉工業株式会社　本社工場長　再生初期の立役者。

谷川　彦一　母智丘カントリークラブ　グリーンキーパー　先代の教えを忠実に守り通した男。

下田　和良　自分を時間で切り売りしない仕事の虫。仕事完遂のためには部下を蹴倒してもやり抜く情熱の男。

小場　献　大手企業の赤字子会社を数年で立て直した敏腕社長　スリランカに魅されてスリランカに赴き、スリランカ工場で現地語を操り縦横無尽の活躍。

外村紀実雄　鹿児島第一銀行から松葉工業に出向、関東工場の財務を取り仕切るが、途中放棄。

佐久　智広　松葉工業株式会社経理部長　虫も殺さぬ顔をして、と揶揄された男。

第1章　債権者集会

そんなこと、どうでもよい

再生に向けて、「やるぞ！」と、気勢を上げているみんなの声が、今日も怒涛の如く松葉の耳に押し寄せて来る。

ありがたい。何とお前は幸せな男だ！　という声も聞こえてくる。

松葉は、静かに目を閉じた。

まだ、あの熱気が松葉の体に籠っているかのように、体が火照っている。

ありがたい、何としても再生し、再建を果たし、恩返しをしなければならない。

しかし、果たして松葉にそれは可能なことなのか。一抹の不安が松葉の頭をよぎる。

誰にも相談できない。松葉は、一人逡巡した。

今にも、松葉はその重圧に押し潰されそうだ。

それに耐えかねて、全てを投げ出したい、という衝動にも駆られる。

松葉に、その責務を果たせる力が残されているだろうか。

そんなこと、どうでもいい！

やると決めたのは、他ならぬ松葉自身だろう。何をこの期に及んで、言っているのだ。

そんなこと、どうでもいい！

松葉の心に潜むもう一人の松葉が、怒鳴っている。

分かったよ。そうだな。行くしかないな。

今、松葉は切り立った峰の稜線を、一人で歩き始めた。

しかも、その細道は誰も通ったことのない未開の道だ。

後ろから来た人が、道を譲れ、と言ったらどうしよう。

右も左も絶壁だ。逃げ場がない。そこに伏して、自分の上を歩かせる他ない。

屈辱的だ。とても我慢できない。そんな辱めを受けるぐらいなら、いっそのこと、「岬」から身を投じた方がましだ。

そうだ！　そうしよう。

息をのむ間もない。松葉は奈落の底へと吸い込まれて行った。
そこは、見渡す限りのお花畑だった。遠くから松葉を呼ぶ声がする。
おーい、と手を振って早く来い、と叫んでいるようだ。
松葉は、一目散に駆け出した。
しかし、足が思うように動かない。もんどりうって倒れて、目が覚めた。
おや？　夢だったか。松葉は、胸に手を当てホッとした。
松葉の気持ちが夢になって現れたのか。
そんなことでは駄目だ！　松葉は自分のひ弱さを思い知った。
聞いたことがあるだろう。死んだつもりでやれば、やれないものは何もない、と。
分かった、そうだ。分かったよ。やるから、やるからと松葉は呟いた。
そして、松葉は自分を奮い立たせるように叫んだ。
「絶対やるぞ。絶対逃げたりなんかしないぞ！」
松葉は、覚悟を決めて歩き始めた。
あの熱気に包まれた社員集会の翌日も、松葉は今まで通り７時に会社に行った。

誰もまだ来ていない。

門扉の前に車を停めて、鍵の掛かった鎖を外し、横引きの門扉を両手で押した。重い。車輪が錆び付いているようだ。門扉の端を持って力一杯押した。まずい、今度は握った鉄のパイプが錆びていて如何にも折れそうだ。

松葉は、反対側の端から引っ張った。

何とか門扉を開けることができた。

毎朝、開門している島田に苦労を掛けていたな、すまなかったなぁ、と島田の顔を思い浮かべた。島田は、年を取って朝が早くなったと進んで開門役を買って出ていた。島田って、本当に気のいい奴だ、今まで何の文句も言わなかった。

彼は、若くして奥さんを亡くし、二人の子供を育て上げ、今は一人で生活していた。朝食はいつも取っているのだろうか。

まだ、誰も来ない。

果たして、社員のみんなは来てくれるだろうか、誰も来なかったらどうしよう、そんな不安の中で、松葉は玄関のシャッターを開けた。

シャッターが開いたのを見計らったかのように、1台の車が玄関の前で停まった。

玄関ドアのガラス越しに何か用かな、と覗いた松葉の視線を感じたのか、その車は慌てて走り去った。

どうやら様子を窺っていたみたいだ。

専務の仙田がやって来た。

仙田の顔を見るなり、松葉は言った。

「専務、すみません。心配を掛けます」

いつものように大きな声で「おはようございます」とは言えなかった。

「社長、何をおっしゃいますか、心配なんかしていませんよ。これからです。これからですよ」

仙田は、自分に言い含めるように言った。

「そうですか、専務にそう言われると私も気が楽になります」

「社長、私なんかの気苦労は大したことではありませんよ。矢面に立たされてきた社長に比べれば苦労のうちに入りません。社長！　頑張ります。私にも頑張らせて下さい」

「ありがとうございます。専務のその言葉を聞いて、ますます元気をもらいました。面目ない、申し訳ない、恥ずかしいなんて言っておれませんね」

「そうですよ、社長。わが社の民事再生は原因がはっきりしています。巷の倒産とは全く違います。市場が縮小して売上が落ち込んだ訳でもない、市場が混乱し価格競争に陥った訳でもない、クレームを出して市場からボイコットされた訳でもない、まして社長が資金を流用して株や不動産に手を出した訳でもない」

「しかし、だからといって許される訳でもないし……」

と松葉が言っていた時、通用口の方で竹之下の大きな声がした。

「常務、何を怒鳴っているのだ」

「誰がこんなに早く玄関のシャッターを開けたのだ、と言ったのです。債権者が押し寄せたらどうするのだ、と言いました」

「実は俺が開けたのだよ」

「エッ、社長ですか。開けると早朝から債権者が押し寄せて来て、たいへんでしょう」

「多くの債権者が押し掛けるかもしれない。先ほども玄関の前に車を停めて、様子を窺っていた者がいた」

「そうですか！　もう来ましたか」

「様子見に来たと思うよ。野次馬根性っていう奴だな。来てもいいのだよ。来たらちゃんと応対し、説明すればいい。破産した訳ではない。逃げたり隠れたりすることはない。これから事業を継続していくと決めたのだ。シャッターを開けたということは事業を継続します、という意思表示なのだよ」

松葉がそう言うと、恐怖を隠し怒りに変えていた竹之下の形相《ぎょうそう》が、見る見るうちに、いつもの仕事師の顔に変わっていった。

「そうですね。継続の意思表示ですね。分かりました」

それを聞いていた仙田が、ちょっと、と言って松葉に耳打ちした。

「社長、今の話を朝礼でみんなにされたらどうですか」

松葉は、「そうですね」と応えて、朝礼に臨んだ。

先ず松葉は、改めて社員に詫び、そして事業の継続を告げ、今日この日から営業を行うことを宣言し、みんなの協力を求めた。

「今日もシャッターを開けました。シャッターを開けたということは、『松葉工業はこれからも仕事を続けて行きます』という意思表示なのです。多くの債権者が来るかもしれない、決して恐れることはありません。債権者とちゃんと向き合って話をさせて頂いたらいい。お出でになった全ての債権者を私のところに案内して下さい。先ずは、お詫び申し上げて、ここに至った経緯については、後日債権者集会で説明させて頂くとしても簡単にでもご説明させて頂きたいと思っています。そこで、私は同意を求めたりはしません。淡々と事情説明に終わらせてもらおうと思っています。今後のことについては、債権者集会でご承認を頂いてから、お願いしていくつもりです。

先般、債権者集会で再生について債権者の賛同が得られるだろうか、について専務と話し合いました。専務も、賛同は間違いなく得られます、と断言しました。

その理由は、事ここに及んだ原因がはっきりしているからということです。皆さんもご承知の通り、関東工場の設備メーカーの倒産による操業遅延、そして遅れて動き出した設備に不具合が発生し計画通りの生産ができなかったことに対し、銀行が過剰に反応し、契約通りの融資を中止しました。バブルが弾けたからといって売上が落ちた訳ではない、バブルに浮かれ、株や不動産投資などに資金が流れた訳でもない、既に銀行が差し向けた監査法人の調査で明らかで、調査書をもって説明すれば何らの問題もない。私どもの事業そのものにも何ら問題はありません。皆さん、安心して今まで通りの仕事を続けて下さい。

皆さんの前で宣言します。松葉工業は必ず復活します。皆さんがいるから復活します。一致団結して乗り切っていきましょう」

松葉は、淀みなく訴えるようにして話した。

松葉の挨拶が終わると、竹之下が前に出てきてピョコンと頭を下げた。

「先ほどシャッターを閉めろと言いましたが、今の社長の話を聞いてよく分かりました。社長の松葉工業を再生させるのだという決意がひしひしと伝わってきました。みんな頑張ろう。社長についていけば間違いがない。いいかみんな、わが社は潰れたのではない、破産した訳でもない。これから頑張って今まで以上の会社にしていきましょう。再生なった暁には、私は会社を辞めます。覚悟して頑張ります」

熱血漢の竹之下が、最後はいつものように熱っぽく語った。

朝礼が終わると、社長室で仙田が竹之下に詰問するようにして言った。

「何で君は辞めると言ったのだ」

「いや、辞めるつもりで頑張ります、と言ったつもりです。覚悟のほどを言ったつもりですが……」

「いや、誤解を受けるな。浮足立っている者もいるように思った。社長の話されているのを聞いている者の3分の1は下を見たままだった。どうせ常務は辞めるのだ。早いうちに俺たちも辞めよう、と思うようになるよ」

「俺も辞めるという言葉は聞きたくなかったなぁ。残念だった」

松葉も同意するように言った。

すると、仙田は竹之下の考えが足りないと言わんばかりに厳しい口調で言った。

「辞める、はここでは禁句だよ。みんなで一致団結していこうという時に。民事再生の新聞記事が出た日の集会で、『おい！　やるぞ』と、拳を突き出して船山工場長が叫んだよな。あれだよ！　あれ。工場はあれで一遍にまとまったよ」

「すみません、以後気を付けます。機会を見ては、俺は辞めない、と言います」とピョコンと頭を下げた。

「それでいい、そうしてくれ」

松葉は、竹之下を慰めるように言った。「言い訳を言わない、素直なところは竹之下の良いところだ」と付け加えた。そして仙田に話し掛けた。

「専務が言いましたように3分の1は、本当に下を見たままでしたね。多分辞める方向に傾いているのでしょう。3分の1は目がランランと輝いていました。彼らが、今後の松葉工業の担い手となってくれるでしょう。殆ど社歴の長いものでした。あとの3分の1は、空に見入ってまどろんでいるようでした。また、虚ろな目つきでぼんやりと前を見ているだけの者もいましたね。将来を自分では決め切れない者たちですね。誰かが一緒になって考えてあげなければならないと思います」

松葉は、そう言いながら部署によって相当温度差がありそうだと感じた。

「彼らの相談に乗ってあげるのが、社長、私たちの仕事です。任せて下さい」

と仙田が心強いことを言った。

債権者集会

松葉は、債権者集会に向けての準備を専務の仙田と進めることにした。

「専務、準備のためのスタッフを2名ほど指名しましょうか」

「社長、うちの社員では無理だと思います。怯えて、頭が混乱しているようです。社員集会の翌日の朝、本社の玄関のシャッターを閉めろ、と常務が言ったのを聞いた社長は、シャッターを閉めるな、とおっしゃいましたよね」

「そうです。言いました」

「その時、常務は怯えた顔をして、こう言いました。『債権者が押し寄せると収拾がつかなくなります』と」

「確かに、そう言いましたね」

「常務からして、こうですから、みんな、今後のことが不安で、仕事も手につかないと思います。まして、債権者集会の準備などできそうにないと思います」

「そうですね。そうでしょう。さてどうしますか」

「弁護士事務所に相談されたらどうでしょう」

「そうしましょうか。それでは、これから専務と一緒に行きましょうか。弁護士のアポを取って下さい」

「分かりました。急ぎましょう。ここから電話を入れます」

仙田は、社長の机の電話を取ってアポを取った。

幸い、〝昼一番に会える〟という。

二人は、早い昼食をすませ、今藤弁護士事務所に向かった。

弁護士に会った松葉と仙田は、会社の事情を説明して、〝債権者集会の準備をお願いできないか〟と相談したところ、弁護士は笑いながら、

「我々でやると高く付きますよ。集会に必要な書類の一覧を準備しましょう。和議のひな型がありますので、それを参考にされますか。あとでファックスしておきますよ」

「ありがとうございます。ところで、先般、伺った債務免除率の件ですが、いくらぐらい考えておけばよろしいでしょうか」

「和議の場合は、50％ぐらいでしたね」

「そうですか……そんな免除率では、とても返済できないと思います」

「民事再生法の根幹は、事業を継続させることですから、債権者集会で過半数を得られれば問題はありませんが、それでも60％まででしょう」

「先生、詳細の資金繰りを出してみなければ分かりませんが、80％でも無理だと思います。

「それでは債権者が納得しないでしょう」

するとと、仙田が、

「債権者が納得しない、と言われても現実問題としてそんな免除率では無理です」

と手を横に振りながら、訴えるようにして言った。

「先生、私もとてもできないと思います。何とかもっと免除率を上げるにはどうすれば良いか、ご指導頂けませんか」

「指導も何も、債権者次第ですからね」

これでは、押し問答になってしまうと思った松葉は、

「先生、分かりました。一度持ち帰って資金繰り表を作ってみます」

そう言って、事務所を辞した。

車に乗り込むとすぐ、仙田が話し出した。

「社長、免除率のことですけど、弁護士は和議の経験則からきての話ですね。計数的に考えてもらうと、ご理解頂けると思うのですが。債務高が40億でしょう。80％の免除をお願いしたとしますね、すると20％を返済していかなければなりません。弁済額は8億ということになります。それを10年で弁済するとすれば、毎年8千万円ですよ。所得税をはじめ諸々の経費を考えると毎年1億6千万は利益を出していかなければいけませんよ。とてもできっこないですよ」

「和議では、50％ほどの免除でやっていけたのですかね」

「とてもやっていけなかったでしょう。結局、途中で手を上げ、タダ同然で身売りでしょう」

「そうでしょうね。できそうもない弁済計画を立てても意味のないことですよね。どうし

て可能なことから進めようとされないのですかね」

「計数的な観念が薄いのではないですか。所詮、弁護士には再生が成功しようが、失敗しようが、あまり関係のないことですよ。弁護士は報酬が入ればそれでＯＫです。弁護士も商売ですから」

「えらい、専務はクールですね」

「以前の会社で、そんな弁護士を何人も見てきましたから」

「弁護士というのは、弱きを助け強きを挫く、正義の味方ではないのですか」

「社長、甘い、甘い。そんな弁護士は、人権派のごく限られた一握りの人たちだけですよ。みんな金儲けのためにやっているのですから。そうは言っても、今藤先生は良い方の弁護士だとは思います」

「そんなものですか。現実は厳しいですね」

「取り敢えず、私が佐久と一緒に資金繰り表を作ってみましょう。今までのようには行かないと思いますが」

「そうですね。今までのようには行かないでしょう。叩き台で良いですよ。それを基に一緒に考えましょう」

翌日、経理部長の佐久が作って専務が手直ししたという資金繰り表を前に、先ず、基礎数字となる売上高を検討することにした。

「ゼロからのスタートですからね」

竹之下が呟いた。

「いや、違う。マイナスからのスタートだ」

仙田が、考えが浅いとばかりに打ち消した。

「そうですね。信用は全くなくなってしまったでしょうから。マイナスからのスタートであることは間違いないですね。そのマイナスがどれほどのものか。専務はどれぐらい落ち込むと思いますか」

松葉は改めて仙田に聞いた。

「正直のところ、どれくらいか、残念ながら具体的な数字となると非常に難しいですね」

「そうですね。佐久の数字は今までの数字が基になっているでしょう。現実の数字となるとマイナスのスタートでの数字を出さなければなりませんので難しいですね。得意先の中にはわが社から離れていくところもあるでしょうから」

「そうだと思います。1軒、1軒当たってみる必要がありますね」

「私がお詫びを兼ねてお願いに回ることにしましょう」

「いや、社長に回ってもらっても本音は出てこないでしょう。また、社長にはそんな時間はないでしょう」

「そうですね。しかし、昔からお世話になったところだけでもお詫びに行っておきたいですね」

「社長のお気持ちは分かりますが、全お得意先を回るなどということはとてもできないでしょう。物理的に無理でしょう。あそこに行ったらしいが、俺のところには来なかった、となると余計ややこしくなりますよ」

「それもそうですね」

そう言いながらも、松葉の気持ちはすっきりしない。が、そうするしか仕方がないか……。

「社長、ここは時間もありませんので、私が営業部長と一緒になって担当者に１軒、１軒ヒヤリングしてみましょう。引き続きお取引頂くか確認してから、売上額を出すようにしましょうか」

「そうですね。担当者の営業の深耕度によっては他社に代わってしまうところもあるかもしれませんね」

　翌日、仙田から報告があった。

「うちの担当していた山下は会社を辞めるそうだな。彼がいないなら、わが社は松葉工業との取引をやめる、と言ったところが2軒ある、とそんな話が出ました」

　このお客は、〝会社ではなく営業担当者に付いていたお客なんだなぁ〟と松葉は寂しさを禁じ得なかったが、そんなことはおくびにも出さず応えた。

「そうですか。しかし、思ったより他社に乗り換えるところが少なくホッとしました。売上額はどうなりましたか」

「相当シビアにしたつもりです。営業部長もこの数字なら毎月クリアーできますと言っていました」

「その売上の利益から再生債務の弁済額を捻出しなければなりませんから……。売上目標達成と返済額確保の両にらみでいかなければならないけど大丈夫かな」

　専務が頭を悩ましながら捻り出した売上額に対して、松葉は不安を口に出してしまった。

　しかし、仙田は松葉の不安にはお構いなしに断言するように言った。

「再生債務が20％ならいけると思います」

「よし、分かりました。弁護士に80%の債務免除を債権者にお願いすることを私から伝えます。専務、それでは常務も交えて、その売上額を基礎数字に、再生計画を組んでみて下さい」

「分かりました。夕方までにはその作業を終えて、提出します」

松葉は、すぐさま今藤弁護士にアポを入れた。

午前中、30分ぐらいなら良いという約束をもらって、宮崎の弁護士事務所に向かった。

松葉は、挨拶もそこそこに免除率を80%で債権者にお願いするつもりだと弁護士に言った。

すると弁護士は、

「80%ですか。債権者集会で決まることですが、私は60%でも債権者の過半数の賛成は得られないと思います。無理でしょう」

言葉は丁寧だが、話の内容は厳しいものだった。

「先生、それ以上だと経営そのものが成り立たないように思います」

「債権者集会で過半数の同意が得られない場合は破産に移行することになりますよ。それでもいいですか」

「先生、免除率を下げて途中で頓挫した場合でも、破産ということになってしまうのでしょう。一緒ではないですか」

「もし途中で再生計画通りいかない場合は、もう一度民事再生手続きを申請することだってできますよ」

「先生、そんなことをしたら、もう誰も信用してくれなくなるのではないのですか。今回は主要な仕入先の協力は得られていますが、2回も申請するということになると材料も売ってくれなくなってしまうのではないかと心配です」

「なるほど、しかし今回の債権者集会での過半数が得られなければ一歩も先に進めないですよ」

「それはそうでしょうが、先生、20％で過半数の賛成を得られる方法はないですか」

「先生」「先生」と藁にもすがる気持ちで〝20％の免除率で過半数を得られることはできないか〟とお願いしたが、どうやら無理なようだと悟った松葉はここで腹を括らざるを得ないと覚悟した。

松葉は帰社して、仙田に弁護士とのやり取りの一部始終を話し、「先ずは民事再生の申請を通すことだ」と言われたと言うと、仙田は、

「民事再生がうまく行かなくなったので再度申請し直します、などと言っても債権者は納得しないでしょう。特に鹿児島第一銀行はそうでしょう。それ相応の理由がないと受け入れられないと思います」

「そうでしょうね。私もそう思います。専務、覚悟を決めましょう。20％で過半数の賛同が得られない場合は破産です」

「社長、会長に相談されなくて良いですか」

「会長は知らない方が良いと思います。会長に責任が及ぶことは避けたいと思います。現に会長は、鹿児島第一銀行の頭取に自分は今回の事態を招いた関東工場の事業について何も知らされていない、融資契約についても何も知らない。全くあずかり知らぬことだと言っていましたから。また事実、そうですから、敢えて言うのは避けましょう」

「鹿児島第一銀行って、今更何を言い出すのでしょうね。今まで、会長には何も言わないでおいて、こんな事態になったからと、会長の追加保証を求めるなんて何を考えているのでしょうか。自行の審査能力の乏しさを言っているようなものだと分からないのでしょうかね。鹿児島第一銀行から出向してきた外村が言った、と社長から聞いたことがありましたが、『こんなに悪くなるとは思いもしませんでした』と。こんなに悪くなる？　こんなに？

どこが？　こんなことってよくあることだ！　いつも凪の日ばかりあるか！　私はその時カチーンときました。何を言っているのだ、事態の急変にどう対応するかも金を扱う者の仕事だろう。何も責任は感じないのか。誰かがテレビで言っていましたが、〝貸した側にも責任があるのではないか〟と」

仙田の怒りも収まりそうもない。

「専務、私も腸が煮えくり返るほど腹が立ちます。今の日本人というのは、自分の言ったことに責任を取らない、取らないどころか感じることさえない。責任回避ばかり考えていますす」

と、竹之下も怒っている。

「日頃から、社会貢献、地域振興を錦の御旗に掲げ、地域の発展を吟じて憚らない地方銀行が、自らそれを放棄していることに気付いていないのか、知っていて、都合の悪い時だけ知らない振りしているのか。それこそ自分に恥ずかしくないのですかね。全く滑稽と言わざるを得ませんね。地域のリーダーたるべきバンカーが将にサラ金に成り下がったという図そのものです」

仙田は、鹿児島第一銀行に対する失望を隠そうとはしなかった。

ことこの場に及んで会長に相談はできない。会長を窮地に追い込むだけにしかならない。もう既に事態は動き出しているのだから。相談することはやめ、債権者集会に諮った結果を会長に報告することにとどめた。

「専務、20％で行きましょう。過半数を得られなければ破産ですね」

「できない再生計画を出して、その場を凌いでみても意味のないことですね。やむを得ません」

免除率20％で債権者集会に臨む前に、金融機関への説明会を開くことにした。金融機関だけでも事前に再生計画を説明し、事前に概要を知ってもらっておいた方が良いという判断からだ。

先ず、専務より再生計画を説明し、各行の意見を聞くことにした。

しかし、集まった担当者からは何の質問も出なかった。相当厳しい対応を迫られるのではないかと、松葉は身構えて出席したが拍子抜けした。

協調融資の幹事行でメイン銀行である鹿児島第一銀行から何らかの経過説明でもあるのではないか、と思ったが何もなかった。

また、鹿児島第一銀行に対しての質問もなかった。

金融業界の不文律でもあるのだろうか。協調融資の音頭を取った幹事行である鹿児島第一銀行に対し聞いておきたいことってないのだろうか。

銃口を突き付け、問答無用とばかり引金を引いた協調融資の幹事行であるメイン銀行に対して説明すら求めようとしない。被害者意識の点で思いは一緒なのか、別途協調融資行6行が集まって協議済みのことなのか。金融機関は全て十分担保は取ってある、たとえ担保に満たない債権が民事再生債権となってもそんな大きな額にはならない、との判断からだろうか。

しかし、鹿児島第一銀行を除く他の銀行とは初めての取引だった。関東工場の土地、建物のみの担保だ。競売価格は相当下回る筈だ。十分カバーできるとは思えない。鹿児島第一銀行の担保の総額を知っているのだろうか。もし、知っていたらとても看過できることではないだろう。

また担保提供物件を再生事業のために使用する場合は個別に別途協定を結ぶことに民事再生法では定められているので、そこで協議すればよい、と考えてのことだろうか。

再生計画について特段の意見も聞かれないまま、松葉工業側の説明だけに終わった。

翌日、ひむか銀行の担当者の野津より電話が松葉にあった。

「できたら今日来て欲しい」

松葉は、何ごとかとひむか銀行の本店に急いだ。

野津は、開口一番、

「社長、あの計画では無理ですよ」

のっけからそう言われて、驚く松葉を無視するかのように、野津は続けて言った。

「80％の免除ではとてもやってはいけませんよ。破産は目に見えています。民事再生を申請したということは、あなたは再生させなければならない、という責務を負ったことになるのですよ。本当にこの免除率でやっていけますか。自信はおありですか。和議を申請した多くの会社が破産へと追い込まれてきたのを見てきました。民事再生法は、和議の改善された法律だと聞いています。債務者にとって使い勝手が良くなったとも聞いています。申請会社の固有の技術を離散させずに蘇らせる、事業を再生させることに重きを置いた法律です。つまらない遠慮はいりません。今、会社を存続させ、再生させることが、社長！それが社長のお仕事です。免除率をもっと上げて再建を急がれることです。わが行の顧問弁護士に会ってみられませんか。先生も私と同じ意見だと思います。さぁ、行きましょう」

野津は、松葉を急き立てるようにして立ち上がった。

〝エッ、弁護士のところに今から行くのですか、わが社の顧問弁護士と打合せして決めたのですけど……。もう、いいです、覚悟はできています。今更、計画の見直しは無理です、20%でも過半数の同意は得られないと言っていたわが社の顧問弁護士に、ひむか銀行から言われました、もっと免除率を上げます〟などとはとても言えない。

もう会社の方針は決まっています、と言って断りたかったが、しかしそれも言い出せなかった。野津の言葉に真剣さが溢れ、松葉工業の行く末を危惧しているのが松葉にひしひしと伝わってきたからだ。

ひむか銀行との取引は、この協調融資が初めてだった。取引当初から迷惑を掛けているのにこの人は、どうしてこれほどまでに真剣なのだろう？　松葉工業を再建させてどうしようと考えているのだろうか。何か松葉の考えの及ばないところで何かを画策しようとしているのか。

しかし、野津の澄み切った目はそんな疑念を微塵も感じさせなかった。

この人は、真剣に松葉工業の再建を考えていてくれそうだ。

松葉工業の再生を願っている人がここにもいる、と思った瞬間、松葉の体に一筋の光明が射し込んで来たのを感じた。

松葉工業の民事再生申立の記事が、地元紙の1面のトップに出た時、悲嘆に暮れ、痛哭しながら「岬」に向かう松葉に向かって中学の恩師が言った、「捨てる神あれば、拾う神あり」と。

またまた現れた、拾う神様が！　しかも、しかも銀行の中から……。

刀折れ矢尽き、折れた槍にすがりつき、立ち上がろうとしている松葉を、野津は馬上から手を差し伸べ、すくい上げ、そして鞭を入れた。

馬は一目散に走り出した。

松葉は、野津の背中にしがみつき確信した。よし、この人は再建を真剣に考えてくれている人だと。

県庁の裏手にある弁護士事務所に着いた。

そこは大きな木造の住まいを改造した事務所だった。先客がいたので、奥の客間に通された。

縁側のガラス戸越しに手入れの行き届いた苔むした庭が見えた。庭木が少々歪んで見える。大正時代のガラスではないか。由緒ある家柄の家であることが窺い知れた。

ほどなくして弁護士が現れた。

「まあ、まあ、足を崩して下さい」

と、弁護士はニコニコしながら二人の緊張を解きほぐすかのように言った。

「野津さんから、昨夜電話で聞きました。松葉さんたいへんでしたね。松葉さん、少々頑張り過ぎましたね。うむ、急ぎ過ぎたかな」

弁護士は、松葉工業のことをご存じなのだろうか。松葉を昔から知っているかのように穏やかに問い掛けるように話し出した。

野津は、正座をしたまま両手を膝に置いて、睨み付けているかのように弁護士の顔を見ている。

野津の緊張が隣に座っている松葉にも伝わってくる。それもその筈だ。この弁護士先生は県の法曹界にあって大御所と呼ばれている方だった。

「松葉さん、俺がやって見せる、再建して見せると思っておられるかもしれませんが、無理はなされない方が良い、気負い過ぎてはいけませんよ。あとで苦しむより野津さんの言われるようにされた方が良いと私も思います。債権者の方々に丁寧に説明し、お願いされたら必ず過半数以上、いや殆どの会社が松葉さんを応援してくれます」

弁護士の言葉はやさしかったが、断定的で、そして半ば命令するかのような重々しい口調は松葉の返事を待ってはいなかった。

野津の再建に対する強い思い、そして弁護士の慈愛溢れる言葉に、帰りの車の中で、感謝の涙がとめどもなく松葉の頬を伝って流れ落ちた。

会社に帰った松葉は、専務の仙田と常務の竹之下を呼んで、野津とひむか銀行の顧問弁護士に会って来たことを話すと、仙田がホッとした顔をして松葉に向かって言った。

「社長、良い人に巡り合われましたね。良かったですね。その弁護士は、相当松葉工業のことをご存じですね。そうでなければ弁護士がそれほどまでに言われることはないでしょう。どうして松葉工業のことをご存じだったのでしょう？」

「どこで聞かれたのでしょうね。そう言えば、この前裁判所から依頼があったと言って公認会計士の方が調査に見えましたね」

「来られました。三日ほど帳面を見られたそうですが」

「どうして公認会計士の方が見えたのでしょうか」

「さぁ、債権者集会の前に債務額の確定のためでしょうか」

「もし、そうだったら税理士でも良かった筈だし、むしろ税理士の方が適任だったでしょう。しかし、公認会計士がやって来た。公認会計士でなくてはならなかったのにはその理由があった筈です。公認会計士は公明正大な経営がなされていたかの調査ではなかったでしょうか。会社の金の流失はなかったか、などですね」

「金の流失とは何ですか」

「本業以外のことに金が流れていなかったか、ということだ。使途不明金や不明瞭な金の動きなどの調査ではなかったか。また、闇金との取引はなかったかも調査したと思うよ。接待交際費などは詳細に見たかもしれないな。交際費の中に思わぬ悪事が隠されていることがあるからな」

「その公認会計士の調査の内容をその弁護士は聞いていたということでしょうか」

「詳細については、ともかくとしてイエス、ノーのレベルでの話はあったのではないですか」

「なるほど、弁護士も何か確証がなければ言えませんからね。そうでしょう」

「というような訳で、免除率を90％に上げようと思っていますが、何か意見はないですか」

と、松葉が言うと、二人は顔を見合わせにっこり微笑んで言った。

「それだったら助かりますね。必ず再建はできます。なぁ、常務」

「いや！　ありがたいですね。まるで蜘蛛の糸がするすると降りてきたような話ですね」

「常務、『蜘蛛の糸』を読んだことがあるのか」

仙田が茶化すかのように聞くと、常務は真顔で、

「祖母が信心深い人で、読んでみたら、と言われて読みました」

「そうか、おばあさんはきっと立派な方だったたな。常務もその血を引いて思いやりがあるよな」

竹之下は、頭を掻いてはにかんだ。

「常務、その糸に繋がってくる人のためにも、その糸を切られないように『恕《じょ》のこころ』を持ってみんなで力を合わせて頑張ろう」

「恕のこころ？　ですか」

「そうだ、『恕のこころ』だ。自分だけが良ければ良い、という今の風潮を断ち切り、わが社のことだけにこだわらず、将来に向けて頑張ろう、ということを社長は言われたのだよ。ある意味、わが社は民事再生法の試金石となるかもしれない」

仙田が、竹之下を諭すように言った。

二人の感謝に満ちた安堵の顔を見て、松葉は心の中で改めて野津に感謝した。

債権者集会の日がやって来た。

市の福祉会館大ホールを借りて、午前10時から行われた。

２００人ほどの債権者が集まった。

債権者の殆どの人が、松葉の古くからの知り合いの人たちだった。

控室のドアの隙間から来場者の顔が見えた。

出て行って、一人ひとりにお詫びを申し上げたかったが、どんな顔をして挨拶して良いかも分からない。

躊躇しているのが、自分にもよく分かった。足が動かない。

定刻になってしまった。

松葉は、意を決して部屋から出て、前に用意された椅子にうつむいたまま一礼して座った。

司会者が、

「社長の松葉よりお詫びと今回の民事再生の申立に至った経緯そして再生計画について、説明をさせて頂きます」と言った。

松葉は、マイクの前で深々と頭を下げ、「ご迷惑をお掛けしました」と冒頭お詫びした。

そして、経緯と再生計画について説明した。

「栃木県に建設した関東工場の操業がプラントメーカーの倒産によって1年ほど遅れ、代わりのメーカーに窓口商社が残工事を別のメーカーに依頼したが、プラントが正常に動かず操業が遅れ、そこにバブル崩壊に伴う金融引き締めのためか融資が滞り、今回の事態を招いてしまいました。ついては今後はグループ会社7社を3社に統廃合し、お手元にお配りしました再建計画に従いまして再建を果たさせて頂きたいと考えております」

7社を3社に統廃合するということは、アルミ鋳物を材料とする建築資材の製造会社とその販売をする会社を統合、そして貿易会社を吸収して松葉工業1社に、鋼板を材料とする屋根材の製造会社とその販売会社を松葉鋼板という会社1社に、建設の会社とローコストマンション建設のコンサルタントの会社を統合して3社にするというものだった。

続けて、弁済計画について説明をした。

「50万円未満の再生債務につきましては全額支払いをさせて頂きます。しかし、50万円以上の債権者については、誠に申し訳ございませんが90％の免除を頂き、向こう10年間の均等弁済とさせて頂きたい」とお願いした。

松葉の説明は、開き直りとも感じられるほどに淡々としたものだった。

それは、松葉の覚悟がそうさせたに違いない。

松葉の隣に座っている専務と常務は目を見開いて債権者の一人ひとりを凝視していた。

松葉の説明が終わり、質疑応答の時間となって、司会者が債権者に質疑を促したが、静まり返ったまま、誰も挙手するものはいなかった。

司会者が、質疑がないようですので、民事再生についての賛否を投票して頂きます、と告げた時、松葉工業の下請けをしていた社長が、すみません、よろしいですか、と挙手した。

「今回の事態になって驚いています。その原因が関東工場のプラントメーカーの倒産に起因したということも、またそれに伴い金融引き締めに遭ったということも分かりました。そこで、質問ですが、会長さんの支援は得られなかったのでしょうか」

松葉は、神妙な顔をして応えた。

「誠に申し訳ございません。実は、鹿児島第一銀行さんが関東工場の稼働が遅れ、バブルが弾けた状況を見て、会長の保証をくれ、会長の担保を新たに出して欲しい、と言って来られ、また鹿児島第一銀行さんも直接会長と話の場を持たれたようでしたが、『自分には何らの相談も報告も受けていない。銀行側に何らかの不安があったのなら、融資契約時に、しかるべき相談があっても良さそうだが、何もなかった。ことこの場に及んで、会長の保証、担保提供をしてくれ、などと契約書にも書いてないことを要求するのはおかしいのではないか。あとで聞いた話だが、６行協調融資を提案したのは鹿児島第一銀行さんだったそうだが、なのに最初に騒ぎ立てて、このような事態を招いてしまった。長い取引だったが、こんなことになって残念だ』ということで、支援が得られませんでした」

会長の支援が得られなかったのには、それなりの理由があってのことだ、と説明した。もし、融資について、何かあっての要求ならば、詳しい説明があってしかるべきではないか。ただ単に、状況が変わったからだ、という説明では納得がいかない。立場の弱い債務者に無理強いするのは、地域経済を預かる金融機関の取るべき態度ではないのではないか、という会長の考えに、松葉もある種の共感を覚えていた。そんな理不尽な振舞に同意はできない、私自身も、会長の方が、筋が通っている。例え破滅への道を突き進むことになっても仕方がない、と松葉もいつの間にかそう思うようになっていた、

いつしか、松葉に特攻精神にも似た感情が湧き起こっていたのかもしれない。とても会長にそんなことは頼めない、という気持ちになっていた。また、自分が会長の立場であったとしてもそうしただろう、と言いたかった。

しかし、ここではそれは言えなかった。

なぜなら、金融機関との事業用資産の別除権協定が残されていたからだ。担保に入れていた資産を再建のために事業用として使用する場合には、個別に協定書を結ばなければならない。もし、拒否されるようなことになったら、再生そのものが立ち行かなくなってくる。

金融機関を逆なでするようなことは差し控えたかった。

債権者集会での票決は、185対5と圧倒的多数で再生申立に対する賛同を得た。

債権者集会は無事に終わった。

どうにか第一関門を通過でき、松葉も仙田もそして竹之下もホッとした顔付きをしていた。

債権者集会の終了後、各社の票決一覧表を弁護士から見せてもらった。

金融機関で反対票を投じたのは、地元2行のうちの一つ、ひまわり銀行だけだった。

地元の金融機関が反対に回ったことは、松葉に前途多難を思わせた。

ひまわり銀行の支店長は、上層部には何の相談もなくバツを付けたのだろうか、反対に回すとうるさい男だ、と聞いていたが、行内でも独断専行型が罷り通っていたのだろうか。

取引のない会社にやって来て、金縁の額に入れた松葉の掲載された新聞記事を差し出したにこやかな顔を思い出した。その物腰の柔らかさ、如才のない態度からはそんな厳しい結論を突き付けるとは想像もできなかった。形勢が変わったと見るや、その変わり身の早さは彼の身上とするところか、金融界の厳しさと見るべきか、松葉に新たな試練が待ち構えているように思えた。

しかし、不思議なことに鹿児島第一銀行だけが賛成票だった。鹿児島第一銀行が全面的に支援してくれるということだろうか。松葉は、一筋の光明が差し込むのを見たような気がして気持ちが和らいだ。

そして、いばらの道が花畑に繋がって行きそうで期待感に溢れそうになった。ありがたかった。松葉は救われたような気持になった。

他の金融機関は白票だった。その意味するところを松葉は理解できなかったが、反対されないだけでもありがたいと思った。

一般債権者のうち5社だけが反対票を投じていた。

その中に4万8千円の債権額を持った会社が反対票を投じていた。宮崎にある地元のテントの会社だった。50万円未満は全額弁済しますと説明をしたのにどうして反対なのか分からなかった。相当な恨みでも買っていたのか……。

この会社の買掛明細を持って来させて驚いた。継続的な取引はなく、年に1、2回テントを借りていただけの取引だった。

なぜ、反対票を投じたか、仙田に聞いてみた。

「分かりませんね。どうしてでしょう？　債権額を全額払うと言っているのに。宮崎の会社ですよね。最近、都城に支店を出したばかりの会社ですよ。社長はここの社長をご存じですか」

「いや、会ったこともないですね」

「社長が会ったこともない、見たこともないでは個人的な恨みを買うことはないですよね。意味不明、ほっときましょう」

「ひまわり銀行は×を付けました。金融機関の中で再生に反対の意思表示をはっきりしたのはひまわり銀行だけでした。これは民事再生法の起案の動機を真っ向から否定するようなことだと思いますが、なぜそうしたと思いますか」

「分かりません。社長のおっしゃるように法の精神を踏みにじったようなものですよ。公的機関の銀行が政府の方針を無視したようなものですから、頭取以下幹部がそんな判断をしたのでしょうか。とても考えられませんね。支店長の独断かもしれませんね」

「しかし、こんなことを独断でやったとは信じられませんね」

「運転手から支店長まで出世した人らしいですよ。がむしゃらに頑張ってきたのでしょう。成績も良かったので上層部も放任していたのではないですか。業績が良いとついつい有頂天になって、勝手なことを始める、よくある話ですね。そんなレベルだから、何を報告、相談すべきかも分かっていなかったと思います。切った、張ったばかりで世の中を渡ってきた男が、自己判断でやったのでしょう」

「そんな気がしますね。今は、銀行でバツを付けたところがあるなんて口外しない方が良いでしょう」

「そうですね、ところで鹿児島第一はどうでしたか」

「賛成でしたよ」

「エッ、マルを付けてきましたか。引金を引いておいてマルですか。今後は先頭に立って支援するということでしょうか」

　仙田の言う引金を引いた、は松葉にピストルの銃口を突き付け、問答無用とばかり引金を引いたことを意味した。

「私も票決表のマルを見た時は、全面的に支援してくれると思いました。しかし、そうではないのではないかと時間が経つに連れて思うようになりました」

法人とは言え、撃ち殺したということは、殺人にも等しい行為である。なぜなら、法人は自然人と同じ権利と義務が与えられた組織体だからだ。

撃ち殺しておいて支援はないだろう、と松葉は思うようになったということだ。

「そうでなければどうしてでしょう。どうしてマルを付けたのでしょうか」

「わが社の民事再生申立の反響があまりに大きかったからではないですか」

「当地でのNO．1の取引先を切り捨てたのですからね。他の取引先に与える心理的影響は計り知れなかったでしょう。そこで、マルを付け支援のポーズを取って批判をかわそうということですね、なるほど」

「鹿児島第一が、今後バックアップしてくれるという幻想は持たない方が良いということです。いつか、そうではなかった、と証明される日が来るでしょう」

「そうですね。手前の都合だけでマルを付けた、ということですね。今までの鹿児島第一の対応を見てきてもそうでした。企業の行く末なんか全く関係ない、金を貸して儲かればいい、そんな銀行だ、と肝に銘じておきましょう」

仙田は、神妙な顔つきをして、自分に言い聞かせるようにそう言った。

「専務、良かったです。取り敢えず第一関門を通過です」

松葉がそう言うと、仙田はにっこり笑って松葉の手を握り、

「社長、良かったですね。ひむか銀行の顧問弁護士の言われた通りでしたね。本当に予想以上に反対票が少なかったですね。ということは、今後の社長への期待が大きいことを示していると思います」

「責任重大ですね」

松葉は、そう言いながら野津の言った言葉を思い出した。

〝民事再生を申請したということは、あなたは再生させなければならない、という責務を負ったことになるのですよ〟

野津の言葉が松葉の肩に重くのしかかった。賛成票を投じて頂いた債権者の方々の期待に添えるようにしなければならない。松葉は、とても支えきれないほどの重みを体全体で感じた。

〝しかし、賽は投げられた。やるしかない！〟

松葉に、選択の余地はなかった。やり遂げるしかない。

そうだ、と心の中で思っていた松葉に、仙田が遠慮がちに聞いてきた。

「それにしても、会長は松葉工業に対して愛着はおありでなかったのでしょうか」

「いや、愛着は人一倍強かった、と思いますよ。何せ、自分で興した会社ですから。しかし、松葉工業はこの10年間で様変わりしました。スリランカに工場ができる、そして関東に工場ができる、本格的に関東進出となって複雑な気持ちになってきたのではないでしょうか」

「複雑って？　尚更愛着が強くなられたのではないですか」

「そういう気持ちも、もちろんあったでしょう。しかし一方で、自分の全く知らない土地に進出していくのを見て、どんどん自分の手から離れていくような感覚に襲われ、寂しくなったのかもしれません。会社の全てのものが自分のものだ、と思っていたでしょうから。昔、私が小さい頃も、よく言われたものです。番頭ハンと丁稚ドンのいた頃ですよ。この店のものは全部お前のものだ。それを聞いていた母が、笑って言いました。『猫の茶碗、皿までお前のものだよ』と。それは、私を励ます言葉だったのでしょうが、いつしか会長自身に、そんな意識が居着いてしまったのではないでしょうか。

しかし、私は会長のそんな想いを大事にして来たつもりです。宴会の席でも、スリランカの開所祝いの時でも、関東工場の落成式の時でも、会長が社を代表して挨拶しました。会長の前で、私が社を代表して挨拶することなど1度もありません。それは、それで当然だと、私は思っていましたから。会長は、話が上手で、人前で挨拶、講話することが好きだったように思います。また、含蓄のある話が多く、自分にとっても、たいへん勉強になりました。感謝しています。

しかし、私が『こうすれば儲かるマンション経営』という本を出版した時に、会長は自分のものでなくなっていく感覚に襲われ不安を覚えたのかもしれません。その本の出版祝賀会がホテルで開かれることになりました。その前の日、会長が『挨拶は誰がするのだ？』と、聞くので当然のことのように私は言いました。『皆さんにお礼を兼ねて私がします』それを聞いた会長は、不機嫌な顔を露わにして、黙って立ち去りました。

祝賀会の日の早朝、会長と昵懇にしている人から電話で、『会長さんの挨拶はないのですか』と問われて、即座に『それはないです』と言ったところ『会長さんに、一言話してもらったらどうでしょうか』と、執拗に食い下がられましたが、お断りしました。会場に来て驚きました。その人がまた待っていて、同じことを言われました。私は、はっきりその理由を言いました。『息子の出版祝賀会に親がしゃしゃり出て、挨拶するなんて、あり得ないですよ。みっともないです。はっきり、そうおっしゃって下さい』

それっきり、会長は私と話をまともにしなくなりました。今まで、意のままになっていた息子が、いきなり反旗を翻した、とでも思ったのでしょうか。私は、私の個人的な祝賀会に、親子の関係や会社の関係は持ち込みたくなかっただけでしたが……。

今もって不思議でなりません。会場でニコニコしているだけで良さそうなものなのに、なぜ挨拶をしたかったのでしょうか。この時を境に、地位が逆転するとでも思ったのでしょうか。そんな気持ちの小さな人ではなかった筈ですが……。歳を取ると、だんだん赤ちゃんに近付いて来ると言いますが……。しかし、まだ早いですよね」

つい、こんな親子のことなど、専務に話してしまって、と松葉は後悔した。

「きっと、会長も嬉しくなって会社の延長線上にはおありでなかったのではないでしょうか」

専務は、何とも、当たり障りのない言葉で、うまいことを言ってその場をすり抜けた。

松葉は、気を取り直すようにして仙田に言った。

「専務、早速明日にでも、50万円以下の債権者のところには振り込みましょうか」

「それが良いと思います。債権者集会で決まったことを即実行することは債権者に再建の本気度を示すことになると思います」

そうですね、と松葉は頷きながら、経理部長の佐久に振り込みを指示した。

そして、金融機関との別除権協定の準備に取り掛かることにした。

以前、顧問弁護士より金融機関に担保提供している物件の鑑定を不動産鑑定士に依頼するようにとの指示があったので、全ての物件の登記簿謄本を持って不動産鑑定所に行った。鑑定書を出すのに３週間ほど掛かるとのこと。そんなに金融機関は待ってくれるだろうか、松葉は不安になった。

金融機関にこのことを、文書で伝えるべきか、電話か、もしくは１軒、１軒回って事情を説明すべきか、松葉は迷った。

仙田の意見を聞いてみることにした。

「行って説明をするとなると、何を言われるかしれませんよ。特にひまわり銀行の支店長からは罵声を浴びせられるかもしれません。文書で良いのではないですか」

仙田の意見を聞いていて、松葉には違う考えが浮かんできた。

「あの支店長だったら何を言うか分かりませんね。でも専務、やはり、行きましょう。何を言われても黙って聞くだけにしましょう。思い余って発した言葉に銀行の本心を垣間見ることができるかもしれません。今後の参考になると思います」

仙田は、松葉の覚悟を感じたのか、ただ一言、

「たいへんでしょうが、お願いします」とだけ言った。

松葉は、早速差し出す文書を自分で作ることにした。

その内容は、先ず債権者集会では格別なご配慮を頂いたというお礼に始まり、不動産鑑定に3週間ほど掛かる、それから別除権協定書案を作り、差し出せるのが、1週間ほど掛かる、というものだった。

さて、行く順番はどうしよう。

鹿児島第一銀行から行くべきか、1番最後に行くべきか、ここが重要だと松葉は思った。

鹿児島第一銀行に最初に行って、鹿児島第一銀行の無理難題に他行が右へ倣えするようなことになってはたいへんだが、最後に行っては、大口債権者に最初に来るべきではないか、と顰蹙《ひんしゅく》を買うのではないか、といろいろ考え悩んだが、ひむか銀行から先に行くことにした。

〝ひむか銀行には、免除率の件でたいへんなご指導を頂いた。そしてご指導の通り無事民事再生案は承認された、このことについて先ずは御礼を申し上げなければならない。松葉

にはひむか銀行に最初に行く、大義名分がある。そして、協定書の締結をお願いすることにしよう〟

松葉は、野津に会って、

「野津さん、ありがとうございました。お陰様で無事ご承認頂きました」

と、丁重にお礼を言った。

ここでお茶菓子の一つでも渡して感謝の気持ちを表したいところだが、松葉にはそれは憚られた。なぜなら、銀行というところを神聖な職域だと考えていたからだ。

「松葉社長さん、これからがたいへんですね。何しろ免除率90％といえども4億以上弁済して行かなければならないでしょう。それを利益の中から捻出して行くということは至難の業と言えるでしょう。何せ利益そのものを出して行くのが難しい世の中ですから」

「仰せの通りだと思います。取り敢えず不要不急のものを処分して債務額を減らして行きます。そして事業の統廃合を考えております」

「そうされたら良いでしょう。ところで関東工場はどうされますか」

「もう手放したいと思います」

「そうですね。ここを処分されると身軽になりますね。スリランカ工場はどうされますか」

「ここを売却してしまいますと、わが社のアルミ鋳物メーカーとしての強みが全くなくなってしまうも同然ですので、継続させて頂きたいと思っています。担保としてどこにも差し出してはいませんので、この工場を戦略的にどう活用できるかが、再生のポイントになると思います」

「そうですか、社長さん頑張って下さい。期待しています」

「ありがとうございます。ところで野津さん、別除権協定書の方はお願いできるでしょうか」

「私どもは民事再生法に則って締結させて頂くだけです。それ以上のことは要求しませんし、またそれ以下もありません。私どもは関東工場の土地、建物の担保を頂いておりますので、処分価格によって再生債権額が変わってくるだけです」

再生債権額が変わるということは、担保の処分価格が債権額を下回った場合は、その下回った額の90％が再生債権になることを意味した。

「分かりました。ありがとうございます。それでは協定書を作成して持って上がりますのでよろしくお願いします」

「お持ちにならなくてよろしいですよ。社長さん、毎日お忙しいでしょう。郵送で結構です」

野津は、松葉をいたわるかのように言った。

次に、ひまわり銀行に行くことにした。ここは、松葉工業の再生申請を拒否したところだ。

松葉は、覚悟してひまわり銀行に向かった。相当な罵声を浴びせられると覚悟していた。仙田が心配して、私も同行しましょうかと言ったが、松葉は一人で行くことにした。叱責されたり、詰問されたりするのは、松葉一人で十分だと思ったからだ。

支店長に面会を求めたが、今手が離せないと会ってもらえなかった。出て来た担当者に、協定書のお願いをして帰った。

支店長が出て来なかったのは、何を意味しているのだろうか。

松葉は、帰る道すがら考えた。

これもまた、拒否の意思表示か、それとも……、どうしようと考えているのだろうか。行内で何かがあったのか。松葉を陥れようとする圧力を感じて、何かが始まりそうな不気味さが漂う。

しかし、他の金融機関では、協定書の内容は平等であるのが最低条件だというだけのものだった。

最後に、鹿児島第一銀行に行った。

担当者に協定書を差し出すと、一通り目を通して、松葉を鋭い目付きで睨み付けるようにして言った。

「私どもは、再生に必要な工場、生産設備については別除権を行使されることに同意させて頂くつもりですが、本社事務所、工場の事務所等については再生に必要なものとは思っていません。処分されてはどうですか」

松葉は、素直に、

「検討します」とだけ応えた。

一度だけでも工場見学してもらうと、分かってもらえるのに、と思ったが、今更言っても始まらない、と口を閉ざした。

続けて、その担当者は思わぬことを言い始めた。

「松葉さん、私どもは債権者集会で賛成票を投じて、松葉工業の再生に協力したのですよ。私どもの言うことも聞いて、協力して下さいよ」

〝鹿児島第一は、賛成票を投じたのだから協力せぃ！〟と言われて、松葉は何だか違和感を覚えた。

「ピストルの引金を引いて、これはまずいとばかり病院に担ぎ込んで〝助けたのは俺だ、俺の言うことを聞け〟と言われて、はいそうですか、なんて言えるか、言えるものではないだろう」と怒鳴ってやりたかったが、グッと飲み込んだ。

松葉は神妙な顔をして、

「ご指導のように、生産に関係のない事務所などは処分して弁済に回したいと思います。つきましては、この協定書の内容でお願いできないでしょうか」

と、お願いした。

「他行はどうでした。みんな平等にして下さいよ」

「皆さん、この協定書でご了解頂きました」

「そうですか、それでは上のものと協議してみます」

これで協定書の締結は間違いないと松葉は思った。担保に入っている事務所2か所について移転先を探すと言ったが、松葉は探すつもりは毛頭なかった。移転しなかったから、と言って、他行が協定書を締結しておいて再生にマルを付けたところが拒否することはできない筈だと思った。

鹿児島第一銀行の担当者に事務所は、メーカーにとって生産設備の一部だと言っても到底理解はしてもらえないと思った。なぜなら取引先が何を作り、どんなところに使用されている製品なのか、全く知らないし、知ろうともしない、製品カタログさえ見たことがない、また見ようともしない人間に理解させることは困難だと思ったからだ。

松葉工業は地方の中小企業といえども、相手先は当代一流の有名建築家が多かった。

松葉工業の製造しているアルミ鋳物製の壁材、化粧パネル、ドアなどは建築材料の中で最も高価な材料、即ち高級品として位置付けされていた。

ということは、いきおい坪単価の高い建物に使われることが多かった。

街を代表するランドマーク的な建物を設計している建築家と人里離れたプレハブのような事務所で、はたまた工場の片隅で打合せはできない、と言っても理解は得られないだろう。

三現主義、即ち机上でなく実際に現場に行き、現物を手に取って、現実を認識しなければ何も分からない、ということが分からない人間に悟らせることは至難の業だ。

松葉工業の製品は、ＤＩＹなどで売っているような出来合いの商品と違うのだ。

一つひとつ打合せをしながら造り込んでいかなければできない製品なのだ。

なぜなら、図面に全てを書き表すことができないからだ。そして、図面で見るのと現物では見た感じがまるで違うということが往々にしてあるので試作することは避けて通れない、なんてことは分からないだろうし、分かろうともしないだろう。

全てにわたって、納得ずみ、了解ずみという締結でもなかったが、取り敢えず、金融機関との別除権協定書の締結ができ、担保に提供していた工場敷地、建屋の確保が図れて、再生再建の第一歩を踏み出すことができた。

締結が無事完了したので、その翌日松葉は仙田と竹之下に報告した。

その席上、竹之下がビックリするようなことを喋り出した。

「実は、一昨日宮崎で同窓会がありまして、そこでうちの再生に反対したテント屋の経理をしている同級生と会いました。その彼が曰く、うちの会社は、松葉の会社の再生に反対したらしいな。うちの社長とひまわり銀行の支店長とは、刎頸の友だと他人の前で言って憚らないほどの仲らしい。その支店長から『松葉はけしからん。反対しよう』と話があって反対票を入れたみたいだよ」

「それを聞いて、私は言ってやりました。へー、そういうことか。それで謎が解けたな。実は、うちの社長と話していたのだよ。『どうしてそのテント屋は×を付けたのだろうか。

金額も然ほどでもない。全額お返しします、と言っているのになぜだ。何があったのだろう?』とね」

そこまで、竹之下が言うと、仙田が、

「そうか、その支店長はわが社を破産させようと目論んでいたということか」

「こんな感情的な考えで判断していいものでしょうか」

と、竹之下は尚も息巻いている。

「出世に傷が付いた、ケシカラン、潰してやれとでも、思ったのでしょうね。感情の赴くまま反対したということですね」

「次元の低い話ですね。社長! 負けてはおれませんよ」

「うん、そうだ、潰されてたまるものか! しかし、世間って狭いね」

グループ再編成と再生会議

再生に向けての社内の体制について、松葉は専務の仙田、常務の竹之下と協議することにした。

先ず、人員の確保が優先される、として現状の報告が仙田からあった。

「一人ひとり当たった訳ではないのですが、半分は間違いなく残ってくれると思います。その殆どが10年以上在籍のものです」

「そうですか、それは、良かった」

松葉は、そっと胸を撫で下ろした。

松葉は、一人ででも、事業を継続するつもりだったが、やはり何人残ってくれるか、が気掛かりだった。

「しかし、社長、驚きました。ここ4、5年の間に入社した、これから幹部に登用しようとしていた組は、頭を並べて逃げ支度です」

「はぁはぁ、そうですか。まだ愛社精神というか、会社に対する思い入れが少なかったのだと思います。まぁ、仕方ないでしょう」

「松葉工業の良さというか、仕事のおもしろさと言いましょうか、興味を持てるまで時間が足りなかったのでしょうか」

「多分そうでしょう。もう少し辛抱してくれたら、と思いますが、10年選手がそこまで残ってくれるとしたら大丈夫です。今までも、その人たちが支えてくれていたのですよ。感謝です」

今後の具体的な人員構成について、早速協議することにした。

「製販一体化を図ったことによって、スリム化が図れて、精鋭化ができると思います。中間管理職の者が退社したので、一時心配しましたが、これを機にみんな、一人ひとりが頑張ってくれるのではないですか」

「私もそう思います。社長がよく言われていました一人2役がなかなかできていなかったのですが、この際一人3役を果たすようにしたらどうでしょうか。今、残った者だったらできるのではないですか」

「そうだな。できるような気がするな」

「社員が少なくなったので、やる者とやらない者、やれる者とやれない者が炙り出されて分かりやすくなりましたので、サポートもしやすくなります」

「その方が社員の団結力も増していくのではないかと思います」

「なるほど、そのことも再生基本計画に織り込むことにしよう」

松葉は、民事再生認可決定を機に、開催予定の「松葉工業グループの新生記念式典」の席上で発表予定の再生基本計画に製販一体化を織り込むことにした。

既に、申立ててから1年が過ぎようとしていた。

日を追うごとに再生への意識が風化していくようで、松葉は不安を覚えていた。

そこで、松葉は会社方針を以下のように定め、「再生基本計画」と同時に発表し、再生に向かって社員一丸となって再建を期すことにした。

「会社方針」に次のことを掲げた。

〝「無」を憂えず、「有」を活用して、「明日の建築文化を築く」ように日夜研鑽を重ねよう〟

そして、松葉は次の「再生基本計画」を発表した。
一、製販一体化を図ると同時に7社のグループ会社を3社に統廃合し経営の合理化を図る。
二、直販体制を見直し、販売網の構築を図る。
三、スリランカ工場を活用した規格品の製造で工場の稼働率の平準化を図る。
四、事業の選択と集中を図り、人材の適材適所を進める。
五、セクト主義を排除し、円滑な業務の遂行を図るため情報の共有、協働を進める。
六、一人3役を果たせるよう技術の研鑽に務める。

式典の終了後、その基本計画に基づいた各事業部の「事業計画」を練り上げる検討会を立ち上げるように電算室課長の桑山に指示した。

彼は、重い身障者だったが、並みの健常者より気概に溢れ、堂々と自分の意見を述べることのできる数少ない社員の中の一人だった。ハンディを感じさせない彼の振舞にも好感を持たれていた。若くして課長になって、将来を嘱望されていた若手のリーダー的な存在だった。

松葉は、かねてから社内行事などの機会を捉えては彼の出番を作り、露出度を上げるように心掛けていた。

その彼が、反旗を翻すようなことを言い出して、松葉は戸惑い、驚いた。

彼は、社長の管理下で検討するのではなく、社員だけで自由にやらせてもらえる条件であればやっても良いという。

何！　自由にやらせろ。そうだったらやって良い。でなければやらないだと。

俺が民事再生を中立てたからと言って、いつ、お前はそんなに偉くなったのか！　そうか！　分かった！　やらなくてよろしい。胸くそ悪い！　もう良いひっこめ！　と泣き叫びたい気持ちを、「うっ」と押し殺し、笑顔で、

「これからは君たちが、頑張ってくれ」

と、心にもないことを言って、その場を取り繕った。

そして、松葉は動揺を隠しながら、続けて言った。

「君たちみたいに積極的な行動を拒むものはいないよ。思いっ切りやってくれ」

松葉は、注文も何も付けずに、ただ黙って頷いて見せた。

どんな具体的な提案と行動計画案が出てくるか、黙って待つことにした。

早速、第１回検討会議が、各事業部から選ばれた７人の委員の出席のもとに開催された。

そこで、先ず検討会議の名称を「松葉工業グループ再生会議」とすることが決定され、各事業部で行われる検討会を「部署会議」と呼ぶことになった。

また、この会議は社員の自主的な会議であり会社の特定の組織に属するものではない、と決議された。

そして、会の目標が次のように掲げられた。
一、「会社の方向性」について検討する。「松葉工業グループ」は従業員の会社であり、それを支えている多くの方々の会社であることを確認する。
二、再生を図り、魅力的な会社とするために、「何を」「どのように」していかなければならないかを検討する。
三、会社の再生に向けて、売上増進を図ると共に経営の効率化を図るために具体的に何をどうしたらいいかを検討する（改善案、解決案の提案）。
四、「再生第1期」のスタートに合わせ、「再生会議」で検討され、まとめられた決議事項を社員の皆さんに報告する。
また、今後の会議の進め方も決められた。
一、全社員を対象にしたアンケートの実施。
二、週に最低1回の割合で会議を開催する。
三、毎週「再生会議通信」を発行し、意見、アイディアを募集する。
早速、第1回検討会議の内容が、「再生会議通信　第1号」に掲載され各部署に掲示された。

しかしこのことは、松葉には何らの説明も報告もなかった。松葉は、掲示板で「再生会議通信　第1号」を見て、知った。

第2回の会議で、松葉工業グループの再生を図るために、全社員に対してアンケート調査を実施し、社員の「思い」「考え」「アイディア」を広く募ることが、「再生会議通信　第2号」に掲載された。

第3回の会議で、アンケートの質問項目について、中堅のメンバーで固められた委員によって、活発な協議がなされた、と松葉は「再生会議通信　第3号」を見て知った。

この分だと、松葉や役員の出番はなさそうだ。彼らの成長が松葉には頼もしく思われたが、一方ではうら寂しさを禁じ得なかった。

松葉は、「それでいい。それだからいい」と自分に言い聞かせた。

第4、5回の会議で、アンケートの質問事項の検討を終え、アンケートを全社員に配布する。ついては100％の回収に協力して欲しい、という内容の「再生会議通信　第4号」が掲示された。

その翌日の朝、常務の竹之下が社長室に入って来るなり、松葉に大きな声で訴えるように言った。

「社長！　ご存じですか。全社員にアンケートが配られたみたいですよ」

A3の用紙3枚に、4項目、全部で30の質問からなるアンケートだという。

松葉は、落ち着いて応えた。

「アンケートの話は、『再生会議通信』で知っていたけど」

　そこへ、仙田が入ってきた。

「専務、アンケート見られましたか」

「いや、見ていませんが、社長は御覧になりましたか」

「いや、見ていません」

「配布する前に、少なくても社長には事前にお見せするのが筋でしょう」

　竹之下は、尚もいきりたっている。

「すまん、報告すべきであった。実は、この会議を発足する際に釘を刺されたのだよ」

「どんなことを、ですか」

「この会議は、社長の管理下ではなく、自分たちに自由にやらせて欲しい、と言うからな、やる気を削いではいけないと思ったので、思いっ切りやってくれ、と言ったのだよ」

「自由にやらせろ、とそんなことを言いましたか。連中はとんでもない思い違いをしていますよ。社長、アンケートの内容を知られたら激怒されますよ。まるで社長の弾劾裁判を行おうとしている内容ですよ」

「そうか、弾劾裁判ね。いいじゃないか。させておけば。思いっ切り、自由にやってくれ、

ていた。

　なぜか、松葉は冷静になって言った。もう俺には覚悟はできている。そんなに騒ぎ立てることはない。言わせるだけ言わせてみようじゃないか、心の中でそう思うようになっていた。

「いくら自由に、といっても限度というものがあるでしょう」

「だと、思う。俺も顔で笑って、心で泣いて言ったのだよ。でもなあ、常務、いつか俺も洗礼を受けなければならない、と思っているのだよ」

　松葉は、神妙な顔つきで言った。

　すると仙田がそれを打ち消すように言った。

「いやいや、社長は十分に受けられています。あまり自虐的にならないで下さい。社長だけが、自己否定されると組織は回らなくなります。昔の国鉄がそうではなかったですか。鉄道事故が起きる度に、国鉄総裁が記者会見で詫びて頭を下げる、そして引責辞任、しかし事故はなくならなかった。日本は何でもトップが悪い、けしからん、と言っては首を挿げ替えるけれど問題は解決しません。問題の根源を断たなければ、解決しません。わが社でも同じだと思います」

「専務、ありがとうございます。専務の私に寄り添うその言葉は、痛み入ります。しかし、私はどんなに詫びても許してもらえない、まだまだ足りないと思っています。できれば永蟄居したいと思っています。私はその時期を窺っているところです」

「社長、何をおっしゃいますか。社長のおっしゃる永蟄居とは、死を意味されているのではないですか」

「……」

「社長！　それって『男の美学』を貫こうと思ってのことですか」

「うっ、『男の美学』……」

男の美学か……。松葉は、仙田に自分の心の底を言い当てられたようで、一瞬たじろいた。そして、笑ってその場を凌ごうとして言った。

「ハッハッハ、専務、昔いましたね。割腹自殺を図った作家が。しかし、私にそんな『男の美学』を考える余裕はないですよ」

「すみません。『男の美学』は言い過ぎました。しかし、社長！　社長がいなくなったら、その穴を誰が埋められますか。誰にもできないですよ。民事再生法の意図するところもそこにあったのではないですか。中小企業の社長は、ただ単に数字を見ていれば務まると言うものではない。だから社長に踏み止まって再生して欲しい、ということではないですか。社長が、高邁な理想を掲げ、日夜を厭わず、粉骨砕身、努力されてこられたのを身近で見てきた私が一番知っています。社長に向かって、何も分からず、上辺だけを見て、あんな小生意気なことを言っていたのは、あの桑山でしょ？　しかし、あの男がこんなことも言ったそうですよ。『潰したのも社長、残したのも社長』と言ったそうですよ。ここで、社長がいなくなるようなことになれば、こんどは、『残しておきながら、放り出した』と」

「えっ！　ちょっと待って下さい。あの世間知らずが『潰したのが社長』と言ったのですか。人が汗だくになって、やっともらった注文を、そして何度も頭を下げて集金してきた金を、電算室に籠って、ただキーボードを叩いていただけの男が、そんなことをよく言えたものですね」

憤懣やるかたない、とばかり竹之下がまくし立てた。

そんな竹之下をなだめるように松葉が言った。

「まぁ、まぁ、そんなに言わないで、『残したのも社長』と言ったそうだ。可愛いじゃないか」

「社長！　そんな他人事みたいなことを言っていてよろしいのですか……」

竹之下の言うのを、遮るようにして松葉は二人に言った。

「ここは、黙って静観しましょう。今の常務の怒っていることもよく理解できるよ。『社長が全て悪い。社長自ら変わらなければ松葉工業は変わらない』という考え方に大いなる義憤を感じるというものだろう。ここは、そおっとしておこう。それで良いと思う。アンケートの結果が出てから考えさせてもらうことにしよう」

松葉はそう言って、この場は様子を見ることにした。

「再生会議」が発足して、実施されたアンケート「松葉工業を再生させ、すばらしい会社にするためのアンケート調査」の結果報告が、4か月後松葉の手元に届いた。

A4判57ページになる報告書を見て、その見た目の立派さに驚いた。簡単にではあるが、製本までしてある。相当な労力が費やされて作成されたもののようだ。多分、シンクタンクに勤めていたことのある菊川が中心になってまとめ上げたものだろう。

松葉工業にも、こうして多彩な人材が頑張ってくれているのを確認できて、松葉は嬉しかった。

松葉は、1ページから精読した。内容もよくまとめられている。手慣れた者による報告書であることは松葉にも容易に察しが付いた。

内容は、社長の松葉にたいへん厳しいものだった。松葉は、全てを真摯に受け止め、座右の書とすることにした。

報告書を読んだ仙田と竹之下がやって来た。

「社長、この報告書を読んでどう思われましたか」

と、仙田が松葉に尋ねた。

「そうですね。外観は申し分ありませんね。内容も、まぁよくまとめられていますね。問題は、これからでしょう。私は、故事に倣って、『敗軍の将、兵を語らず』と、貝のように口を閉じることにしました。会議のメンバーの具体的な行動を待つことにしました」

「だからと言って、手をこまぬいて事態の好転を待っている訳にはいかないでしょう」

「そうです。いつまでも、という訳にはいきませんが、これだけの報告書を作り上げたのですから、素晴らしい経営改革案が出てくるのではないか、と楽しみです」

するとと、竹之下が笑いながら言った。

「社長、素晴らしい改革案が出てくるとは、私には思えません。あの報告書を読んで感じたことは、みんな傍観者の立場を崩していない、ということです。自分たちも当事者であった、という認識の欠片もありません。そんな彼らに改革案なんて出せる筈がありません」

「うん、なるほど核心を突いているね、常務。しかし、今一度待ってみよう。折角残って頑張ろうとしてくれているのだから」

それから、2か月が過ぎた。

「社長、2か月過ぎましたよ。どうします？」

「もうちょっと待ってみよう」

しかし、再生会議の動きがない。『再生会議通信』も発行されない。

心配した松葉は、桑山を呼んで、その後の活動について聞いてみた。

「なかなか、メンバーの協力が得られなくて困っています」

と、首をうなだれ、以前の快活さは全く影を潜めていた。

「そうか、人の協力を頂くということは、なかなか難しいものだよ。一朝一夕にはいかないよ。気長にやろう。ところで、かねてから『一人3役』を果たして欲しい、とみんなに言っているが、桑山課長が率先してやってみてくれないか」

「私が、何を、ですか。体の不自由な私が、ですか。私は電算機しか扱えません」

「そんなことはないよ。君にできることはいくらでもあるよ。君は電算機の扱いについては誰にも負けない、と思って満足しているようだな。君の可能性はまだまだあると思うよ。

勿体ないよ。電算室から飛び出して見たらどうだ」

「いや、他の仕事はできそうにないです」

「君は車の運転はできるよな。先ず、自由に動ける、ということは証明されている。君の頭脳をもってすれば、我々の仕事なら何でもできる。これは俺が証明する。そして、君は自分の考えを積極的に発言し、リーダーシップも持ち合わせている。自分の可能性に挑戦してみないか」

松葉は、大いなる期待を持って、桑山を激励した。

あにはからんや、１週間後松葉の机の上に、辞表が置いてあった。

桑山は、それっきり会社に出て来なくなった。桑山に電話するが、出ない。返信もない。

会社の者に聞いても、誰も分からないという。

それを聞いた竹之下は、怒り狂って言い放った。

「あいつ！　何を甘えている！　自分たちに任せろ。口出しするな。そんなことをぬけぬけと社長に言っておきながら、自分から放り投げ、逃げ出してしまう、なんてことが許されるとでも思っているのか、信じられません」

そこにやって来た仙田が、松葉に確認するように尋ねた。

「社長に虐められた、と言っているみたいです。何かあったのですか」

「虐めるようなことはしてないし、言ってもいません。電算室から出て来て、一人3役をやって見せろ、と言ったことを、そう取ったのですかね」

「それぐらい当然のことではないですか。わが社は、かねてから一人2役を旗印にしていました。民事再生を申立てた今では、一人3役で再建を急がなければなりません。そんなことも分かっていなかったのでしょうか。信じられません」

「社長、彼は見た目には身障者ですが、今までの彼の言動は我々にはそれを感じさせませんでした。社長も全く健常者として扱っておられました。また我々もそれが思いやりだと思っていました。しかし、内心大きなコンプレックスを持っていたのではないでしょうか。外に出ろ、と言われたことを、彼は晒し者にされる、と思ったのではないでしょうか」

「待って下さい。あいつは、そんな了見の狭い奴だったのでしょうか。彼の日頃の振舞からして想像すらできません。社長に、あれほど取り立ててもらっておきながら、大体失礼ですよ。電話にも出ない。辞表を社長の机に置いて、黙って帰ったきり、社長に事情も話さない。最後の挨拶もない。社会人としての常識に欠けていると言われても仕方ないです」

竹之下の追及は、尚も手厳しい。

「常務の言う通り、非常識ですね。しかし、そんな男ではなかったけどな。どこでどうなったのだろう。どうして会って話してくれないのか、残念だ。我々には計り知れない念《おも》いを持っていたのだろうか。そう思うと、専務の考えも理解出来るような気がする。彼と連絡が取れない状況の中では、如何ともし難いですね。再生会議については静観するしかないですね。残念です」

「社長、残念です。彼に思い直して、今まで通り頑張って欲しいですね」

専務も、この会議に期待していただけに残念そうだった。

常務にしても、言葉に激しいものがあったが、それは残念の裏返しだったに違いない。

債権者個別挨拶

松葉は、債権者集会の承認を頂いたのを機に、松葉工業の屋根製品部門の鉄板の主力仕入れ先である大東亜鉄板の本社に社長を訪ね、改めてお詫びと今後の仕入れの継続をお願いすることにした。

大東亜鉄板は、日本を代表する大東亜製鉄の子会社で、松葉工業とは50数年来の長きにわたって取引をしていた。

日本橋にある本社に到着した松葉は、受付カウンターにある電話で来社を告げると、旧知の山科部長が出て来た。

「いやぁ、松葉社長さん、ご無沙汰しています。この度は、たいへんでしたね。頑張って下さい。松葉社長さんなら、大丈夫ですよ」

この言葉に、松葉は「ホッ」として、一遍に緊張から解き放たれた。

「山科部長さん、この度はご迷惑をお掛けして申し訳ございません」

「いやいや、そんなに気になさらないで下さい。今まで松葉工業さんに、どれほどお世話になったか、計り知れません。九州では、わが社をメインに取り扱って頂いているのは、御社一社しかなかったのですから。みんな分かっていると思います」

山科の一言、一言が、松葉の心の奥までしみ渡っていくのが感じられた。

「さぁ、こんなところで立ち話もなんですから、ご案内します」

山科は、そう言って松葉を応接室に案内した。

松葉が、言われるまま、椅子に座っていると、社長をはじめ役員が入って来た。

松葉は、立ち上がって一礼し、そのまま立って皆さんが着席するのを待っていた。

着席した役員を前に立ったまま、先ずお詫びを述べようとした時、末席に座っていた山科が、手を差し出して、

「お座りになって下さい」と言った。

松葉は、軽く目礼して、そのまま立ってお詫びを述べてから、着席した。

そして、用意した資料を配り、民事再生申立に至った経緯、その主だった原因、今後の計画を説明した。

しかし、誰もメモも取ろうともしない。社長に至っては、松葉に一瞥もくれない。

居並ぶ役員も仏頂面で、松葉の説明を聞いているのか、聞いていないのか、分からない。中には、目を閉じたまま、身動き一つしない者もいた。

ただ、部屋一面に、人に迷惑を掛けておいて、何しに来た、というような空気だけが漂っている。

松葉の説明が、ひと通り終わっても何も質問もなかった。松葉の今後の取引の継続についてのお願いをしても、何らの返事ももらえなかった。

松葉は、お忙しい中、たいへん失礼をいたしました、と言って、逃げるようにして退出

した。

もう、ここは取引できないな、仕方がない、次の仕入先を考えよう、とトボトボと歩き始めた。

そんな松葉を見かねてか、専務の上条があとを追って来て、エレベーターに乗ろうとした松葉に、

「昼食でも如何ですか」と言った。

専務は、社交辞令で、ただそう言っただけかもしれない、しかし、それを聞いた松葉は、何か救われたような気持になり、

「ありがとうございます」と素直に応えた。

連れて行かれた先は、銀座の小料理屋だった。山科も一緒だった。

まだ、12時前だというのに、多くの社用族と思しき人たちで賑わっていた。

専務は、女将を呼んで刺身定食を注文した。

そして、専務は、

「今回わざわざ東京まで足を運んで頂いてありがとうございます」

と、頭を下げた。

松葉は慌てて、

「いえ、いえ、お伺いするのがたいへん遅くなりまして、申し訳ございません」

「松葉社長さん、この度は、たいへんでしたね。何かとお忙しかったのではないですか」

「大東亜鉄板さんだけでも、早く行かなければ、と思っていたのですが、遅くなってしまいました。申し訳ございません」

松葉は、何度も頭を下げて、お詫びした。

「私どもの会社の役員の殆どが、大東亜製鉄の出向者です。私ぐらいです、プロパーは。松葉工業さんのことは全然知らない人ばかりなのですよ」

「そう言えば、専務さん以外で、わが社にお見えになった方はいらっしゃいませんでしたね」

「そうでしょう、九州に行っても福岡止まりですね。それでも、新任挨拶の時ぐらいだと思います」

「鉄は国家なり。作れば売れる。売ってやっている、ということでしょうか」

「いや、いや、もう、そんな時代ではないのですが、正直言って、そんなことを引き摺っている人が、未だいることは、否めません。昔は、鹿児島に出張所がありましたので、うちの役員で鹿児島に行った者はいたと思いますが、誰も御社には伺っていませんでしたか」

「いや、お見えになったことはないですね。1回だけ、前の社長さんが、鹿児島といっても、霧島の妙見温泉に来られた、と風の便りで聞いたことがありましたが」

「へぇ、霧島の温泉に、ですか。誰と、ですか。まさか彼女と一緒だったとか」

「いや、福岡の特約店の社長さんと一緒だったそうです」

「男二人で温泉に、ですか。一体、何だったのでしょうね。その特約店とはどこですか」

「私に漏れ伝わって来た情報では、福岡の博多鋼板の社長さんだったそうです」

「あっ、はぁ、そういうことだったのか」

専務は、合点が行ったとばかりに、独り言のように呟いた。

「どうされました?」と松葉が聞くと、

「実は、その頃、博多鋼板さんから設備増強をしたいと相談がありまして……。日頃から、うちの社長は、福岡ぐらいは殆ど日帰りでしたから、みんなで『何があったのだろう』と言っていたことがあったのですよ。なるほど、分かりました」

何が分かったのか、松葉に知る由もなかった。

また、深く聞こうともしなかった。松葉に、人のことまで詮索する余裕はなかった。

専務は続けて言った。

「当然、その時は鹿児島出張所には、前社長は顔を出していませんね」

「出張所に顔を出されたという話は聞いたことはありませんでしたね」

「そう言えば、わが社の鹿児島出張所は、松葉さんのビルをお借りしていたのではなかったですか」

「そうです」

「そうですよね。松葉さんにはたいへんお世話になっているのだよ、山科君」

専務は、昔のことを持ち出して、松葉を慰めているようでもあった。

「そんなことないですよ。こちらこそお世話になっておきながら、たいへんなご迷惑をお掛けして申し訳ございません」

「松葉社長さん、そんなにおっしゃらないで下さい。私も、来年は定年です。山科君頼むよ」

「分かりました。専務、その後もご指導もよろしくお願いします」

「松葉社長さん、何かありましたら、今後、山科にご相談下さい。ところで、あのビルどうされました？」

「鹿児島第一銀行に持って行かれました」

「ウムッ、聞いたことがありますね、その銀行。大東亜製鉄との連絡会議で話題になっていましたよ。その銀行は、松葉さん以外に、倒産に追い込んだところはございませんでしたか。そこも大東亜製鉄の別の子会社と取引があったような話でしたね」

「そうですか。これからも出て来るかもしれませんね」

松葉は、あまり関心のないような受け応えをした。もう、鹿児島第一銀行の「カ」の字も話したくなかった。また、負け犬の遠吠えのようで、銀行の批判もしたくなかった。

松葉は、専務のいろいろの配慮に感謝しながら、今後の取引をお願いした。

すると、専務は、この件は任せておけ、とばかりに松葉に言った。

「分かっています。わが社にとっては、松葉さんあっての南九州ですから。あの調子ですから、役員会でいろいろ出るでしょう。その時、言ってやりますよ。松葉さんに取って代われるところがありますか、と」

「専務のおっしゃる通りですよ。異論はないでしょう。結局、専務一任ということになるのではないですか」

山科のたいへんありがたいフォローが松葉を元気付かせた。

「専務さん、本当にありがとうございます。山科部長さんにも、たいへんお世話になります。よろしくお願いいたします」

松葉は、丁寧にお礼を言って、その店を出た。

店を出て、二、三歩歩いたところで、松葉の携帯が鳴った。

大学時代の友人の穴掘からだ。

「松葉、俺だ。穴掘だ」

「いやぁ、この前も電話をもらってありがとう。嬉しかったよ」

民事再生を申請した、と聞き付けた穴掘は、激励の電話をくれたばかりだった。

「元気か」

「ウムッ、何とかやっているよ」

「ところで、今、どこにいるのだ？」

「東京だよ。銀座にいるよ。取引先に昼飯をご馳走になったばかりだ」

「そうかよ、銀座かよ。こりゃ、びっくりだな。今日はどういう予定だ？」

「夕方の便で帰るつもりだよ」

「良かったら、１泊しないか。みんなを集めて、松葉の激励会をやろう。どうだ？」

みんなとは、経営経済学研究会という大学時代のクラブの仲間のことだ。松葉は、教室に通うよりこの部室に通っている日が多かった。

面目なくて、普通ならとても会える筈もないが、この仲間には、無性に会いたかった。

「ありがとう。それでは、お言葉に甘えて、1泊するか」

松葉は、格安航空券を利用しているので、帰りの変更ができないな、と一瞬、頭をかすめたが、みんなに会いたい気持ちの方が強かった。

「良かった、みんなに会うのも久し振りだ。それじゃ、これからみんなに電話してみるよ。松葉、5時頃、また電話するよ。平塚、大船の連中もいるから新橋駅の近くで会うことにしよう」

平塚は、長曾我部、大船は、村田の帰りの電車を気遣っての新橋だ、と相変わらず、穴掘らしい気配りだと感心しながら、その時間を待ち遠しく感じた。

新橋の駅近くの中華レストランに、5名の懐かしい面々が集まった。

みんなにこにこして、「いやぁ、元気だった?」と、握手しながら談笑している。

おい、おい、俺の激励会ではないのかよ、と神妙な顔をしていた松葉は、戸惑った。

みんなの顔を見て、地元で、久し振りに会った後輩が言ったことを思い出した。

〝松葉さんが、その後どうされているか、心配していましたが、どんな顔してお会いすれば良いか、などと思って、失礼したままになっていました〟と、申し訳なさそうな顔をして言ったことを。

それを聞いた松葉は、なるほどそんなものかもしれないな、と思ったことがあった。気遣って、あまり深刻そうな顔をしてもいけない、そうかといって、普通の顔をして、普通に話していても変だ、何と激励したら良いものか、などと考えていると、そうそう軽い気持ちで会えない、連絡できない、そんなものかもしれない。どんな顔をして良いものか、本当に困るものだろう。

松葉は、人の気持ちが少し分かって来たような気がした。

しかし、ここに集まった輩は、ニコニコして健康談義などしている。全く松葉への気遣いは感じられない。松葉は、少々違和感を覚えた。

葛飾が、松葉に向かって言った。

「松葉、たいへんだったな。どうだ、元気だった？」

すると、穴掘が大きな声で言った。

「なーに、大したことないよ。みんな心配することないよ、松葉のことだ、復活間違いなしだ。俺が、断言する」

すると、賛同の拍手が沸き起こった。

〝そうか、みんなそう考えていてくれていたのか、ありがとう〟という気持ちが、松葉をその場に立ち上がらせた。

そして松葉は言った。

「みんな、今日はありがとう。本当にありがとう」

松葉は、目から涙がこぼれそうになるのを、我慢して続けた。

「今、穴掘が心配するな、と言いました、ということはみんな心配してくれていたのだ、ということを実感しました。本当に心配掛けて申し訳ない。必ず再生します」

「松葉、もう良い。お前のことだ、誰も心配しとらん。穴掘の言った通りだ。再生間違いなし」

そう、村田が言うと、また拍手が巻き起こった。

こんな激励会って、あるのだ、ありがたい、ありがたい、と心の中で叫んだ。

遠慮会釈のない言葉の中に、松葉を思う気持ちが溢れているのが感じられた。

その後、誰も松葉のことを口にしなくなった。そのことが、思いやりだったのだということが痛いほど、分かった。

自分たちの近況報告をおもしろおかしく話して、楽しい時間が流れた。

長曾我部が、もう終電車の時間だ、俺は失礼するよ、と言うと、

「そうだ、もうこんな時間だ。お開きにするか。はい、今日の会費５千円、徴収します」

と言うと、みんな、穴掘に会費を手渡した。

「松葉も、５千円」

と言って、松葉に手を差し出した。

松葉の、えっ、と意外だと思った顔を見て、

「あぁ、今日は、松葉は良いな。みんな！　あと、千円ずつ頼む」

「穴掘、お前、松葉から会費取るつもりだったのか。今夜は、松葉の激励会だったのだろう」

これが、学生時代だったら、最後に、この馬鹿野郎、が付いただろうが、もうこの歳になって、そんな失敬なことを言う奴はいなかった。

店を出たみんなが、

「松葉、元気で」

「体に気を付けろよ」

「松葉が、再生の暁には、みんなで宮崎に行くよ」

「よっしゃ！　みんなで宮崎へ行くぞ」

と叫んで、新橋駅の方に向かって行った。

駅の近くのビジネスホテルに着いた松葉は、ベットの上に正座して、穴掘、葛飾、長曾我部、村田、松川と一人ひとりの名前を口にしながら、「ありがとう」「ありがとう」と大粒の涙を流した。

会長の死

民事再生を申立ててから、1年9か月ほど経った夜の9時頃、営業の前川が、慌てて階段を駆け上がって来て、叫ぶようにして言った。

「社長、何だか慌てて叫んでいる変な電話が掛かってきています」

松葉が受話器を取ると、気が動転している母の声がする。

「哲造！　早く来て、早く！　お父さんが……」

松葉は、何ごとが起こったのか、聞かぬまま車に飛び乗った。

会長の家は、会社から5分も掛からないところにあった。

門の前で待ち構えている母の姿が、車のヘッドライトに照らされた。

車から降りた松葉の手を取って、涙ながらに母が言った。

「お父さんが、風呂場で……」

松葉は、何ごとが起こったのか、と驚いて風呂場に向かった。そこには、会長が裸で倒れていた。

「お母さん、救急車を！」と言うと、

「呼んだ」という母の返事と同時に、救急車のサイレンの音が近付いて来るのが聞こえてきた。

松葉は、すぐ門まで出て、ここです、ここです、とばかり救急車に手を振った。

救急車に運び込まれた会長と一緒に、松葉も乗り込んだ。

酸素吸入器を付けられた会長を覗き込んでみたが、意識はないようだ。救急病院に早く着かないか、もっと早く、と気を揉んだ。

救急病院は、県境の町はずれにあった。何で、こんな辺鄙なところにどうして造ったのだと、恨めしく思った。

救急病院に着くと、集中治療室で、救急隊員による人工呼吸が始まった。

母もかねてお世話になっている主治医と一緒に駆け付けて来た。

ガラス越しに見ている二人に主治医が言った。

「普通は30分で終わるのですけど、もっとやってもらうように、私からお願いしてみましょう」

そう言って、主治医は治療室に入って行った。

今度は、新しい人に代わって、人工呼吸が始まった。生と死をさ迷っている会長に対するそのひた向きさに、松葉は心を打たれ、頭を垂れた。

一命を救おうと、こんなにも頑張っている人たちがいる。

生かそう、と向き合い懸命に努力している人たちがいる。

松葉工業は、こんなにも生かそうとする人たちに、どうして出会えなかったのだろうか
……同じ生き物なのに、と悔しさに涙が滲んだ。

人工呼吸が開始されてから1時間以上経過した頃、主治医が言った。

「もうこれ以上は無理だと思います。これ以上続けたら、あばら骨が折れてしまうかもしれません。よろしいですか」

松葉は、母の方に目をやった。母はその場に泣き崩れてしまった。

「結構です。ありがとうございました」

松葉の頬を大筋の涙が、とめどもなく流れ落ちた。

12月13日、午後10時23分だった。

松葉の思いを伝える時間など、全くなかった。申し訳ない、と頭を垂れるしかなかった。さぞかし無念だったに違いない。もう一度、直接詫びさせて欲しいと叫んでも、会長はもうそこにはいない。

会長の葬儀は、都城市内のお寺で行われた。

松葉は、多くの会葬者が予測されたので、失礼があってはいけないと香典は辞退することにした。

古参の社員から、なぜ頂かないのだ、弔問客からは、なぜ受け取ってもらえないのだ、という声が上がっている、と言って来た。

中には、松葉に嘲り笑うようにして、言った人もいた。

「松葉！　カネがないだろう。ないのになぜ受け取らないのだ」と多くの会葬者が松葉を蔑むように言っているようだ。

「お前は、もう蚊帳の外の人間だ」とも聞こえてくる。

これでもか、これでもか、と松葉は侮蔑の目に晒されていた。

しかし、香典は受け取れない。

受け取ったら、更に失礼なことになってしまいそうだ。

松葉は、ご会葬頂いた全ての方々に、心を込めて御礼を申し上げることが出来そうにかった。お気持ちだけを受けさせて頂くのが精一杯だった。


お坊さんの読経が始まった。

本堂に入れ切れないほどの参列者で会場は溢れ返っていた。

参列者のご焼香が終わるまでには、相当の時間を要した。

その日も、会長が倒れた日と同じ寒い朝だった。

弔辞は、参列者に高齢の方が多いことが予想されたので、市長お一人だけお願いした。

市長は、会長自らブルドーザーに乗って、寝食忘れて現場を鼓舞しながら、陣頭指揮でゴルフ場建設に立ち向かう様子を織り交ぜ、会長でなければ、この母智丘《もちお》カントリークラブの完成を見ることはできなかっただろう、と紹介して会長の死を悼んだ。

ご会葬御礼に、松葉がマイクを握った。

そして、会長の遺影に向かって深々と頭を下げ、詫び、そして松葉は誓った。

「松葉工業の民事再生を申立して、このような事態を招いて誠に申し訳ございませんでした。必ずや再生を果たします」


初七日を迎えた時、松葉は改めて、母キミ子に詫びた。

すると、母は一言、

「これから、頑張ればいい」とだけ応えた。

そして、金庫から遺言書を取り出して来た。

そこには、長男哲造に松葉工業を、ゴルフ場を妹二人に相続させる、とだけ書いてあった。

それを見て、母は松葉に聞いた。

「他の財産は、どうしようか」

「私は、お母さんに、そして妹たちにたいへんな迷惑を掛け、肩身の狭い思いをさせてしまいました。相続なんてできる資格はないです。私は相続を放棄します。松葉工業を継続させて頂くだけでも感謝しています。あとは、三人で法に則って相続して下さい」

「何を言うの。倒産会社だけ相続して、何ができる？」

「お母さん、破産した訳ではないのですよ。民事再生をしたといえども、まだ事業用資産は残っています。一から出直して頑張ります」

「事業資産が残っている？　無傷で残っている訳でもないでしょう？　資産に相当するお金を、分割とは言え、払っていかなければならないと聞いていたけど。もし、できなかったら、銀行に持っていかれるのでしょう？」

「それはそうだけど」と、松葉は口ごもった。

「一から出直す、とも言ったけど、それは違うと思う。信用がなくなってしまっているからね。相当な覚悟が必要だと思う」

覚悟が必要だという母の言葉が胸に響いた。

「分かりました。その覚悟を持ってやります。何と言われても、相続は放棄させて下さい。これ以上、迷惑を妹たちにも掛けられません」

「分かった。弁護士にそのようにお願いします。しかし、ゴルフ場の社長は、あなたがやりなさい」

「えっ！　俺が……。それは、できません。民事再生会社の社長が、新たにゴルフ場の社長になった、と言ったら債権者から石を投げられますよ。遺言書通り、妹たちにさせて下さい。お願いします」

「あの娘《こ》たちにできる筈がないでしょう。東京にいて何ができますか？　８年前のような災害が起きたらどうするの？」

記録的な大雨で土砂崩れを起こし、復旧に相当な日数と費用を要したことを指している。

妹たちは、二人とも東京の一人息子に嫁いでいた。

二人とも、東京を離れることができないことを、母は言っている。

「あなたがしなくて、誰がすると言うの」と、言って涙を流した。

「分かった、お母さん。こうしよう。お母さんが社長になって、俺が社長代行として、日々の管理運営はしましょう。毎日、業務日報で社長に報告します」

「そう、良かった。お父さんの思い入れの詰まったゴルフ場だから、これで良かった」

「お母さん、これからゴルフ場に行ってみますか」

「そう、連れて行ってくれる？　何年振りだろうね、ゴルフ場に行くのは」

そう言って、母は満面に笑みを浮かべた。

松葉も、長い間ゴルフ場には行っていなかった。

ゴルフ場に着くと、支配人に社員全員を集めるように言って、新しく社長に、松葉キミ子が就任することを告げた。

「私が社長に就任いたすことにしましたが、何分にも高齢でございますので、毎日こちらに参る訳には参りません。代わって、社長代行として松葉哲造が毎日参ります。皆様のご協力をよろしくお願いします」

えっ！　毎日……。俺は、毎日は来れないよ、と言いたかったが、そのまま松葉は聞きおいた。

取り敢えず、みんなに挨拶ができて良かった、と母も安心したようだった。

「お母さん、コースを回ってみますか」

と、松葉が聞くと、母はにっこり微笑んだ。

松葉は、早速ゴルフカートに母を乗せ、アウトの1番ホールから順番に回った。5番ホールの茶店からクラブハウスの全景が見える。松葉は、母の手を引いて茶店の南端に案内した。

「クラブハウスがきれいに見えるね」

と、目を輝かせて松葉の方を見てにっこり微笑んだ。

暫く見入っていた母が、柱にもたれ掛かるようにしてうつむいたまま動かない。心配になった松葉は、母の顔を覗き込んだ。

ふと持ち上げた母の顔から一筋の涙がこぼれ落ちた。昼夜を構わず頑張った父の姿を思い出したに違いない。松葉には母に掛ける言葉が見付からない。松葉は、ただ黙ってクラブハウスを見ているだけだった。

今日は母を連れて来て良かった。こんなにも喜んでくれて。これからも時々連れて来ようと思った。

松葉は次の日から午前中は松葉工業で、昼過ぎからゴルフ場に出勤するという二足のわらじの生活が始まった。

しかし､ゴルフ場のことは何も分からない。会長から何も聞いていない。行き当たりばったりのスタートを強いられることになった。

聞いていたことは、「ゴルフ場は無借金経営だ。会員券の償還はいつでもできるように準備してある」ということだけだった。

松葉は、決算書を見た。

なるほど、会長の言う通りだった。

鹿児島第一銀行もこの決算書を見ていたに違いない。そして、この決算書に異常な関心を持っていたことは容易に推察できた。

であるとすれば、尚更黒字経営を維持して行かなければならない。

相手の思う壺に嵌まってはならない。

そして、また会員証と引き換えに会員の財産を預かっている。人様のお金だ、安易な経営は許されない、と松葉は決意を新たにした。

松葉は、ここでも褌を締め直した。松葉の365日、休みなしの勤務が始まった。

午後1時にゴルフ場に行って、社員のみんなに集まってもらって改めて挨拶した。

「今日から私が社長の代行を務めさせてもらいます。私は、ゴルフ場のことは何も知りません。そこで皆さんにお願いがあります。これから1か月間は今まで通りの仕事をして下さい。私は皆さんの仕事ぶりをつぶさに見させてもらいます。幸いにして支配人の橋本君は、元松葉工業で営業部長を務めていました。彼は、亡くなった会長から支配人が高齢になったので誰か至急こちらに寄越せと言われ、こちらに来た男であります。彼は私の元部下でしたので、気安さもあります、彼に分からないところは聞きます。しかし、彼とて、まだまだ日が浅いので分からない時は、皆さんに直接聞きます。こんなことも知らないのかと言わずに教えて下さい。私はゴルフ場のことは何も知りませんが、しかし皆さんの知らないこともたくさん知っているつもりです。知っている者が知らない者に教え合ってこそこの世は良くなって行くと思います。私は、午前中は松葉工業で仕事をしています。私は松葉工業で50％、ゴルフ場での仕事を50％するつもりはありません。松葉工業でも１００％、ゴルフ場でも１００％全力投球します。どちらにも私の持てる力の１００％を注ぎ込みたいと思っています。よろしくお願いいたします」

挨拶が終わって松葉は、支配人の橋本と一緒にゴルフカートに乗って場内を見て回った。

「橋本君、どうだ、支配人の仕事は？」

と、運転している橋本に向かって聞いてみたが、返事はなく、ただヘッへへと笑うばかかりだった。

「部長は、何をしているのだ?」

「部長ですか……」

ウムッと言って、考えているのか返事に窮したのか押し黙った。

「部長のことは何も知らないのだな」

と、問うと、

「はい、会長とばかり話されていましたので……」

部長とは、ゴルフ場の建設当時より会長と仕事をしてきた元支配人の山口のことだ。

75歳で支配人を辞め、部長の肩書で毎日会社には出て来ているようだ。

「橋本君、ゴミが多いね。煙草の投げ捨てが特に多いね」

橋本は、ただハァと応えるだけだった。

5番ホールの茶店でカートを降りて中の様子を見てみて驚いた、天井の板が剥げかかっている。トイレを見てもっと驚いた。便器が黄ばんでいる。

しかし松葉は、「橋本君、汚いね」とだけ言った。

18ホール見て回って松葉は橋本に言った。

「あまりコース内は見てないね」

「はい、コースは部長がいろいろ指示されていたみたいでしたから」

「そうか、さっきは部長が何をしているか知らない、と言ったよな。知っているじゃないか」

松葉がそう言っても橋本は下を見て黙っているだけだった。

「橋本君、俺の机はどこに置こうか？」

「会長の部屋を使われたらどうですか。部長もご一緒でしたから」

「あそこはこのクラブハウスで一番日当たりの良い部屋だ。応接間専用として使おう。俺は事務所の隣の部屋にしよう。机は会長の机を使おう」

「あそこは書庫と倉庫になっていますが」

「ああ、そこでいいよ。整理すれば立派な部屋になるよ。部屋としては大きいから書棚で仕切って使おう。事務所の隣だから便利でいいよ」

「部長の机はどうしますか」

「俺の机の隣でいいよ。ところで、クラブハウスの掃除は誰がしているのだ？」

「パートのおばちゃんが交代でしています」

「そう、玄関の天井にクモの巣が張っていたよ。誰も気付いていないのかよ」

「ハ、ハァ」
ハ、じゃないよ。誰も気付かない筈ないだろう。気付いたものがやればいいのだ。ひょっとすると、お前も気付かなかったのか。
松葉工業で部長まで務めた男なのに、いつからこんな無気力人間になってしまったのか。会長は仕事に厳しい人だった。こんな男を見て見ぬ振りする訳がない、放置する訳がない。ゴルフ場でも松葉工業にいた時のようにしっかり仕事を全うしてくれていると思っていたが、がっかりだ。どうしてこんな男になってしまったのか……

「レストランは君が見ているのか」

「いいえ、私は何も分かりません」

「そうか、管轄外なのだな。分かった。橋本君、支配人としての仕事を箇条書きにして出してくれ」

そう言って、一人で2階の厨房に向かった。

調理長が、小気味よい音を立てて野菜を刻んでいる。

「やあ、調理長、ご苦労さん」

松葉は、大きな声で呼び掛けたが、調理長は頭を上げただけで包丁の手を止めようとはしなかった。

忙しく手を止める間もなかったのか、俺の領域に軽々入って来るな、という意思表示か、松葉には分からない。

しかし、松葉はそんなことは気にも掛けない振りをして、包丁の音に負けないくらいの大きな声で言った。

「調理長！　手が空いたら下の事務所にいるから連絡下さい」

と敢えて丁寧な言葉で言ったが、返事はなかった。

事務所に戻った松葉は、橋本を呼んで、理事会はいつ開かれるようになっているか、聞いた。

「いつとは決まっていません。ここのところは開かれていません」

「あっ！　そうか理事長は空席ということだったな。理事の方に挨拶がしたいので理事会を開くように連絡してくれ。皆さんのご都合を聞いて期日を決めてくれ。皆さんの都合に合わせるから俺はいつでもいい」

10日後、理事会が開かれた。

松葉は、この度社長代行を務めることになった、つきましてはご指導を頂きながら精一杯務めさせて頂きますのでよろしくお願い申し上げます、と挨拶した。9名の理事の皆様に意見を求めたが、何もなかった。理事の中から理事長を選んで頂けないか、とお願いしたが発言はなかった。

何とも冷め切った理事会となった。

松葉は、ここでも冷え冷えとした空気を感じた。

理事長を決めないといけないが、さてどうしたものか、松葉は思案に暮れた。

意見がなかったから、こちらで勝手に決めさせてもらいました、では顰蹙《ひんしゅく》を買いそうだ。

松葉が決めたのではいけない。松葉が提案したのでは、同意は得られてもその後の運営が難しくなりそうだ。

どうしたものか、と社長の母に相談した。

「それは、お前が決めたら良いことでしょう。お前の思う通りやれば良い」と言う。

困った、そう言われても社内でもまだ信任は得られていそうにない。社外では、もっとそうだろう。

しかし、母にはそんなことは言えない。母を心配させるだけだ。なんで、お前が社長代行だ、代行といっても社長同然じゃないか。なぜ、倒産会社の社長のお前が社長代行だ、お前が表舞台に出てくるだけで気に食わねぇ。そんな声が松葉の耳もとに怒涛の如く押し寄せてくる。

松葉は、両手で耳を覆って、「そんなことは分かっている。俺だって社長の代わりをやりたくて、やっているのではない」と叫んでいた。

松葉に相談する人は、社内にはもちろんゴルフ場の会員の中にもいなかった。

どうしたら良いか、松葉は一人で考えた。

誰から見ても、納得の行く人からの推薦だったら、賛同して頂けるのではないか。ふとそんな考えを思い付いた。

そうだ、そうしよう。さてどなたに相談したら良いか。

どうせお願いするのならみんなが知っている人が良い。市民に人望のある人と言えば、選挙で選ばれた市長だ。そうだ、市長にお願いしてみよう。

しかし、倒産会社の社長に会ってくれるだろうか、会長と一時折り合いが悪いこともあったので、一抹の不安を感じた。

当たって砕けろだ！　市長との面会を申し込むことにした。

秘書課長に電話を入れた。

「いやぁ、松葉社長さん、お元気でしたか」

課長の明るい声が松葉の緊張を解きほぐした。

この地方では、松葉工業の民事再生を知らないものはいなかった。しかし、会う人の殆どが、下を向いたまま通り過ぎるか、そっぽを向かれるか、まるで凍てつく氷の列柱の中を歩いて行くような毎日だった。ある代議士の奥様は、松葉を見るなり直角に向きを変え、去って行った。世の中の無情をいやというほど感じる日々が続いていた。

そんな中での、課長の明るい声は、松葉を元気付かせた。

課長は、市長の予定を確認してから、折り返し連絡する、と言って電話を切った。

10分もしないうちに課長から電話が掛かってきた。

今すぐ来られたら、先客はいるけどちょっと待つだけで時間が取れると言う。松葉は早速向かうことにした。

秘書課の待合ロビーに旧知の部長、課長が四人ほど市長の決裁をもらおうと待っていた。

いやぁ、これは時間が掛かるな、と思ったが一緒に待たせてもらうことにした。

先客が、市長室から出て行くと、秘書課長は先に松葉を市長室に招き入れた。

市長は、ニコニコ顔をして松葉を立って迎えた。

松葉は、直立不動の姿勢で、今日は突然お時間を取って頂いてありがとうございます、と、先ずお礼を述べた。

そして、続けて言った。

「会長の葬儀にご参列頂いて、そして素晴らしい弔辞まで頂きましてありがとうございました」

「いやいや、満足のいく弔辞も読めず失礼いたしました。社長の最後のご挨拶は心にしみましたね。あれは社長でなければできない挨拶でしたね」

市長の社交辞令と分かっていたが、思わぬことを言われて恥ずかしかった。市長の演説上手には定評があった。市長の弔辞で会場が引き締まったと、市長にそのことを松葉が伝えると嬉しそうに大きな声で高らかに笑った。

頃合いを見て、ゴルフ場の理事長を検討している、ついては市役所のＯＢに適当な人はいないだろうか、よろしかったら推薦して頂きたい、と話すと、市長は即座に、いい人がいます。紹介しましょう、と快く引き受けてくれた。

松葉の心配は、全く杞憂に終わった。やはり、懐の深い人だった。再度、理事会を招集し、市長の推薦した理事長候補者について諮ると満場一致で承認を頂いた。

市長の推薦だということが、功を奏したようだ。理事長としての資質も申し分ない、ということを言う理事さえ現れた。

理事長が決まって、ゴルフクラブとしての体裁は整った。

これで、懸案事項の一つが片付いて松葉はホッとした。

橋本も安心した顔をしてニコニコしていた。

「オイ、支配人、君の仕事を箇条書きにして書いて来い、と言ってあったよな。まだか」

橋本は、神妙な顔をしてうつむいたまま、ただ「すみません」と言うばかりだった。既に2週間が経っていた。

なぜ、出せないのか。未だに何も書いていないのか。

松葉は理解に苦しんだ。

そうか、橋本も〝倒産会社の社長が何を言うか〟と思っていそうだ。

松葉は、一瞬そう思ったが、ダメダメ、ダメだ。そんなことを思っては、ダメだと、すぐスイッチを橋本糾弾に入れ替えた。

橋本！　お前の仕事は何なのか、支配人としてなすべき仕事について考えたことはないのか。どうも就業規則も読んでなさそうだ。まさか、毎日を惰性で過ごしてきた訳ではなかろう。書いてはみたが、こんなことしかやっていなかったのか、と言われそうだ。そんなことを言われるぐらいなら出さずにおこう、と考えたか。もし、そうだったら重症だ。こんなことに松葉の神経が磨り減るのが悔しかった。

1か月経っても、コースの茶店のトイレは黄ばんだままだ。

支配人自らしろとは言ってない。掃除の担当者にさせればいいことだ。未だにしていないということは、指示もしてないということか。指示しても掃除の係がしようとしないのか。まるで無気力人間の集団としか思えない。

さすがに、玄関のクモの巣は取ってあった。しかし、ロビーの隅にはまだクモの巣が掛かっていた。隅の方は目に付かないのだろうか。どうしてだろう。普通ならついでに取ってしまうだろうに。松葉の疑問は募るばかりだ。

どうも松葉の言うことを真面目に聞いてくれそうな人はいそうにない。倒産会社の社長代行が急にやって来て何を言うのだ、とでも考えているのだろうが、俺だっていろいろ小言を言いたくてここにやって来た訳ではない、と言いたい。俺はこれでも社長代行だ。黙って見逃すことはできない。

会長が急逝したので、仕方なくやって来た。来た以上は中途半端なことは許されない。気付いたことは即改善していかなければならない。先送りは出来ない。先送りは「やらない」のと同じだ。先送りしてしまうと、積もり積もってできなくなる。時間の経過が、「やらない」を、「やれない」に変えてしまう。こうなると人間はできない理由を並べ立てる。いよいよ改善は進まない。

支配人が変わらなければ、下の者は変わらない。松葉はそう思った。

時間が掛かりそうだ。どうしたものか。松葉の悩みは尽きない。

もう午後4時を過ぎた。今日はお客が少なかったから、もう厨房の仕事は終わっただろう、と思った松葉は調理長を電話で呼んだ。

ふてくされた態度で、松葉を睨み付けるようにして言った。

「何か用ですか」

用があるから呼んだのだ。何だ！　その態度は！と怒鳴りたかったが、急に辞められては困る。まして連鎖を起こして、他の社員まで辞められたらたいへんだ。

松葉は、冷静を装って言った。

「いや、何か困ったことがあったら言ってくれ、と言いたかっただけだ。遠慮はいらないよ」

「いや、別にないです」。そう言って立ち去った。

これは扱いにくい男だな。職人気質の板場には、どこでも手こずっている、と聞いたことがあるけれど、これは聞きしに勝るものがありそうだ。

或いは、ここでも〝倒産会社の社長が何を言うか〟と思っているからだろうか。どこに行っても、これは付きまといそうだな。

コースも荒れていた。

フェアーウエイの中にも大きく根を張った雑草がいたるところに生えていた。この雑草を根から取ろうと思って、掘り起こすと大きな穴が開いてしまう。

表面に出てきた葉っぱだけ刈ると、すぐ新しい芽が出て来て同じことの繰り返しになる。雑草が芽吹いた時に処理してなかったツケが来たという他ない。

グリーンにも雑草が生えていた。グリーンの周りにも５㎝ほどの草が密集して生えているところもあった。フェアーウエイやティーグラウンドのいたるところが剥げ、補修したという痕跡もない。放置されている状態が続いていたようだ。

母智丘カントリークラブは、ゴルフ場ではない、練習場だと揶揄して憚らないものがいる、と聞いていたが、これなら言われても仕方がないと松葉は思った。

どうして、会長が社長も兼任し、自分で手塩に掛け、有終の美を飾らんと渾身の力を振り絞り、造り上げてきたゴルフ場を更に磨き上げようと努力しなかったのか。細部にわたって熟知し、自ら監督、管理、指導してきた筈の会長がこんな状態を放任する訳がない。仕事の鬼と言われ、周囲に畏怖され、会長の周りはいつも緊張で張りつめていた。

なのに、この状況は、どうしたことだろう、と松葉は疑問に思った。

会長が高齢になってコースに出なくなったのをいいことに、耳触りのいい報告だけをしていたに違いない。会長の片腕だと言われていた部長の全て良好という報告をそのまま鵜呑みにしていたのではないか。会長は、全面的に部長を信頼していただけに、疑うことを忘れていたのかもしれない。いずれにせよ、信頼を裏切る行為の誹《そし》りを免れない。

好況を反映して、ゴルフ場は年を追うごとに来場者も増え、好決算を続け、無借金経営も続いていた。

決算書を見る限り何の心配もない優良企業だった。数字が全てだ、結果が全てだ、と会長はいつも言っていた。言い訳は許されなかった。結果が良かっただけに、全てに良好という報告に満足していたのではないか。

会長はいつの間にか裸の王様にさせられていたのではないか。

しかし、バブルが弾け、ゴルフ界にも不況の波が押し寄せようとしていた。

不況になると、企業の真価が問われるようになる。そのことは、歴史を紐解かずとも松葉にも容易に理解できることだった。企業間競争が激しくなっていく。生き残っていくために松葉は何をしなければならないか、ゴルフという新しい業界に足を一歩踏み出したばかりの松葉に生き残りを賭けた命題が突き付けられ、松葉の心は重かった。

しかし、そんなことは言っておれない。

先ず、組織の見直しと人員の配置を検討することにした。

部長は、高齢でもあるので、顧問に就任してもらい、部長の都合の良い時に来てもらって大所高所から指導してもらったらどうだろうか、と社長に相談した。

「それがいいでしょう、この前の事故の怪我も完治していないでしょう」

社長は、あまり無理を掛けないように、と言いながら顧問就任を承諾した。

手当については、3か月後より3分の1にすると部長に通告した。

2、3日後、相当不満を持っていると松葉の耳に入ってきた。部長から特命を受けたのだろう、「部長に辞められたら困ります」と、揺さぶりを掛けてくる者もいた。一方では、松葉の決定に同調するかのように部長の悪口を囁く者も現れた。何を言われても相槌すら打たなかった。全てに信用出来ないことは百も承知だ。軽率な対応は混乱を助長するだけだ。

部長は、ゴルフ場建設、創業時の功労者であることに間違いはなかったが、コースの現状に目を向けると役割は終わっていると判断せざるを得ない。辞表を叩き付けられても仕方がないと腹を括っていた。

どんな揺さぶりにも反応を示さない松葉に業を煮やしたか、部長は社長である母のところに行って、近況報告のついでにと日頃の不満を話したようだ。

松葉は、社長に呼ばれ、部長が辞めたい、と言っている。急に辞められたら困るのではないか。部長は、まだまだやり残していることもある、と言った。もう少し部長に頑張ってもらった方がいいのではないか、と言いながら、ゴルフ場のことが心配で堪らないようだった。

ここでも、部長は全てが順調だ、良好だ、最後に自分がいる限り大丈夫だと付け加えて報告したようだ。

松葉は、「実は」と言いながら、社長にコースやコースの途中にあるトイレの写真を見せた。部長が、まだまだやり残したところがある、と言ったように、事実このようにたくさんある。しかし、今後これらを部長に任せることはできないと思う。高齢なだけに、コースをくまなく見て回ることは体力的に難しいのではないか、また、カートの運転にも不安がある。危険な箇所が2、3か所ある。転落事故でも起こされてはたいへんなことになる。この前も交通事故を起こしたばかりではないか、と説明すると、

「分かりました。あなたの考えで進めなさい。しかし、急に事を進めてはいけませんよ」

と、社長はそう言って松葉に一任した。

松葉は、先ず支配人の橋本を呼んで、今日からコースは自分が見る、とだけ伝えた。

そして、グリーンキーパーの谷川を呼んだ。

「部長が高齢なので、今後は自分がコース全般について責任を持って取り組むのでよろしく」

と、言うと快活な声で、

「ありがとうございます。よろしくお願いします」

という返事が返ってきた。

いきなり、感謝の言葉が先に出て松葉を驚かせた。

会長から聞いたことがあったが、素直な性格の良さが言葉に現れているようで松葉の気持ちを和ませた。

早速、松葉は谷川に尋ねた。

「グリーンもフェアーウエイも雑草が多いけどどうしてか」

すると、谷川はすまなそうに、

「取っているのですけど追い付きません」

「取っているって、何で、だ」

「手で、です」

「手で、か？　それはそうだろう。これだけ広いのだ。手で取っていては取るそばからまた生えてくるだろう。手で間に合う筈がないだろう。なぜ、薬剤を使わないのか」と問うと、

「はい、部長が、経費削減が一番大事だ。購入資材は極力減らせ、と厳命されていますので」

松葉は、驚いた。部長は会長の日頃から唱えている経費削減を忖度して、必要な資材まで仕入れをストップしていたとは。

「谷川君、いいか。除草剤を購入せず人力でやっていては、間に合わない上に、費用もかさんでいる筈だ。コースの管理資材費は減っていても、給与台帳の数字は増えている筈だ。会社の経費の中で一番高いのは人件費だ。人件費を如何に切り詰めるか、経営者の悩むところだ。必ず費用対効果を考えておかなければいけない。雑草を取り除く手間と除草剤を購入する費用と比べた場合、除草剤を買わないという選択はどこにもない。早速、除草剤を購入して雑草を壊滅させよう。どの除草剤が良いか検討しておいてくれ。その際、必ず各社の除草剤の比較表を作ってくれ。そして、君の推薦する除草剤に印を付けて提出してくれ。それが終わったらグリーンの改造に取り掛かろう。コース改造はそれからだ。ゴルフ場はグリーンが全てだ、とモノの本に書いてあったよ。俺は素人だから君に相談しながら進めるが、叩き台は俺が作る。そのあと君に見てもらうよ。しっかり頼むよ」

松葉がそう言うと、谷川はニコニコして応えた。

「社長からそう言われると、責任重大ですね」

「俺は社長ではないが、そのつもりで俺も頑張るよ。しかし、君の双肩に掛かっているからな。責任重大だよ」

と言いながら、谷川の肩を叩いた。

谷川は、会長の一番のお気に入りの社員だった。

谷川が結婚した時は、会長は喜んでゴルフ場に隣接する公園に、アルミ鋳物製の「平和の鐘」と題する記念碑を建立したぐらいだ。

なぜ、会長はこんな素晴らしい男から直接報告を聞かず、部長を通して聞いていたのだろうか。

松葉には解せなかった。

会社の中でコース管理の谷川だけは松葉に協力してくれそうだ。

友達ってありがたい

朝の打合せが終わって、一段落したところに、地元の食品会社で常務を勤めている田吉から松葉に電話が掛かってきた。

「田吉です。ご無沙汰しています。実は、うちの新しい社長が、松葉社長に会いたいと言っていますが、近々お時間ございませんか」

「何という方ですか」

「青木紘一という方です。松葉社長と高校時代、一緒だったとか」

「青木さんですか……。あぁ、隣のクラスにいた青木君ですね」

半世紀前の微かな記憶を、必死に手繰り寄せ、何とかその場を取り繕った。

「松葉社長のご都合を聞いてくれ、と言われております。いつがよろしいでしょうか」

「明日、10時ではどうですか……」

そう応えると、田吉はホッとした声で、その時間に連れてくると言って電話を切った。


次の日の朝、田吉の案内で青木がニコニコしながらやって来た。

松葉は、青木を一目見て、いた、いた、この顔、隣のクラスにいた、いた。

松葉は、半世紀前の青木の顔を思い出して、下を見てくすっと笑ってしまった。青木の頭が薄くなって、すっかりおじさんになっていたからだ。しかし、不思議なもので、しっかり面影は残している。

「おぉっ！　松葉！　元気だった？」

青木は、両手を差し出して、松葉の手を掴んだ。

青木とは、高校時代言葉も交わしたことはない。なのに、どうしてこんなにフレンドリーになれるのか。多分、俺を思いやってのことだろうが……

何と、心のやさしい男なのだろう。

「いやぁ、ビックリしたな。江川食品の社長になったのだって」

「知っているだろう、同期の江川を」

「青木とクラスが一緒だった江川君か。名前は知っているよ。この街の出身だからね。彼は、若くして亡くなったそうだね」

「そうだよ。残念だったよ。中学から一緒だったからね」

「青木は、江川君と親友だったのか」

「そうだ、大の仲良しだった。縁とは不思議なものだ。彼のおじさんから頼まれてね。おじさんは江川食品の大株主だそうだ」

「そうか、江川君の縁で青木に白羽の矢が立った、ということか。天国の江川君が導いたのだね。江川食品というと老舗の名門企業だよ。名誉なことだよ」

「立派な会社だということは知っていた。そんなことで、お手伝いすることになったので、挨拶に来たという訳だ」

「そうだったのか。これはご丁寧にありがとう」

松葉は、素直にお礼を言った。

「ところで、どうだ、今夜一杯」

「ごめん、今夜は先約があるので」

「そうか、それでは明日はどうだ」

明日は社内会議の予定だったが、青木に申し訳なくて、予定を変更して会うことにした。

翌日、約束の時間より早めに居酒屋に行くと、もう青木は来ていた。そして、既に料理の注文もしているという。

松葉が、席に着くとビールが運ばれてきた。どうも、雰囲気から今日の飲み代は青木が支払いするつもりのようだ。

どうしたものか……。何かと気遣ってくれるのは嬉しいが、憐れみは請いたくない。松葉の気持ちは複雑だった。

「松葉！　再会を祝して乾杯」

青木が、元気な声でジョッキを高々と上げた。

「松葉、たいへんだったな。話は聞いたけど、うまくいっているらしいな。良かったな」

「いや、いや、まだまだだよ。再建は、まだ緒に就いたばかりだよ」

「いや、みんなそう言っているよ」

「そう？　まだ人様に、再建できそうだとか、再建間違いなし、ですとか言える状態でもないよ」

「そうか？　再建を疑うような話は聞こえてこないな。評判いいよ」

青木は、こちらに来てまだ日が浅い。挨拶回りで忙しい筈だ、俺の話まで話題が及ぶことはないだろう。田吉一人が言ったのを、青木が松葉を励ますつもりで「みんなが、そう言っている」と言っているだけだろう。

それにしても、青木という奴は、本当に気遣いの男だな。同級生だから挨拶に来た、と言って来てくれる。松葉は自分は幸せ者だ、と自分に言い聞かせた。

「ところで、松葉、ゴルフ場もやっているのだってね」

「いや、やっているというより、やる羽目になったというのが正しい。実は、親父の遺言で、俺にはゴルフ場は継がせないということになっていたので、おふくろが社長なのだよ。俺は、おふくろに頼まれて社長代行を勤めているだけなのだよ」

「そうなんだ」

「俺は、ゴルフは嫌いだったから。親父がゴルフ場を始めようとした時、ゴルフ亡国論を唱えて大反対したからね。親父は快く思っていなかったからな。まぁ、当然だよ、親父にしてみれば」

　松葉は、自分に言い聞かせるように言った。

「なるほどそうか。まあ、どこの家庭でもいろんなことがある。誰かの言葉ではないけれど、人間だもの、仕方がないよ。ハッピー、ハッピーでは、人生おもしろくないよ。問題頂いてありがとうだ」

「そうだね。そんなものかもしれないね。しかし、ゴルフの業界は難しい問題を抱えて、たいへんだ。容易ではないね。高齢化が進み、ゴルフ人口の減少に歯止めが掛からない。バブルが弾けて全国のゴルフ場は、ピーク時より200か所あまり少なくなった。1割も減ったことになるよ。他の産業で1割も減少したら、大騒ぎになるだろう。まだまだ、減少するだろう。倒産も増えるだろう、と業界のコンサルタントと呼ばれている人たちは言っているよ。ここから1時間以内のところで、3か所もゴルフ場がなくなったよ。氷河期に突入したようだな」

「しかし、松葉なら切り抜けるだろう」

「アッハッハ、そんなことを言ってくれるのは青木だけだよ。世間は冷たいよ。周りの冷え冷えしていること想像以上だよ。潮が引いたあとに霜柱が立ってくるのが目に見えるからね。中には氷水をぶっ掛けるのもいるからね。打たれ強くなったよ。正に、青木が言ったようにありがとう、だな。青木に会って元気もらったよ。元気を出さなくては、な」

「そうだよ、負けてなるかよ、だ」

「誰に？」

「自分に、だよ。人はどうでもいいよ」

「そうだね。まぁ、そうだけど……。信用をなくしたからな」

「何、言っているのだよ。アメリカでは、失敗した人ほど信用があるというではないか」

「そうかな。どうして？」

「どうしてだ？　2回も失敗する人はいない、ということだよ。トランプ大統領だってそうだよ。倒産会社の社長が大統領になるのだからな」

「アメリカという国は、国も大きいが、人間も大きいね」

「日本でもそのうち、そうなるよ。でなければ世界で戦ってゆけないって。ところで、松葉を励ますゴルフコンペを始めたいと思っているのだが、どうだろう」

「それは、ありがたいし、嬉しいね。しかし、俺は今謹慎中の身だからな。俺は参加できないけど、キャディならできるよ」

「何言っているのだ。松葉が参加しなければ、何にもならないよ。大体、何年謹慎するつもりだ？　何年謹慎しても一緒だよ。松葉が謹慎したからと言って、どうなる？　松葉が、うなだれれば、うなだれるほど喜んでいるのが増えるばかりだ。他人の不幸は蜜の味というからね。連中の思う壺になるだけだ。いつまでも、まな板に乗っていてどうする。松葉のど根性を見せてやれ！」

「そうだね。またまた元気をもらったな。青木、ありがとう」

「それでは、いいな。同期のみんなに連絡を取るよ」

「ありがとう。永いことみんなに会っていないなぁ。どんな顔して会おうか」

松葉が、不安げに呟くと、

「どんな顔をして？　どんなも、こんなも、あるか。堂々としていればいい」

「堂々と……。そんな態度でいたら、お前、何考えているのだ！　お前のしでかしたことを分かっているのか！と、どやされるわ」

「じゃぁ、普通に、にこにこしていればいい」

「にこにこ……。お前ってノー天気だな。お前、阿呆か！と言われるわ」

「誰がそんなこと言うか。誰も思いもしないし、言いもしない！　考え過ぎ！」

「そうか……。それならいいけど……。しかし、なぁ青木、平然としていると、あいつは開き直っている、けしからんという声が聞こえてくるのだよ」

「松葉、そんなの気にするな。そんな奴らに１００のエネルギーを使って10の効果を上げるより、まだまだ効果的なエネルギーの使い路がある筈だ。松葉の理解者を１００％にすることは、どこの世界にも、どの時代にもあり得ない。半分を超えたら上等。考えにゆとりをもっと持ったらどうだ」

「そうか、ゆとりをね。よし、分かった。しかし、俺は不名誉なことをしでかして、同級生のみんなに相すまない、といつもそう思っている」

「何がすまない、だよ。松葉のことを心配はしても、迷惑に思う奴などいないよ。みんな、ちゃんとやっている。松葉、そんなこと気にするな」

「そうか。青木の話を聞いて、だいぶん気が楽になったなぁ。俄然、みんなと一緒にプレーしたくなったな。しかし、俺ゴルフ、ヘタだよ」

「よしよし、ヘタでよし。それでいい。松葉が参加して、みんなが喜んでくれたら良い」

早速、青木が有志を募って発起人会を開いた。

コンペ名を、母校のザビエルの校名に因んで「FX 母智丘会」、月1回、第2日曜日に開催することになった。

発起人会の席上で近隣のゴルフ場を巡回して開催する案も出たが、松葉が社長を務める母智丘カントリークラブで開催することに意味があるとして、青木が頑として聞き入れなかった。

青木の松葉を励まそうとする強い気持ちを松葉は知って、同窓のありがたさを改めて肌で感じた。


翌月の第2日曜日、「FX 母智丘会」の第1回コンペが母智丘カントリークラブで開催された。何と38名の同窓生が集まった。

組合せ表を見ると、青木の配慮だろう、同じ組で、松葉の中学、高校の同級生の吉竹と一緒の組で回ることになっていた。

松葉は、久し振りだなぁ、吉竹に会うのも、と思いながら、ロビーのコンペ受付で、幹事の横に座って、吉竹を待つことにした。

吉竹の顔を見つけた松葉は、ニコニコしながら歩み寄って、

「いやぁ、吉竹君、ずいぶん久し振りだね」

と、言って手を差し伸べて握手した。

「元気だった？　その後、何の連絡もなかったが。俺が、金でも貸してくれ、と言うのではないかと、心配したのではないか」

と松葉が言うと、吉竹は、ヘラヘラと笑った。

思っていたことを図星と言われ、笑いで誤魔化したのが、松葉にはすぐ見て取れた。

何、考えているのだ！　変な薄笑いなんかしやがって。

思い違いもいい加減にしろ、俺はなぁ、お前と違って、銀行以外から金を借りたことなんかない！と松葉は怒鳴ってやりたかった。

吉竹は、中学一年生の新学期から松葉の通い始めた中学校に転校してきた。

今までの小さな町の学校の教育では後れを取る、という不安からか、母親の故郷、松葉の町に転校して来た。

松葉の家の近くのおばあさんの家から学校に通っていた。

家も近くだったので、毎日のように一緒に遊んだ。

長男として大事に育てられたのか、たいへんなわがままで、怒りん坊だった。毎日、ご機嫌を取るのに、松葉は小さな胸を痛めた。

そんな吉竹とは、別々の大学に通うことになって交友は途絶えていたが、また会うようになったのは、大学を卒業して20年ほど経って、彼が親元の町から、町長選挙に出ることになったので応援して欲しいと連絡があってからだ。

初日の出陣式に駆け付けてみると、形勢が悪いという情報を耳にした。

松葉は、次の日から1時間半掛けて、夜の集会に毎日顔を出すことにした。

3日目の集会に行った時、後援会の責任者から松葉に弁士を務めてくれないか、と要請があった。

なかなか盛り上がらない集会に、心配していた松葉は、二つ返事でその晩から弁士を引き受けた。

マイクを握った松葉は、集会に駆り出されたと一目で分かる聴衆に向かって開口一番、大きな声で叫ぶようにして言った。

「皆さんがお住まいのこの町は、どんな町だと思われていますか。大方の町民の皆さんは、過疎の漁師町、限界集落に近い田舎町、誰が町長になっても同じだろう、と考えておられるのではないですか。私は、誰が町長になっても同じということはないと思っています。志を持った町長が生まれると、この町は大きく変貌します。この町は、すごい町なのです。然も日本一すごい町だと、私は思っています。そうでしょう、日本に一つしかないロケット基地の町なのですよ。日本で、宇宙に一番近い町です。先ずは、地元住民に、次に近隣の市町村の住民に、そして日本人全員に知ってもらえるようにしましょう。そうすると、世界の人に知ってもらえるようになります。知ってもらうためにはどうすれば良いか。例えば、ここの港では、ヤリイカの水揚げが多いそうですが、ここで水揚げされるイカの名前をロケットイカなんて名付けたらどうでしょう？　ここで取れるコメの名前は、ロケット米、お土産のお菓子もロケットの名前を付けましょう。ロケットの形をしたロケット最中など、どうでしょうか」

松葉が、そう言うと、前の列に座っていた若者が、

「お菓子屋、この町にはお菓子屋ないよなぁ」と、同意を求めるようにして周りを見回した。

その声を耳にした松葉は、おもむろに言った。

「そうですか。この町には、お菓子屋はありませんか。ないからできないでは、この町を活性化させることはできません。なかったら幸いです。既存のお菓子屋を説得する手間が省けます。町の活性化を図るためのお菓子屋さん、お菓子屋さんの目的が明確に打ち出せるので、どこにもない特徴のあるお菓子屋さんを作ることができます。農家のお年寄りにお願いして、ヨモギ餅など作ってもらって、ロケットの焼き印を押したらどうでしょう。今の時代、手作りが貴ばれます。そう言うと、今度は、売るところがない、売る人がいない、という声が聞こえてきそうです。売るところは、ロケット基地に行く途中の農家の庭先で十分です。いや、その方が、田舎の雰囲気が出て良いではありませんか。そこで、蒸篭なんかから蒸気が上がっていると最高ですね。ド田舎と時代の先端のロケットとの対比、絶妙の組み合わせは、都会人をシビレさせます。売る人は、日向ぼっこをしている初老のおばあちゃんがいくらでもいらっしゃるでしょう。ちょっと小奇麗に薄化粧なぞして、微笑むと、おばあちゃまもお年を忘れてしまうでしょう。これって、生きがい創りにもなりますよね。何もない、そんなことはありません、皆さんの知恵がある限り、大丈夫です。そう言うと今度は、俺は頭が悪い、知恵など持ってない、と否定的に何でも考える人がいますが、知恵なんていうのは、親から授かるものではなく、湧き出てくるものなのです。湧き出る？　そうです、湧き出るものなのです。みんなで集まって、議論して、話し合っていると湧き出て来ます。

次は、いよいよ政治家の出番ですね。国にお願いしてロケットミュージアムを造ってもらいましょう。それには、中央政府に人脈の豊富な人でなければできません。

ここが、吉竹候補の出番です。戦後日本の奇跡と言われた復興のために大いに活躍した迫永先生の秘書を勤め上げた吉竹候補なら、それができます。

そこに先ずは、近隣の小、中学生に見学に来てもらいましょう。そして、鹿児島県下の学校、お隣の宮崎、熊本と広げて行きます。家に帰った子供たちが、親御さんに話すでしょう。ロケットの町に行ったと。少しずつ、少しずつ、その輪は広がって行きます。だんだんこの町を知っている人が増えてきますと、この町が、希望の持てる町、若者が流出しない町、出て行った若者が帰って来る町になって行くのです。喜んで定住しようとする町は、いきなり生まれるものではありません。一歩一歩、地道な活動を通して、誇れる町に近付いて来た時、それは現実化して行くのです。それを実現できる人は、見聞を広めて来た人、そして見識のある人、そして中央とパイプを持っている人でなければできません。皆さん、吉竹候補こそ、皆さんの愛してやまないこの郷土を、飛躍させることができる男です。皆さん！　わが町を誇れる町にしようではありませんか」

集まった地域の人たちに、問い掛けるように話すと、集会に集まった人たちの目の色が変わってきた。

後ろの席から、そうだ！　そうだ！という大きな声が湧き起こった。

これで浮動票が動き出すぞ！　松葉は手ごたえを感じた。

それでも、不安を覚えた松葉は、他に何か手伝うことはないか、と吉竹に聞くと、車に運転手を付けて選挙期間中貸して欲しい、と言う。

松葉は、そんなこと、お安い御用と自分の車と自社の選挙好きの社員を差し向けることにした。

選挙戦も中盤に差し掛かった頃、夜遅く吉竹から電話が来た。

「松葉君、たいへんお世話になっている。運転手の方も夜遅くまで頑張ってくれて、助かっている。ありがとう、感謝しているよ。今夜は、お礼もだけど、実はお願いがあって電話をしたところだ。急なことで申し訳ないが、お金を貸してくれないだろうか」

「いくらほど？」と松葉が聞くと、

「すまん、7百万円くらいだけど……」と遠慮がちに言う。

「いつまで」

「できたら、明日までに。急なお願いでごめん」

「分かった。午前中に振り込むよ。振込先を教えて」

「すまん、現金でお願いしたいのだけど。取りに行かせたいが、誰にでも、という訳にはいかないので、すまんけど持って来てくれないだろうか」

現金を持って行く？　今どき、現金を……。そうか、表に出せない金だな。

昔、選挙には表には出せない金が必要だ、と松葉は聞いたことを思い出した。

この金はそういう金かもしれない、と思ったが、敢えて聞こうともしなかった。

「分かった、それでは、少しでも早い方が良いだろうから、午前中に俺が持って行くよ」

そう言って、松葉は、自分で持って行った。

町長選挙には、いくらぐらいの金が必要なのか、松葉は知らなかったが、まさか表の選挙資金も枯渇した訳ではないだろうな。一体全体どうなっているのか、と不安には思ったが、何の詮索も入れなかった。

付き合いの途絶えていた松葉に頼んで来たということは、相当困ってのことだろう、と思って黙って現金を渡した。

借用書も取らなかった。

「ありがとう」

とだけ言って、彼は受け取った。

しかし、選挙の結果は落選だった。

松葉は、開票結果が確定すると、すぐ吉竹のところに行って慰めた。

「吉竹君、対抗馬はここで生まれ、ここで育ち、ここで働き、毎日焼酎を酌み交わしている候補だ。土着度が違った、という感じがしたね。普通の選挙と違っていたな。あの開票所での彼らの熱気からそう思ったよ。全くコネ、コネで練り固めたような選挙だったような気がする。負けたからと言って、君の人格が否定された訳ではない。気を取り直して頑張ろう。またチャンスは来る」

松葉は、吉竹がまた次の選挙に挑戦するものと思ってそう言って慰めると、ホッとした顔付きをしてにっこり微笑んだ。

それから、10日後、吉竹は7百万円の現金とトロ箱一杯のイカをお礼に、松葉の家に一人でやって来た。

「まぁ、上がって行け」と言ったが、次に行かなければいけないところがある、と言って立ち去った。

敗因の一端でも聞きたい、と言いたかったが引き止めなかった。多分、敗残兵の顔を晒したくはなかったのだろう、と思いやった。

それからというもの、吉竹は松葉に顔を見せたことがなかった。

一度だけ、松葉が民事再生を申立てた時、手紙を寄こした。

そこには、

「民事再生を申請したと聞いた。驚いた」という内容のものだった。

地獄の底を這いずり回っている者に宛てた手紙にしては、淡々としたものだった。

こんな通り一遍の手紙を寄こしやがって、悔しいやら、悲しいやら、松葉は気が抜けて行くのを止めるかのように力一杯破り捨てた。

そんな吉竹と今一緒にゴルフをする羽目になった。

幹事の青木に、吉竹とは回りたくない、と言いたかった。しかし、それは言えない、今日は自分を励ますゴルフコンペだ。

吉竹は、しょっちゅうゴルフをしているらしく上手かった。

それに比して松葉は、民事再生を申立て、謹慎中の身、ボールになかなか当たらず、散々なスコアだった。

吉竹が、クラブハウスに向かうカートの中で、松葉に変なことを言い出した。

「松葉君、鹿児島のパチンコ屋さんが民事再生を申立てたのを知っている？」

と尋ねた。

「ああ、知っているよ」

「ゴルフ場も含めて全部手放したらしいな」

「あぁ、そうか、それは知らなかったな」

松葉が、そう応えた時、隣に座っている山本が、話し掛けてきた。

「松葉、月何回ぐらいゴルフをしている？」

「月何回？　全然してないよ。今日は君たちが来てくれたからやったけど、殆どしてないよ。何しろ、謹慎中の身だからな」

大体、俺ってゴルフ嫌いなのだよ、と言おうとしたが、思い止まった。折角のコンペに水を差すことになる。

「何言っているのだ、いつまでも。今度からどんどんやろう。どんどん、押し掛けて来るからなぁ」

「あぁ、ありがとう。ありがたいなぁ。元気が出たよ」

松葉は、そう言って山本の手を握り締めた。

しかし、山本の手を握り締めながらも、先ほどの吉竹の言ったことが気になった。

吉竹は、何であんなことを言ったのだろうか。

俺にこのゴルフ場を差し出せ、とでも言っているのか。

お前には言われたくない。一宿一飯の恩義も忘れるようなお前なんかの指図は受けん。

俺は、お前に何か頼んだことがあったか、何か迷惑を掛けたことがあったか、お前にそんなことを言われる筋合いはない。

そうだろう！　民事再生を申立てて程なくお前は手紙をくれたよな。お前のくれた手紙の字面の裏側でせせら笑っているお前の顔を見たのだ。不思議に見えたのだよ。

蜂の蜜をなめながら、美味しそうな顔をしていたよ。

いいか、こちらにはこちらの事情があったのだ！　お前なんかには、分からない事情があったのだ！
この人でなし！　もうお前の顔なんか見たくもない！
松葉は、こんな男に関わり合うのはもうやめよう、と心に誓った。
しかし、このことは誰にも言わず、自分の胸のうちに仕舞い込んだ。

第2章　アルミ鋳物工場とゴルフ場経営

売上激減

債権者集会が終わって、あっという間に1か月が過ぎた。

受注物件のキャンセルが相次いだ。その処理に営業の担当者は元より工場も忙殺された。新たな売上に力を注ぐのではなく終戦処理に追われていた。

このままではジリ貧どころではない、ブラックホールに吸い込まれるようにして会社ごと消え失せてしまう。

どうしよう。仕事がなくなる。

松葉は焦った。

どうすればいいのだ。

しかし、松葉の悩みを誰にも話せない。仙田にも、まして竹之下は尚更だ。こんな状態では、仙田だって投げ出すかもしれない。仙田は単身生活が長くなっている。口実はいくらでもある。仙田が辞めるということになると、社内に激震が走るだろう。言えない、話せない。

工場に来てはみたが、仕事がない。何もすることがない。先の見通しもない。こんな開店休業状態の職場を見て、再生だ、再建だ、と居残ってくれた社員たちも雲散霧消するだろう、そして工場ごと、海の藻屑となって消え失せることになるだろう。

松葉は目を閉じて、天を仰いだ。

民事再生を申請して失った信用は計り知れない。

再生へのスタートは切れたが、本当に製品を造れるのか、納品は大丈夫か、取付工事はできるのか、と発注者側の不安は大きいだろう。

営業担当者とて同じだろう。

会社は本当に大丈夫だろうか、などと不安を抱えての営業では自信を持ってクライアントに売り込むことは難しいだろう。おっかなびっくりのところが少しでもあれば、相手に見透かされ、営業の口火も切れないだろう。

そうだよなぁ、できないだろうなぁ、などと否定的な方に、否定的な方にと自分の考えが流れて行くのが怖かった。

そんな松葉を諌めるかのように突然、地響きを伴いながら怒鳴る声がした。

「松葉！　どうする、今始まったばかりではないか」

「これからだ！」

「これからだ、という時に悩んでばかりいてどうする！」

「分かった、分かった！」

と身を屈めて、恐れおののいた松葉は、その声を跳ね返すように大声で怒鳴り返した。

顔を上げると、微かに風神と雷神が走り去って行くのが見えた。

松葉は、誰に応える訳でもなく叫んだ。

「そうだ、ここにいては何も分からない」

今から、新規の物件を探してみても、工場に投入するまでには少なくても2か月は掛かる。そんなに待っている時間などない。

キャンセルになった物件を、もう一度元に戻してもらえれば、工場に投入するまでの時間はそう掛からない。何とか元に戻してもらえないか、相談してみよう。当たって砕けろ、だ。

先ずは、東京支店に行って、キャンセルになった先の話を聞いてみよう。できたらキャンセルと言ってきた人に会って本音の話を聞いてみたい。

松葉は、仙田を呼んで今から東京支店に行ってくると伝えた。

「社長、また急ですね。どうしました？　いつも一番機で行かれていたのに」

「キャンセルの具体的な理由を聞いてみたくて、ですね。今からだったら夕方には会議を開けるでしょう。専務、支店長に私が会議を開きたいので、みんなに連絡するように、と言っておいて下さい」

そう言って、松葉は宮崎空港に向かった。

会議で、キャンセルになった物件の理由を、１件１件担当者に聞くことにした。

聞いてみて驚いた。

殆どが、いや全てが、電話でキャンセルを通告され、「はい、そうですか。ご迷惑をお掛けしました」で終わっていた。

こちらから、キャンセルの理由を聞いていない。

自分たちの頭の中で答えを出している。民事再生を申立てた会社だ。断られて当然だ。

理由を聞いても仕方がない。

もうここまで、と観念してしまっている。

違う！　違う！　これから再生するのだ。再建するのだ。破産したのではない！　と、松葉は力説した。

しかし、いくらこれからだ、と言ってみても、もう社員の目は澱《よど》んで、まるで生気がない。中には薄笑いを浮かべている者までいる。

駄目だ、こちらまで引きずり込まれて、諦めさせられそうだ。

重症だ、断ち切ろう。

そうか、東京支店の状況はこれほどまでに落ち込んでしまっていたのか。

ここで支店長を詰《なじ》ってみても、事態は好転しないだろう。

上京して来て良かった。来ずに電話だけの報告では、淡い期待を持って事態の好転を期待していただろう。

そして、このまま時間ばかりが経過して、取り返しのつかない事態に陥ってしまうことになっていただろう。

それにしても、支店長はみんなに民事再生を申立てた事由、そして松葉工業の再生、再建をどんな風に話していたのだろうか。もしや、話していなかったのではないか。

松葉の疑問は深まるばかりだ。

もう良い、これが現実だ。

然らば、どうするか。ここは松葉自身でやるしかない。そして、時期を見て誰かに繋ぐことにしよう。

ここで、いくら検討しようとしても無理だ。虚脱感の方が強過ぎる。もうここでは次の行動のヒントさえ掴めそうにない。

松葉は、キャンセルリストを手に、会議を終わることにした。

支店を出て、定宿にしているホテルに向かって歩いていると、後ろから呼び止める声がした。

振り向くと、平川が駆け寄って来た。

「社長、お時間ありますか」

「うん、いいよ。ホテルのロビーに行くか」

そこで平川が松葉を驚愕させるようなことを言い出した。

「支店長は、松葉工業の再生、再建などまるで眼中にないです。社長は松葉工業を再生させる、必ず再建なる。皆さんの協力をお願いする、と文書で、口頭で何度もおっしゃいました。しかし、支店長は何とみんなに言ったと思いますか。私は許せません」

「何と言ったのだ、みんなに」

「おい、次の行先は決まったのか。行先がない奴は俺のところに来い。紹介してやるから、と偉そうな顔して言っています」

「そうか！」

「そうですよ。おい、みんなで踏み止まって頑張ろう、ではないのですよ。逃げ支度の手伝いをしてやる、と言っているのですよ」

「そうか、部下に最後の顔つくりをしようとしたな。分かった。ありがとう。そこまで分かれば、俺の覚悟も決まった」

「社長、今では社長を支えて頑張るぞ、と思っているのは野中顧問だけです」

「そうか、それでお前は？」

「もちろん、私は社長について行きますよ。残って、逃げ出した奴らを見返してやります」

「そうか、ありがとう。これからも協力してくれ。ここで、飯でも食おうか、と言いたいところだが、今日はその気分になれんな。再生なった暁には、二人で、あっそう野中顧問も一緒に乾杯しよう。平川君！」

松葉は、ありがとう、ありがとうと言って平川の手を握り締めた。今にも松葉の目から涙がこぼれ落ちそうになった。

「平川君、俺は今から部屋で、キャンセルになった物件でもう一度復活出来るところはないか、リストをよく見てみるよ」

「キャンセルしたところで、元に戻してくれるところはありますか」

「さぁ、当たってみなければ分からないけど、あると思う」

「ありますか。どんなところですか」

「うむ、聞きたいか」

「聞きたいです。この難しい時期に、どうされるか、勉強させて下さい」

「そうか、うむ、それでは近くの焼きとり屋でも行こうか。君の知恵も借りることにしよう」

焼きとり屋の暖簾を潜ると、親父が威勢のいい声で、

「いよ！　社長！　お久し振り！　今日はお二人ですか。どうぞ、奥の席に」

支店の会議が終わると、みんなでこの焼きとり屋に来たものだ。松葉工業が民事再生を

申立てたことは、親父は知っている筈だが、そんなことは微塵も感じさせない、いつもの親父に、松葉はホッとさせられた。

「親父、生2杯と適当に串10本、頂戴」

ここの焼きとり、何を食べても美味しい。親父に任せるのが一番だ。

「平川君、ご苦労さん、まぁ、乾杯。キャンセルの件だけどな、順番に当たっても時間のロスだ。平川君はどうしたら良いと思う？」

「さぁ……」

「キャンセルを言ってきたところは、注文書を出したゼネコンだよね。ゼネコンに『何とかして下さい』と100回頭を下げても無駄だ。その物件を、ゼネコンに紹介した人、或いはゼネコンに強い発言力を持っている人にお願いするのが一番手っ取り早い。平川君、このキャンセル物件の中にそんな人を知っている物件はあるか」

「いや、ありません。支店長にも聞いてみましょうか」

「いや、いい。彼に聞いても一緒だ」

松葉は、愛想を尽かしたように言った。

「そうか、ないか。さて、どうするか……。この中に、過去に松葉工業の製品を2回以上図面に折り込んでもらった建築設計事務所はあるか」

　図面に折り込む、とは建築図面の特記事項に、アルミ鋳物は松葉工業の製品を指定してもらうことを言う。1回採用してもらって、それなりの評価を頂くと2回目から記載してもらえるようになることが多い。

「3物件あります」

「うむ、その3物件がターゲットだな。その物件の中で設計事務所の社長自ら折り込んでもらったところはどこだ」

「ここところが、私が社長から建築図面に松葉工業と記載してもらった物件です」

　平川が、キャンセルリストを指差して言った。

「そうか、そのふたつとも君の担当だな。それだったら都合がいい。明日一番で、社長のアポを取ってくれ。できたら2軒とも、明日お会いできると良いけど、無理なお願いはしないでくれ。こちらの都合で来ているのだからな。次の日になっても良いからな。そのために上京したのだからな。もう一つの物件は誰の担当だ」

「崎田課長です」

「そうか、明日崎田課長に聞いてみよう」

「どうして設計事務所の社長直々に指名をもらったところに絞られたのですか」

「今まで、社長直々ご指名頂いて来たということは、それだけわが社の製品にご満足頂き、ご支援を頂いてきたということだ。しかし、このようなことになって申し訳ない、とお詫びを申し上げ、発注をキャンセルしたゼネコンに、もう一度松葉工業の製品を使うように言ってもらえないか、とお願いしてみようと思っている。設計事務所の社長から直々言われたら、そう簡単に断れないだろう。この現場も、だけれど、これからも業界の中でうまく立ちまわっていくためには、誰でも角は立てたくないからね。そのためには、社長に松葉工業の実態を知って頂き、ご理解を頂いておかなければならない。既に支店長の方から説明はあったとのことだったが、彼に任せても駄目だということは、君の先ほどの話で分かった。然らば、もう一度社長自ら出て行って、お詫び申し上げ、説明をさせて頂かなければならないと思う。民事再生申立に至った経緯についても、つぶさに説明させて頂いて、会社の現況を話し、お陰様でこうして事業を継続させて頂いております。松葉工業の本社工場そしてスリランカ工場とも1日として操業を停止することなく今日に至っております。弊社にアルミ鋳物のご発注を頂いても品質は元より納期の面におきましても、ご迷惑をお掛けすることはございません。もしよろしければ、社長様より発注者のゼネコンに一言お口添え頂きますれば、誠にありがたく存ずる次第です。何卒、社長様にはお忙しいところ申し訳ございませんが、よろしくご支援賜りますようお願い申し上げます、とまぁ、こんな風にお願いしようと思っている。どうだろう？」

「なるほど、社長が直接行かれて話をして頂ければ、相手も安心して頂けると思います」

「ここは、何としても仕事の確保をしていかなくてはならない。君も、今一度よく考えてみてくれ、俺もホテルに帰って、もっといい方法はないか、考えてみる。じゃ、これで」

松葉はホテルに帰って、シャワーも浴びず、椅子に座って平川に言ったことを箇条書きに書いてみた。そして、なぞるように何度も読み返した。なかなか名案は浮かばない。

ふと見上げた時計は、12時を回っている。

もう寝なくては、明日がある、とベッドに入ったが眠れない……

翌朝7時半、松葉が支店に着くと、平川がニコニコしながら松葉に、

「昨夜は、どうもありがとうございました。勉強になりました」とお礼を言いながら、9時になったらアポを取る、と自信ありげに言った。

9時になって、平川が先ほどよりニコニコしながら報告した。

「そうか、2軒とも取れた？　幸先良いね。今から出て行くと丁度良いのではないか」

松葉は、崎田にもアポを取るように言って、平川と出掛けた。

先ず、新宿の㈱スリーエル建築設計に向かった。

この設計会社の新川社長は、松葉工業の本社工場にも、製品検査で何度となく見えて、松葉も懇意にさせて頂いていた。アルミ鋳物に対して造詣が深く、松葉たちも学ぶところが多かった。また、アルミ鋳物の特徴を存分に引き出させるデザインには定評があり、松葉はよく社内会議で、名監督の新川社長に掛かれば、大根役者のアルミ鋳物も名優に変身する、と紹介して新川社長を礼賛したものだ。

上京しては、新川社長にお会いするのが松葉の楽しみだった。

通された社長応接室で、松葉の顔を見た新川社長は、いきなり険しい顔で、

「松葉さん、一体どうしたのよ。びっくりしたよ」

「社長さん、全く申し訳ございません。民事再生を申請いたしましたが、製造は継続させて頂いております。製品の供給については、何らの問題もございませんので、引き続きよろしくお願い申し上げます」

松葉と平川は、立って頭を深々と下げた。

「うちは、お宅を推薦してえらい恥かいたよ。うちは、お宅に絶大なる信頼を置いていたからね」

「今まで、社長さんには多大なご支援、ご指導も頂いておきながら、このような不始末を起こしまして面目ございません。私どもも、メイン銀行の突然の融資変更に遭いまして、困惑いたしておりましたが、関東工場を切り離しまして、身軽になりましたので、その後は、本社工場もスリランカ工場も、従前通り稼働いたしておりますので、大きな問題もなく推移いたしております」

「問題はないと言われてもね。もう、ゼネコンから指名変更願が出て、了解したばかりだよ。今後は、わが社は難しいと思うよ」

「いろいろとご迷惑をお掛けして申し訳ございません。今後とも、努力を重ねて参りたいと思っておりますので、何卒よろしくお願い申し上げます」

「えーと、次の予定があるので、これで失礼します」

新川社長は、そう言うと慌ただしく部屋を出て行った。

事務所を出て、すぐ平川が松葉に腹立たしげに言った。

「冷たいですね。全くこちらの話を聞いてもらえなかったですね」

「そうだったな。平川君、まぁ、会ってもらっただけでもありがたいよ。『もう、あなたは蚊帳の外の人間だ』と面と向かって言われたこともあるからな。それに比べれば、まだいいよ」

「へぇー、蚊帳の外、と言われたのですか。社長に面と向かって、ですか。ひどい奴もいるものですね。一体誰ですか」

「誰かって？　君は知らないだろうな。いつも、へいこら、へいこら、していた男だよ。概して言えることは、そんなに親しくもないくせに、馴れ馴れしく、名前をちゃん付けで呼んでいた男に限って、手の平を返したようによそよそしくなるのが多いね。不思議と共通項があるみたいだね。『串木野さのさ』の一節に『落ちぶれて、袖に涙の掛かるとき、人の心の奥ぞ知る。朝日を拝む人あれど、夕日を拝む人はなし』。正《まさ》しく言い得ているね。人間っていつの世も同じかな」

「社長、辛いですね。これほどまでに、仕事に打ち込んできたのに、世の無常を感じずにはいられませんね。しかし、新川社長、冷たかったですね。製品検査に来ては、いつも無理難題を押し付けられ、泣く泣く承諾させられて、作り替えたりしたこともありました。

その時は、ありがたい、さすが松葉工業さんだ、こういうメーカーさんがいるから、俺たちは仕事ができるのだよ、と同行の方に言われていたのが嘘のようです」

「平川君、大丈夫だよ。無常を観ずるは菩提心の一なり、という道元の教えがある。これから、いいことがあるよ」

「社長、菩提心の一なり、とはどういうことですか」

「世の無常を知った時に、真の幸せへの一歩を踏み出せる、ということだよ」

「なるほど、そういうことですね。よし、頑張ります」

平川のいいところだ。打ちひしがれそうになっても、切り換えの早さは、松葉にも勇気を与えてくれる。

「平川君、時間が経てば、また状況は変わってくる。新川社長だって、今は困惑されていての発言だったと思うよ。時間が経てば、わが方に帰って来てもらえるよ」

「そうだと思います。他社の製品を使われてみれば、わが社の良さを再認識してもらえると思います」

「そうだね。待てば海路の日和あり、だ。静かに待つことにしよう。さぁ、先を急ごうか」

二人は、タクシーを拾って、次のチェリー設計事務所に向かった。

そこは、明治神宮の森の梢が届きそうな閑静な住宅地にあった。

松葉も、東京で営業を始めた頃は、よく通わせてもらったところだ。

ここに来ると、原沢所長にいつも何かの新しい発見をさせられて帰ったものだ。アルミ鋳物の無限の可能性を学んだ。そして、建築とアルミ鋳物との関わり合い方も学んだ。所長は、建物の稜線は特に重要だ、と説き、それをスカイラインと呼んでいた。

その材料としてアルミ鋳物は最適だ、と言われたのを今も忘れることができない。

元々好きだったアルミ鋳物という材料をもっと好きになったのも、所長のお陰だ。

建築を専門的に勉強したことのない松葉だったが、何とか建築家の先生方とお話ができるようになったのも、所長に触発され、人様の話に興味を持って耳を傾けるようになってからだ。本当にありがたい。感謝の一語に尽きる。

チャイムのボタンを押すと、松葉の来訪に気付いていたかのように、すぐにドアが開けられた。

一段高いところに立っておられた原沢社長は、松葉の顔を見るなり、

「松葉社長、お元気でしたか。遠いところ、ご苦労さんです。さぁ、どうぞ、お上がり下さい」

ドアを開けてくれた女性が、すかさず、スリッパを差し出した。

招き入れられた応接室で、

「この度は、たいへんでしたね。その後如何ですか」

所長は、心配げに松葉に聞いた。

「お陰様で、こうして元気に仕事をさせて頂いています」

「それは良かった。心配していたのですよ、実は」

「ありがとうございます。ご心配をお掛けして申し訳ございません。平川も残って頑張ってくれています。工場の方も、平常通り操業いたしております」

松葉は、改めて今回の民事再生申立に至った経緯を説明した。

「そうでしたか。御社の民事再生については、文書で頂いておりましたが、社長から直接お聞きして安心しました。頑張って下さい。御社に、もしものことがあって、製品の供給がストップしてしまうようなことがあれば、私の設計に影響があるばかりでなく、社会的損失になってしまいます」

「所長さん、私どもの会社が消滅することが、社会的な損失などとそんな大層な会社ではございませんが……」

「社長、何をおっしゃいますか。そうですよ。先ず同業者が少ない。松葉工業を除けば何社ありますか。片手で十分でしょう。私は、なくてはならない、お仕事だと思います。大量生産大量消費時代に入り、そして大量廃棄の時代に突入しました。建物ですらスクラップアンドビルドが叫ばれて、解体業が一つの産業になっています。寂しいではないですか。造るには、多くのお金と多くの人の手を煩わせて、多くのエネルギーを消費します。住宅など、一生で1軒造れるか造れないかほどの大金を使います。それが一瞬にしてなくなるのです。資源は無尽蔵だ、などと今の時代に考えている人などいない筈なのに、お題目を唱えるばかりで、未だに循環型社会に移行しようとしていない。リサイクルの重要性が叫ばれて久しいですが、遅々として進まない。建物の材料などリサイクルの出来ないものは使用してはならない、どうしてもリサイクルできない材料を使用しなければならない建物ならば、100年は解体ができない、などと法律で定めないと、これから先の社会は成り立っていかなくなるのではないですか。その点、アルミ鋳物はリサイクル材として、もっと多く使われてしかるべきだと思います。今、やって頂いている図書館もそんな考えで設計しています」

「実は、その図書館の件でございますが、弊社のアルミ鋳物をご採用頂いて、ゼネコンよりご発注頂いていたのですが、つい2、3日前にキャンセルの連絡が来まして、これを何とか元に戻して頂けないか、と本日はご相談に伺ったところです」

「えっ、キャンセル。知らなかったな。ちょっと待って下さい」

そう言って、所長は電話を取った。

「今、松葉工業の社長がお見えになっているのだけど、図書館のアルミ鋳物はどこか他のメーカーになったの？　ちょっと下の応接室に下りて来て」

下りてきた担当者に、所長は詰問するかのように聞いた。

「ゼネコンからキャンセルの通知が松葉さんに来たそうだけど、君に何かゼネコンから相談か報告がありましたか」

「いや、何もありません」

「そう、ここから電話して確認してみて」

電話を入れた担当者が、電話を保留にして所長に報告をした。

「松葉工業が民事再生をしたので、キャンセルしたそうです。まだ、どこにも発注はしてないそうです」

「そう、電話を替わってもらっていいかな」

そう言って、所長は電話を取った。

「もしもし、原沢ですが。お世話になります。アルミ鋳物の件だけどキャンセルしたのだって？　本当ですか。そんなことはこちらに相談してからして下さいよ。いかなる理由があるにせよ、変更願を出してから、そうするのが筋ではないですか。この前ね、お宅の社長さんともお会いしてね、話したばかりですがね。今回は、環境と調和した街のシンボル的な建物にしたい。子供たちにも、若者にも気軽に立ち寄ってもらえる図書館にしたい。しかし、門戸は広げてはいますが、そこは『知の殿堂』の図書館ですから、ある程度の格調を持たせたつもりです。相矛盾しているように思えますが、そこらの匙加減の妙を感じてもらうとありがたいです。是非、設計の意図とするところを汲み取って施工して頂きたい、と申し上げました。アルミ鋳物の松葉工業さんとは、もうかれこれ20年前からのお付き合いで、当社の家づくり、モノづくりに対して、十分にご理解を頂いている会社です。マスプロの会社と違って、ハンドクラフトの心を今に引き継ぎながら、一緒になってモノづくりに取り組んでおられる数少ない建材メーカーです。松葉工業さんの民事再生申立については、私も十分承知しています。世間でよく見られる民事再生申立とは、基本的に違います。原因がはっきりしていますから、再生は思った以上に早いと思っています。今回の物件で、納期遅延を起こしたり、不良品を出したり、そんなご迷惑を掛けたりすることはない筈です。もう一度検討して、松葉工業の製品を使うようにして下さい」

所長は、電話を切ったあと、担当者に明日電話を入れて、確認するように念押しした。

そして、松葉に向かって言った。

「これで良かったですか。いい仕事をしましょうね」

松葉と平川は、感激してテーブルに頭を擦り付けてお礼を言った。

事務所を出た平川は、松葉の手を握り締め、

「社長、原沢社長って本当に素晴らしい方ですね。最後に言われたことに、私は感動しました。いい仕事をして下さい、ではなくて、いい仕事をしましょうね、とおっしゃいましたよね。仕事は、一緒に造り上げていくもの、正に良質な建物を世に残していくためには知恵と技術を結集しなければならない。そんな信念を貫かれている社長のお言葉でしたね」

「そうだったな。いい人に支えられてありがたいな」

「ありがたいです。また、ゼネコンの社長に会った話を持ち出して、うまいこと言われるな、と感心しました。さすが原沢社長ですね。あれでは相手も断れませんね」

「平川君、今日は地獄と天国を渡り歩いたような1日だったね」

「閻魔大王と慈悲深い仏さまが一緒に現れたような1日でした」

「そうだね。ワッハッハ」

二人の笑い声に、すれ違う人たちが振り返りながら過ぎて行く。

これで、1か月以上の仕事が復活した。売上が元に戻った喜びにかてて加えて、お願いしたことが成就したことも、大きな喜びだった。

仕事で得られた達成感はまた格別だ。遊びで得られた喜びとはまるで違う。だから仕事はやめられない。将に天職を頂いたと思う瞬間だ。

支店に向かう電車の中で、二人は手を取り合って笑っている。

その二人の目には、喜びの涙が滲んでいる。

周りの目を憚ることもない喜びように、向かいの席の白髪の老人もにっこりとこちらを見て微笑んでいる。ここにも、松葉を応援してくれる人がいた。

支店に着いた松葉は、崎田の顔を見るなり、アポはどうだったか、と聞いた。

「社長が明日上京するので、ご挨拶させて頂きたい、とお願いしましたところ、明日から出張だ、今日なら良かったのだけど、とおっしゃいましたので、私が代わりにお会いして来ました」

「そうか。それでどうだった?」

「社長が、我々に説明されたように申し上げたところ、どうして、もっと早く来ないのかと、叱られました。ゼネコンから変更願が来ていて、所内でどうしようか、と協議を始めているところだった。松葉工業でできないのであれば仕方がないな、というところまできていた。良かった、間に合って。早速、ゼネコンに言っておくよ。そして、心配しなくていいよ、とまで言って頂きました。そして社長によろしく、ということでした」

「そうか、良かった。俺からお礼状を書いておくよ。ご苦労さんだったね」

崎田の報告を聞いて、松葉はホッとした。

松葉は、東京支店に残ってくれたみんなの前で、〃これで、当面の仕事は確保された。ありがとう。また、松葉工業に、まだまだ愛着を持って下さっている方々がいらっしゃる、ということも確認できました。これも、かねての皆さんの努力の積み重ねがあったればこそだと思います〃とお礼を言って、みんなを励ましました。

しかし、松葉は帰りの飛行機の中で、一睡もできなかった。

今日のところはうまくいった。しかし、こんなにいつもうまくいくとは限らないだろう。

これからの仕事の確保となると、実に心許ない。

営業のみんなに無理を掛けることは間違いない。

「会社は大丈夫です」

「設備はもちろん技術者も残ってくれています」

「従来通りの製品を造るのに何ら問題はありません」

などといくら言ってみても相手は信用してくれないのではないか。話を聞く機会さえ与えられないのではないか。

そんなことを、営業のみんなに話すことはできない。どうしよう。松葉の不安は募るばかりだ。このままではいけないことだけは分かるが、先が全く見通せない。

民事再生前は、松葉工業は直販体制を敷いていた。そうしたのには訳があった。40年前はアルミ鋳物の建築材は非常にマイナーな材料だった。まだ世にも知られていないものを売るなどという市場の開拓に時間を割いてくれる会社などどこにもなかった。世間で売られていないものを売る努力はしてくれない。商社は売れるものしか売ってくれない。メーカーと違って製品に対する愛着というものも希薄だ。売買という行為だけで会社が成り立っている。そこに材料や製品の説明をしても、納得して販売に力を入れてもらうまでには時間を要しそうだった。いきおい自社で販売までやらざるを得なかった。

今まで、製品開発、市場開発そして販売と全て自前で手掛けてきたが、信用を失った今、従来の直販体制を維持することが難しくなったことを思い知った。

自分で自分のことを、いくらＰＲしてみてもあまり効果はない、それどころか、逆に言えば言うほど客は逃げていく。むしろ利害関係のない人が、一言、言って頂けるだけで物事がうまく行くものだ、と聞いたことがあったが、今松葉工業はそんな状況下に置かれていた。

自助努力にも限界があるのではないかと思った松葉は、他社の力を借りることを考えた。

東京支店に顧問として迎えていた野中に相談してみることにした。

野中は、国内ナンバー１のシャッターメーカーで長年営業部長を勤めてきた、営業のベテランだ。

先ずは、野中に電話で聞いてみることにした。

「野中さん、今まで直販していましたけど、今後は販売店を経由しなければならないのではないか、と考えていますが、どう思われますか」

松葉が考えていたことを交えて意見を聞くと、それだったら、昔私のいた会社が、今度倒産した老舗の金属加工メーカーを買取り子会社化したので、そこに相談してみましょうか、と言う。

幸い、その子会社の社長は野中の元部下で、とても律儀で仕事熱心な男だ。今から案内しても良いと言う。そして、きっと相談に乗ってくれる筈だとも野中は言った。

松葉は、善は急げとばかり、慌ただしく東京に向かった。

池袋で野中と落ち合った松葉は、子会社の社長の丸目を訪ねた。

野中の紹介で、松葉は丸目と名刺の交換をした。

野中の言ったように相当親しい間柄だったらしく二人は、暫く昔の話で盛り上がっていた。

松葉は、脇で黙って二人の話を聞いていた。

話の切れ間に、丸目が松葉の方を見やって、野中に尋ねた。

「今日は、何か？　松葉さんの件でお見えになったのですか」

「そうやがな、あなたにたってのお願いがあって来たのよ」

野中はそう言って、松葉工業の製品を販売してくれないか、とお願いした。

すると丸目は苦笑いしながら野中の方を見て言った。

「私が大阪支店長の時代に、松葉さんのアルミ鋳物ドアに競い負けて、ひどい目にあいましたが」

大手デベロッパーが開発していたマンションに、丸目の会社が製造していたドアが使われていたが、松葉工業のアルミ鋳物ドアに取って代わられたことを言っている。しかもそれはシリーズものだったので、その後そのデベロッパーのマンションに丸目の会社のドアが採用されなくなった、と言ったのを聞いた時、松葉は、これはもうダメだと思った。

しかし、野中が平気な顔をして言った。

「そうかいなぁ、そんなことがあったかいな。ええがなぁ、松葉のドアがあんたんとこのドアより優れていたということやろ。そのドアをあんたんとこで売ってくれへんやろか。あんたんとこのブランドにしても構へん。そうすりゃ、もう松葉は手を出すことできなくなるがな」

野中は、松葉工業を取り込んでしまったら良いのではないか、と言っている。さすが一流企業の元営業部長だ、説得力がある、と松葉は聞いていて感心した。

しかし、ドアは親会社の工場で造っていて管轄外で口は出せない、野中の方が、人脈がおありだろうと丸目は野中の方に話を振ってきた。

「そうか、よっしゃ！　本社の常務に相談することにしよう。ところで松葉のドア以外のアルミ鋳物製品の取引はどうやろか」

「野中先輩のおっしゃることですから、前向きに検討させて頂きます。買収した会社には、アルミ鋳物の部門とステンレス部門がありましたが、アルミ鋳物の製造を継続することは考えていません。あの製造工程を見た時、とても私どもの間尺に合うものではないと思いました。しかし老舗としてのブランドを持っていますので、このブランドを利用するとある一定の売上は見込めると思っています。販売は続けて行かなければならないと思っていたところでした。先輩、タイミングが良かったですね」

この会社と販売提携できれば、仕事量の心配をすることはない、と松葉は喜んで野中に何度も何度もお礼を言った。

帰社して3日後、販売提携をすることが決定した、と連絡が来た。

早速、上京して販売提携契約を締結した。

その足で、松葉と野中は東京支店に向かった。

28名いた社員は、今では4名しか残っていない。がらんとした支店を見回し、何とも言えない寂しさが松葉に襲い掛かってきた。

しかし、野中は意気揚々とみんな集まれ、と言って松葉に挨拶を促した。

「野中顧問のご尽力を頂いて、只今大日本シャッターが買収した子会社の大日本金属工業と販売提携契約書を交わしてきました。この会社の販売力を借りれば今まで以上の販売が可能になると思います。災い転じて福となす、という諺がありますが、この諺を証明できるように、大日本さんのお力を借りて昔の松葉工業の勢いを取り戻したいと思っています」

松葉は、これで安心だ、と一息つけたような気がした。

みんなも安心したのだろう、みんなの顔が輝いてきたように思えた。

松葉は、野中に2万円渡し、これで今夜食事でもして下さいと言って、最終便で帰途についた。

1か月ほどして、大日本金属の新しいアルミ鋳物のカタログが送られてきた。最後のページに提携工場松葉工業の名前が印刷されていた。

松葉は、飛び上がるほど嬉しかった。そして翌朝の朝礼で、そのカタログを手に掲げて大日本金属の提携工場になったことを披露した。社員のみんなの顔が曇天の雲間から太陽の光が差し込んだように輝いた。

良し！　これで良し！　松葉は拳をぎゅっと握った。

会社存亡の危機

8月も残り少なくなって、月末の支払い資金の確保に忙殺されていた松葉に税務署から電話が掛かってきた。

残暑の厳しい昼下がり、経費節減でエアコンも入ってない松葉の社長室は、茹だるような暑さで、松葉は疲労困憊していた。

そんな松葉を追い込むかのような電話だった。

「お忙しいところ恐縮ですが、税務署までお出で頂けないでしょうか」

馬鹿丁寧な言葉遣いに、松葉は尋常ならざるものを感じた。

今日でなくても良い、ということだったが、今日行くことにした。不安な時間を持ち続けたくなかったからだ。

松葉は、税務署に出向いたことは未だかつてなかった。

死刑囚が、死刑執行に呼び出され、刑場に向かう、そんな場面をテレビで見たことがあったが、全く同じようなそんな場面に自分がいるような感覚に襲われた。

松葉にとって全く思い当たる節のない呼び出しは、尚更松葉を不安に陥れた。税務署の受付で、担当者の名前を告げると、別室に通され担当者に会った。担当者は、松葉の労をねぎらうかのように、

「社長さん、お忙しいところわざわざ申し訳ございません。実は、申告漏れがございまして、ご連絡させて頂きました」

「エッ、申告漏れですか。そんなことはないと思いますが。税理士にお任せしていますので……」

前に、聞いたことがあった。税務署の言う「申告漏れ」というのは、言葉はやさしいが脱税を指弾する初めの言葉だと。

「税理士が間違われたのかもしれませんね」

「何の申告が漏れていましたか」

「留保金課税の申告漏れです」

留保金課税とは、同族会社が内部留保した利益金額に対して、課税される税だと、昔聞いたことがあった。今の松葉工業に貯め込むような金は一銭もない。松葉工業には無縁の税の筈だ。どうして？　松葉は全く理解できなかった。

「その税金はいくらぐらいですか」

「800万円くらいになりそうです」

「エーッ、ご存じのようにわが社は再生会社です。そんな高額の税金を納めなければならないような内部留保金など、そもそもないですよ。再生債務を返すのが精一杯で、日々の資金繰りにも事欠く有様です。困りました」

「ご心配はいらないですよ。税理士の方で保険を掛けておられる筈ですから」

「そうですか。税理士に聞いてみます」

良かった、そんな保険ってあるのか、助かった。

「それでは、至急修正申告書を出すように税理士におっしゃって下さい。税理士に保険会社への手続きも急がれるように言われたら良いと思います」

「分かりました。そうします。いろいろとありがとうございました」

と、松葉は頭を下げ部屋を出た。帰社するなり、すぐさま税理士に電話した。

税務署に呼ばれて、留保金課税800万円の申告漏れを指摘された。

しかし、どこでも税理士は保険に入っているので、心配はいらない、できるだけ早く保険の手続きを取るように、ということでした、と告げると、

「こちらでも調べてみます」と言って、電話は切れた。

ところが返って来た返事に松葉は驚いた。

「どうも私どもの間違いのようです。追徴金も払わなければなりません。こちらで申告を出し直します」

「それでは、よろしくお願いします。ところで、保険の方はどうだったのですか」

「それが……、入っていないのです」

と、税理士はトボトボと声にならない声で言った。

「それでは、どうしましょうか。先生もご存じのように、わが社にはそんな大金はありません」

「…………」

税理士は、黙りこくったままだ。

業を煮やして、松葉は言った。

「今からそちらにお伺いします」

返事のないまま、松葉は電話を切った。

そこに、常務の竹之下が部屋に入って来て、

「社長、昼はどうされますか。出前でも取られますか」

「飯なんかどうでもいい！」

〝何をノー天気なことを言っているのだ！　それどころじゃない！〟と何も知らない竹之下に、ぶっきらぼうに応えた。

竹之下は、目をパチクリさせて、尋ねた。

「社長、何かあったのですか」

「税理士が、どえらい失態をやらかした。専務を呼んでくれ」

慌てて入って来た仙田が松葉の血相の変わった顔を見て、

「どうされました」

顔を覗き込むようにして尋ねた。

仙田と竹之下を前に、税務署でのこと、そして税理士とのやり取りを話し、これから宮崎の顧問の税理士事務所に行ってくる、と告げた。

「へぇー、保険にも入っていない、とは何ということでしょうか。私も一緒に行きましょうか」

「一人で行きましょう。その方が良いように思います。税理士と刺し違えるつもりで行ってきます」

「社長、税理士の代わりはいますが、社長の代わりはいませんからね。気を付けて下さい」

「ええ、しかし、覚悟して行かざるを得ません。全く月末の金が足りません。民事再生を申立てたあの時より、危機的状況です。ここでダメになったら次はないですから。折角、ここまでみんな頑張って来たのに、こんなことで破滅させる訳には行きません」

二人は松葉に掛ける言葉もない。黙って松葉を見送った。

松葉は、税理士事務所に着くと、すぐさま税理士に直談判した。

「先生、松葉工業にはこの留保金課税を納める金は全くありません。先生も毎月の帳面を見られてお分かりでしょう。いや、むしろ先生の方がよくお分かりだと思います。民事再生の申立をし、事業用資産は残り、こうして事業の継続はさせて頂いております。ありがたいことだと感謝しております。しかし、運転資金は全くないに等しい状態でのスタートでした。親父の相続については、私は放棄しましたので、全く現金はもとより、換金できる遊休資産などありません。親父が亡くなった時、事業を相続したお袋に運転資金を残す配慮が必要ではなかったですか」

松葉は、親父の遺産相続も税理士、あなたの指導で行われたのではなかったのですか、事業用資産だけを残し、運転資金がゼロの状態でどうして会社経営ができますか。あなたは、私には相談もなくことを進め、報告もありませんでした。あなたがいい加減な相続案を作成したばっかりに、松葉工業は塗炭の苦しみを味わい続けています、と暗にほのめかすようにして言った。

税理士は下を向いたまま、聞いているのか、聞いていないのか、微動だにしない。

松葉は構わず続けた。

「先生、税務署の方が気の毒がって、私に教えてくれたのですよ。どこの税理士も保険に入っているので、心配はいらない、と。しかし、保険に入ってないと聞いてびっくりですよ。どうしてくれますか。このままでは、破産ですよ。当然先生にもその責任の請求は及びますよね」

「ちょっと待って下さい。実は、昨年暮れ、担保として鹿児島第一銀行に差し入れていた土地を売却して弁済しました時、不動産手数料を差し引いて、鹿児島第一銀行に払うべきところそのままの金額を払うように経理の方に指示していたようです。この手数料が900万円でしたので、そのお金を返金願いまして、取り敢えずそのお金で間に合わせてもらえませんか」

「返金を願うと言っても、誰が鹿児島第一銀行にお願いするのですか」

「社長さんの方でお願いできないでしょうか」

「あの時の取引の現場には、先生も立ち会って頂いておりましたよね。当社は顧問の先生の指示でその金を払ったのですよ。先生が鹿児島第一銀行と交渉して下さい」

「多分、当事者が来て頂いて、という話になるでしょうから、社長さんの方で先ずはお願いできないでしょうか」

ここで、思わぬことが飛び出した。

税理士がもう一つミスを犯している、という事実があからさまになった。

「分かりました。この足で支店の方に行ってみましょう」

松葉は、そうは言ってみたが、何か釈然としない。

税理士は、あくまで責任を取ろう、とは思っていないようだ。また、身銭を切ってまでとは、思っていないことも分かった。

もし、鹿児島第一銀行が手数料の分を返金してくれたら、留保金課税のことは無罪放免とでも思っているのだろうか。

ここで、そのことを糾弾している時間はない。鹿児島第一銀行の都城支店に急ぐことにした。

支店に着いた松葉は、支店長に不動産手数料分の返金をお願いした。

「分かりました。本部に掛け合ってみましょう。2、3日待って下さい」

と、言って忙しい振りをして、出て行った。

もう、お金にならない松葉などとは、会っている暇はない、とその背中に書いてあった。

翌日、支店長から電話があって、

「決算も終わり、税務申告も終わっているので、今となってはどうしようもない」

と、全く、木で鼻を括ったような返事だった。

あなたは、もう蚊帳の外のヒト、と言われたことがあったが、ここでも、用済みの人間として、あしらわれているような扱いだった。

松葉は封印していた鹿児島第一銀行の支店長や新年挨拶に行って頭取をはじめ居並ぶ役員のこぼれ落ちそうな満面の笑みが脳裏をかすめた。

この面々の顔を思い出すだけでも、吐き気がするので、そうしないように封印していたのだ。

これが、人間社会なのだ。人間って、そんな動物なのだ、と自分に言い聞かせて封印していた。

しかし、相変わらず本部、本部と得体のしれない部署を持ち出して、それを隠れ蓑にして、その場を凌いでいくやり方は変わってない、などと思い出すと、封印したところからほころび出しそうだ。

松葉！　封印したのではなかったのか。言えば言うほど、負け犬の遠吠えと言われるぞ！もう良い。封印！　足で踏み付けておけ！

松葉は、どうせ検討もしていないのだろう、と思いつつ、その場凌ぎの返事を持って、すぐさま税理士事務所に向かった。

「先生、鹿児島第一銀行は決算が終わってしまっているので、どうしようもない、とのことでした」

「そうでしたか。困りました。私にもその金を立て替えるほどのお金を持ち合わせていないので、申し訳ございません」

「申し訳ございません？　申し訳ございません、では済まされることではないのですよ。これが支払えなければ、税務署の差押え、信用不安、仕入れ不能と破産へとまっしぐらですよ。先生にご指導頂いて松葉工業は何年になりますか、50年を優に超えているのですよ。

先生は、申し訳ございません、の一言で会社の息の根を止めようとしているのですよ。民事再生を申立てても、止められなかった息を、ですよ。こういうことってあっていいのですか。許されるとでも思っておられるのですか」

松葉は、もう税理士のことを先生とは呼びたくなかった。立て続けに2件の失態を演じておきながら、詫びの一言もない。〝それで、今まで税理士の職責を果たして来たと言えるのですか。税務関係はお任せ下さい、と私が社長に就任した時、おっしゃいましたよね。自分の言動に責任を持って頂かなければなりません〟。松葉の気持ちの中に許せない多くのことが潜んでいるのを感じていたから、もう先生とは呼びたくなかった。

しかし、ここは先生と呼び続けた。税理士としての責任を自覚してもらうためにも、その職責を忘れてもらわないためにも、そう呼び続けざるを得なかった。

「先生、先生にも責任の一端を感じてもらわなくてはならないと思っています。そして、ですよ、先生！　どこの税理士事務所も加入しているという保険に入っていなかったなどということは、あまりにも無責任ではないですか」

松葉は、税理士に向かって、〝あなたは、俺は間違いを起こさない人間だ、とでも思っておられたのですか。そんな自信過剰など、職業柄持つべきではないのではないですか。

誰だって、思い違い、間違いなどというものはあるものでしょう。そのための保険でしょう。能力の違いで、付ける、付けないなどと考えるものでもないでしょう。会社の命運を担うような仕事をしておいて、その備えもしていない、ということについて、あなたの弁解の余地はどこにもない、と自覚すべきです〟と言いたかった。

しかし、松葉はあくまでも税理士の自省を待つことにした。

こんなにも長い間、信頼の上に成り立って来た筈の関係を、こんな無責任な言葉で、全てを失ってしまうようなことがあってはならない、それでは、この半世紀があまりにも虚しいものになってしまうのではないか、松葉はそれが我慢ならなかった。

「先生！　私は先生に応分の責任を果たして頂けなければ、今日は帰る訳には参りません」

「社長、応分の責任とはどういう事でしょうか」

ああ、この人はまだ何も分かってないな。そこまで言わせるのかよ、と思ったが、無為に時間だけが経過しても意味がない。ことは急いだ方が良いと、思いあまって松葉は言った。

「不動産手数料の件は、不問にします。しかし、留保金課税についてはお願いします」

「困りました。半分にして頂けないでしょうか」

「困りました？　先生、何をおっしゃっているのですか。困っているのはこっちですよ。我々にとって、全く予期していない出費ですよ。先ほども言いましたように、全く資金的余裕はありません。今も月末の足りない資金をどうしようか、と悩んでいたところでした。先生は、明日の米をどうしようか、などと悩まれたことはないでしょう。私は今、米どころか、明日の命も定まらない瀬戸際に立たされているのですよ。半分どころではない。全くない、いやマイナスの状況なのです。額のことを考えるような場合ではないのです。私は、８００万円の返事をもらえるまでは、帰れません」

「……」

「先生！　黙っておられるだけでは困ります。どうしてもらえますか！」

「分かりました。社長さんのおっしゃる通りします。明日、振り込むようにします」

「８００万円ですね。間違いないですね」

「はい」

「先生、ありがとうございます。これで、命が繋がりました」

松葉は、お礼を言うのもおかしなことだとは、思いつつも、これで助かった、という気持ちから、ありがとうの言葉を発してしまった。

夕闇が迫り、帰りを急ぐ車で道路は混んでいた。

しかし、なぜか街の喧騒が松葉には心地良かった。

松葉は、途中で仙田に電話を入れた。

「遅くなっているから、心配していました。弁償してもらえましたか。助かりましたね」

仙田が胸を撫でおろしているのが、受話器に映っているようだった。

そして、続けて言った。

「責任を取ってもらいましたか。税理士も、さすが九州男児ですね。良かったですね。社長の帰りを待っています。気を付けてお帰り下さい」

「今晩は、もう待っていなくて良いです。私も少々、疲れました。明日、詳しく説明します」

と、松葉は言って、電話を切った。

翌朝、仙田も竹之下も7時にやって来た。

松葉は、二人に昨日の報告をした。

「もう、これで松葉工業は終わりかと思いましたよ。首の皮一枚で繋がりました。今日、振り込むということでした。その振り込みを見てからのことですが、何とか、税理士が承諾してくれて助かりました」

松葉のホッとした顔を見て、二人も安堵したようだった。

「社長、良かったですね。サシで話されたのが良かったかもしれませんね」

仙田が、ニコニコして松葉に言った。

「どうして、そう思われましたか」

「税理士はプライドが高い人が多いからですね。人の前で自分の間違いを指摘されるのは耐え切れないことでしょう。社長とは長い付き合いですから、社長の前では、謙虚になれたと思います」

「さすが、専務。お見通しですね。私もそう思ったから一人で行くことにしました。ただ、申し訳ない、と言いつつも、金は出したくなかったみたいです。しかし、最後は気持ち良く振り込みます、と言ってくれましたからね。それからは、税理士を見る私の目も、考えも変わりました。専務がいみじくも言ったように、私もヨーッ、九州男児！　あっぱれ！と思いましたよ」

「そうですよ。普通の人間でしたら、こんなことになったら居留守を使うとか、逃げまくるとかして、時間の経つのを待って、うやむやにしようとする輩が多いですから。まあ、その点立派でしたね」

「再生の暁には、このお金はお返ししましょうかね」

「税金を払うぐらいなら、そうしてあげた方が良いでしょう。予定していないお金が入ってきたほど、嬉しいことはないですからね」

「虎の子だったかもしれませんしね」

「社長の気持ちが通じれば、喜ばれると思います」

その日の午後、８００万円が振り込まれてきた。

松葉は早速、税理士に電話で振り込まれたのを確認したことを、そしてお礼を述べた。

しかし、税理士は自分でやらかしたこと、礼に及ばないとは言わなかった。

プライドが、そう言わせなかったのか……

それから、２か月ほどして税理士から松葉に電話があった。

あの８００万円はお貸ししたお金です。返して頂きたい、との電話だった。

松葉は、それを聞いてがっかりするやら、呆れ返るやら、天と地がひっくり返るほど驚いた。

この人、どんな顔して言っているのか、想像だにできなかった。

「どうされたのですか。急にそんなことを言い出されて。もし、貸した金だとおっしゃるのだったら、その前に留保金課税についての先生なりの見解を申されてしかるべきではないですか。しかも、それは文書でなさるべきでしょう。先生の主張を文書で下さい」

税理士は、黙ったままだ。

「先生、貸し付けだ、と言われるのでしたら、金銭貸借契約書でもあるのですか。何も根拠のないことを言われているような気がしてならないのですが。税理士先生が、おっしゃることでないでしょう」

松葉は、ここでは容赦はしなかった。それは反動というものだろう。

税理士は、何も応えないまま、電話を切った。

腹に据えかねた松葉は、またまた、仙田と竹之下にそのことを話すと、二人とも、開いた口が塞がらない、と顔を見合わせて驚いていた。

顔を見合わせているばかりで、しばらく言葉を失っているようだ。

ようやく、竹之下が口を開いた。

「税理士は、ボケた、のではないですか」

「そうだなぁ。この短期間に、これほど言うことが変わるということは、何があったのだろうとしか考えられないね」

仙田が、竹之下の弁を追認するかのようにして言った。

「もし、そうでなかったら、これほど自分の評価を下げた男はいないですよね」

仙田も松葉と一緒になって、「さすが九州男児」と喝采しただけに、その落差に理解が追い付かなくなったようだ。

しかし、その後1か月が過ぎても税理士は何も言って来なかった。

それから、更に1か月ほどして、税理士事務所の女性所員が退社することになった、と挨拶に来た。

20年ほど、松葉工業の担当を務めた人だった。

松葉は、社を代表するようにしてお礼を述べた。

そして、留保金課税の件を聞いてみた。

「先生が、3か月ほど前に、送金したお金は貸し付けでした。返して欲しい、と言って来られましたが、その後何も言って来られないのですが、どうされたのでしょうか」

「あのお金でしたら、先生がお母様に事情を言われて、お母様からもらわれたみたいですよ」

「エッ！　本当ですか」

「アラッ、ご存じなかったのですか」

その女性は、一瞬しまった、という顔をしたが、すぐに取り繕って、

「松葉工業の再建を祈念いたしております。社長さんのことだから心配はいらないと思ってはおりますが」

と、お世辞を言って逃げるようにして帰って行った。

松葉は、すぐに母に電話をした。その頃は、既に松葉工業の副社長を辞し、ゴルフ場の社長だけを務めていたが、殆ど自宅にいた。

自宅で、母に会った松葉は、先ず税理士に８００万円を支払ったのか、確認したところ、

「先生が来られて、松葉工業に８００万円貸したが、返してもらえなくて困っている。あの金は、孫の大学の学資だったので、私に立て替えてくれないか、と言われて、本当に困っておられるようだったし、永い間お世話にもなって来たので、ご迷惑をお掛けしていけないと思って、私のお金を払ったのよ。それがどうかしたの」

「どうして、一言言ってくれなかったの」

「あなたも苦労しているのだな、と思ってね」

要らない心配だよ、と口から出かかったが、思い止まって、松葉は穏やかに、その経緯を話した。

「そうだったの。そんなこととは知らずに、早まったことをしてしまったね」

「大丈夫、先生に僕から、またお願いしてみるから心配しなくて良いからね」

と、またまたお袋に心配を掛けてしまった、と思いつつ、家をあとにした。

しかし、松葉の胸の中は、煮えたぎったヤカンのようにグラグラと音を立てて、煮えくり返っていた。

会社に帰ると、専務が報告にやって来た。

「専務、それはあとにして下さい。アッタマきました」

「どうしました？」

「人間不信に陥りそうではなく、陥りました。血税を預かる者がこんなことをしても良いものでしょうか」

「何がありました？」

「いやいや、驚きました。あの税理士、お袋のところに行って、松葉工業に金を貸したが返してもらえないので、困っています。お袋に立て替えてもらえませんか、と言いに行ったそうです」

「それで、副社長、どうされました」

「ご迷惑をお掛けしてはいけない、と思って自分の金を払ったそうです」

「エッ！　そうですか。卑劣な男ですね。詐欺ではないですか。常務は何と言うでしょうか」

「いや、彼にはここでは言わないでおきましょう。怒り心頭に発し、脳溢血を起こしますよ」

「そうかもしれません。あの税理士、いい歳こいて姑息なことを考えたものですね。副社長もがっかりされたでしょうね。永い間、積み重ねてきた信用が地に落ちていくのを、何とも思わないのでしょうか」

「晩節を汚さず、と言いますが、これでは税理士も罪悪感に苛まれて、重き荷を背負って行くことになるでしょう」

「しかし、こんなことができる男ですからね、罪の意識はないかもしれませんよ」

「そうかもしれないな。こんな税理士に任せておいたことが悔やまれます」

「まだ、他に不正などもやっていたかもしれませんよ」

「まぁ、現金は扱っていませんでしたからね。お金の問題はなかったでしょう」

「いや社長、こんなことだってできますよ。架空口座を作って、還付金をそこに振り込ませる、ということだってできますよ」

「なるほど、そういうこともできますね」

「経理の社員と組めば、どんなことでもできますよ」

「そういうことか。ちょっと待って下さい。確か、経理部長の佐久は、税理士の紹介で入社して来た男ですよ」

「そうでしたか。気を付けた方が良さそうですね。最近、辞めるようなことを言っていたそうですから」

「そうですか。この前の会議で給料の高い者から辞めて行くようにしなければ、経費の削減はおぼつかない、と言ったのが漏れ伝わりましたかね」

「それなら良いですが、何か企んでいると厄介ですね」

「そうですね。こうなったら疑心暗鬼になってしまいますね。さてと、これからどうしたら良いと思われますか」

「内容証明を出しておいて、一応事実の確認だけはしておいた方が良いでしょう。そして、先方の出方次第では、告訴ということになるのではないでしょうか」

「それと並行して考えなければなりませんが、顧問契約をどの時点で解消するかということです」

「顧問契約を解消してしまえば、絶対返さないでしょうね。契約をそのままにしておくと、傍若無人なふるまいはできませんね。だからと言って、契約をしたまま、裁判沙汰というのも、おかしな話ですね」

「状況を見て、判断することにしましょう。取り敢えず、私が内容証明を出しておきます」

そう言って、松葉は早速内容証明を書き始めた。

その内容証明と相前後して、税理士の方から顧問契約解消通知書が送られて来た。

その通知書には、病気のため任務を全うできなくなったので契約を解消したい、というものだった。

しまった！　先手を打たれたか。

敵は逃げ支度に入ったな。

嫌疑者が、よく病院に逃げ込むが、此奴もやりおったか。

先ずは、確認を、と思った松葉は税理士事務所に電話を掛けた。

「松葉工業ですが、先生いらっしゃいますか」

「先生は、一昨日入院されました」

「本当ですか。入院となると相当お悪いのでしょうね」

「さぁ、私どもにもよく分かりません」

「どちらに入院されたのですか」

「私どもには、知らされておりません」

これは話にならない、と松葉は電話を切った。

そして、仙田と竹之下を呼んで、その通知書を見せた。

二人は、叫ぶようにして言った。

「何と卑劣な！」

電話で話したことを、言うと、また怒って叫んだ。

「何と無責任な！」

「社長、私が行ってきます。これでは、一歩も進めません」

仙田が、居ても立っても居られない、と竹之下と税理士事務所に向かった。

二人が出て行ったあと、松葉は一人思案に暮れた。

金を取り返すこともだが、今の税理士事務所に代わって、他にやってくれるところがあるだろうか。再生会社の税務を引き受けてくれるところがあるだろうか。

松葉の悩みは、深まるばかりだった。

夕暮れになって、二人が帰って来た。

仙田が元気なく、

「あれはダメです」と言った。

税理士事務所では、数人の人たちで跡片付けが始まっていた、という。

何も分からない、自分たちは頼まれてやっているだけだ、としか言わない。

さっぱり、要領を得ないので、事務所の隣にある税理士の自宅を訪ね、奥様に会って来た。

一昨日、救急車で病院に運ばれ、集中治療室に担ぎ込まれた。心臓麻痺を起こしたらしい。

どうも生死の境を彷徨っているようだ。

自分も今、下着を取りに帰って来たところだという。

非常に迷惑を掛けて、申し訳ない、と平謝りだった。

話の内容から、命を取り留めたとしても、社会への復帰は難しそうだ。

竹之下が、憤懣やるかたない様子で、

「天罰ですよ、天罰！」と言った。

「そうだろう、天罰だ。彼はそれで良いだろう。しかし、こちらは踏んだり蹴ったりだ。カネは返って来ない、おまけに後釜の問題も出てきた。本人がいないでは引き継ぎもできない」

途方に暮れそうだ、などと弱気なことは言えない。だからと言って、感情を露わにして怒鳴り込んで行く訳にもいかない。

仙田が、相槌を打つようにして言った。

「そうですね。困りましたね。うむ、待って下さい。この前、女性の社員が挨拶に来ましたね。その後ですよね。税理士が倒れたのは。はは ぁ、副社長からカネをもらった、と社長に言ってしまった、と聞いて税理士は、心臓発作を起こしたのではないですか」

「そうかもしれませんね。そうか、人間ではあったということか。良心の呵責に抗しきれなくなったのか」

そして、３日後、税理士の死の知らせが届いた。

松葉は、やり切れない気持ちを抑えながら、あと味の悪い結末を受け入れざるを得なかった。

生産改革

松葉は、人間不信に陥りながらも、気持ちを持ち直し、日々の資金繰りに奔走していた。

救いは、販売の道筋は付けられたことだった。

希望の扉を、何とかこじ開けられそうに思えるようになった。

今度は、生産体制の再構築だ。松葉は専務の仙田を呼んで、改めて生産体制について協議するために課長以上をメンバーとする生産会議を開きたい旨、話すと仙田が困った顔をして、松葉に言った。

「困ったことを耳にしました」

「どうしました？」

「実は、西が2日前から会社に出て来てないそうです」

「えっ、どうしてですか。何も聞いていないけど……」

西は、関東工場の整理のため民事再生後もそのまま留まっていた。

「会社を辞めるようなことを言っていたそうです。彼のことだから社長に黙って辞めることはしないでしょうが」

「そうですか、彼も大学受験を控えた息子を抱えていましたからね、途方に暮れて取り敢えず先を考えてのことでしょう。申し訳ないことになってしまったと思っています。何か連絡があったら私にすぐ連絡するように言って下さい。今のところは、私は知らないことにして下さい。会議はそのあとに考えましょうか」

「分かりました。そうします」


2日後、仙田が明るい顔をして報告にやって来た。

「社長、西が帰って来たそうです」

「えっ、そうですか。それは良かった」

「それがビックリです。なにやら新アルミ工業に行ったらしいです」

新アルミ工業は、アルミ鋳物の門扉、フェンスの類を造っている会社で松葉工業とはライバル関係ではなかった。

しかし、松葉工業と同じオーダーの建築分野に進出したいという意向があると松葉は聞いたことがあった。相手に取って渡りに船だったのだろう。西が新アルミ工業に行った、と聞いた途端、当然西はそこで働くのだろう、と松葉は思った。

「あ、そう、そうでしたか。それで行ってどうだったのですか」

「結局、行かないことにしたみたいですよ」

「どうしてでしょう？　西も将来が不安だったから行ったのだと思いますが……」

西はどうして行かなかったのか。思いあまっての行動だった筈だが……。西にも迷惑を掛けてしまったな、息子さんまで動揺していなければ良いが、松葉は悩んだ。

「そうだと思います。知らない振りして彼にどこに行っていたのだ、と聞いてみましょうか。そして、残って頑張ってくれ、と言いましょうか」

「ちょっと待って下さい。彼は彼で思い直したのだと思います。もう、どこにも行かないでしょう。そっとしておきましょう。彼は、彼自身で考え、結論を出したことでしょうから。その経過がどうであれ、それは問わないことにしましょう」

「分かりました。誰も知らなかったことにします。常務にも釘を刺しておきましょう」

「そうして下さい。それでは西も呼んで明後日の午後5時から生産会議をしましょうか。専務、船山にも連絡して下さい」

「議長は社長がされますか」

「いや、生産本部長の西にさせましょう」

「そうですね。それがいいですね。西も気合を入れ直して頑張ってくれるでしょうから」

翌日、全員が定刻10分前に会議室に集まった。

大日本金属との提携がうまく行って安堵したのか、みんなの顔が心なしか明るく見える。

みんなを前にした議長の西は、今回の大日本金属との提携は野中顧問のお力によるところが甚だ大きい。野中顧問と電話でも言葉を交わすことがあったら、必ず、先ずは感謝の言葉を一言だけでも述べるように、と言って会を始めた。

先ず初めに、松葉が近況報告を兼ねて生産について今後の会社方針を話した。

債権者集会で185対5という圧倒的多数にて申立てに賛同を得ることができた。債権者である仕入先そして金融機関の皆様に感謝申し上げているところだ。賛成して頂いたということは、如何に松葉工業の再生、再建を期待されているかということだ。その期待を違えることのないように粉骨砕身の覚悟で努力して行かなければならない、と思っている。

反対したのはどこの会社か、などという詮索は全く無用だ。

一方では、鹿児島第一銀行に賛成票を投じて頂いた。引金を引いておいて今更なんだ！などといきり立つこともない。ありがとうございます、と素直にお受けすれば良い。

これまた、要らぬ詮索は全く無用だ。

先ずは、再生復活が重要だ。そのことに集中することが肝要だと思っている。結果でしか、松葉工業の今後は評価されない。松葉工業に籍を置く者は、その覚悟が必要だ。

次に、今後の生産部門に関する会社方針を述べた。

生産部門の工場、生産設備の処分、売却は全く考えていない。しかし、工場の一部統合を考えている。第一工場は準工業地域だが、最近はスーパー、商店、飲食店が立ち並んで商業地域化してきたので、一部賃貸に出すことを考えている。その賃料を弁済資金に充てようと思っている。

一方では、スリランカ工場の充実を図って行きたい。もう一度、スリランカ工場の特徴、強みを再認識してほしい。スリランカ工場を戦略工場と位置付け、今後強化していきたい。

もうここで言うまでもないことだが、労賃が安い。若年労働者が多い。教育制度が整備されているので労働の質が高い。まだ、産業の黎明期を迎えたばかりで軽工業が殆どだ。軽工業と言えば、女性の労働者が殆どだ。従って、男性の職場が少ないので質の高い男性の労働者の確保が容易だ。しかし、早晩そうではなくなる日が来る筈だ。悠長に構えておれない。スリランカ工場もスピード感を持って戦力化を図っていかなければ、その存在意味を失ってしまう。今が最後のチャンスだと認識して欲しい。このチャンスを掴み切った人が運の良い人だ。運は天から降って来るものではない。運は自分で手繰り寄せるものだ。彼奴は運が良かった、俺は運が悪かった、と嘆く人がいる。それは違う。運は平等に現れる。しかし、問題意識の希薄な人、物事をかねてより、良く観察しようとしていない人は、そこに運が転がっていても見えなかったり、見逃してしまったりしてしまう。よしんば、そこに運があるのが分かっていたとしても、掴もうとしなければ運は逃げてしまう。行動に起こし得ない人は、運を掴むことはできない。ここでその人の命運が分かれる。そして、会社の命運も分かれる。スリランカ工場を生かせるか、生かせないか、松葉工業の命運が掛かっている。

松葉は、安い労働力をどう生かすか、設備投資をせずして生産効率をどう上げていくか、知恵の見せどころだ。そしてそのメリットは時が流れるに連れて薄れてくると強調した。そして、輸送コストをはじめ輸入経費の削減を図らなければならないことも言った。そのためには、生産量を上げ、コンテナ本数を増やし、利便性を高めていくと自ずとコストは下がる。コンテナの空きスペースが少なくなるからだ。

次に、その労働力を生かせる製品開発の重要性を強調した。

松葉工業の鋳造設備は、そもそも大型の建築製品を造るのに適した設備だ。この設備は優れた設備だ、万能だ、だから何でも造れると思い込んで、全ての形状や大小のサイズを問わず造ろうとするとコストが跳ね上がる。特に、小物の製品を造るのには適さない。小物は、古来の砂型鋳造で作る方が安く造れる。しかし、それでは鋳肌が粗《あら》くなる、汚いという人がいるかもしれない。しかし、中にはその粗さが、鋳物の風合いが出て良いという人もいる。あばたもえくぼに見えるようにデザインすれば良い。それが人間の知恵というものだ。

何でも、思い込みは人間の成長を阻害する。

生産工場で最も大事なことは、稼働率を上げること、高い稼働率で平準化を図ることだ。

そのためには、在庫のできる規格品をオーダー製品とオーダー製品の生産の繋ぎに製造できると稼働率は上がる。そのためには、規格品の開発が大きなテーマになるだろう。スリランカ工場の稼働率を上げることが、松葉工業の命運を握ると言っても過言ではない、と力説した。

そして、最後に大日本金属との取り組みについて話した。

冒頭、議長より話があったように野中顧問のお力で提携工場としてお取引ができるようになった。

お互いの信頼の上に、取引が成り立っていくようにしなくてはならない。

信頼を得られるようにするためには、相手の要求に対して「駄目です。無理です。できません」とは絶対言ってはいけない。

先方も素人さんではない。無理なことをおっしゃる時は、無理は承知で言われている。その無理を聞いてあげることが、信頼関係に繋がっていく。信頼関係を築いてしまえば、お互い思いやりというものが生まれるものだ。それまでは、寝ないでも造って差し上げる気持ちが大事だ。そうなって、初めて松葉工業と取引ができて良かった、と感謝して頂けるようになる。

そうなってくると、スリランカ工場で造る開発提案製品にも耳を傾けて頂けるようになる。

信頼関係というものは、一朝一夕に作れるものではない。お金を頂く我々が誠心誠意尽くして、初めて築けるものだ。大日本金属の営業を自前でやろうとするとたいへんな時間と経費を要する。我々にはその時間もお金もヒトもない。「提携」という形でチャンスを与えて頂いた。感謝の一語しかない。その感謝を形に表すことが信頼に繋がる。そのためには、汗を流し、知恵を出して、大日本金属の要求、要望に応えて行かなければならない。

ここにいる皆さんのリーダーシップが問われようとしている。

みんなで力を合わせて頑張りましょう。

松葉は、再建に向けてのみんなの覚悟を確認するようにして話を終えた。

議長の西は、松葉の話を確認するように次のようにまとめて言った。

一、スリランカ工場は松葉工業の将来を担う工場である。

二、スリランカ工場の特徴を生かす生産体制の確立。

三、スリランカ工場の稼働率の向上と平準化。

四、砂型鋳物鋳造法の活用。

五、規格製品の開発。
六、大日本金属との提携に感謝の念を持って取り組むこと。
さすがに西だ。みんなに分かりやすく、うまくまとめている。松葉は感心しながらみんなを見回した。みんなの真剣さが伝わってくる。

最初の議題の「今後の生産計画」について工場長の船山から報告があった。

船山は、工程表を見ながら、

「今の手持ち物件は。2、3か月で終わってしまいます。鋳造は来月末には終わってしまいます。大日本金属さんから新たな仕事が頂けると聞いておりますが、まだ図面を頂いておりませんので、工程を組めない状態です。早急に発注頂けるようにお願いして頂けないでしょうか」

西が松葉の方を見やって応えた。

「大日本金属さんからの発注については、いつになるか私の方から野中顧問に確認してみます。本社工場としては、今の手持ちの物件を計画通り終え、大日本金属よりいつ発注があっても対応できるように体制を整えておいて下さい」

松葉は、西を見て頷くように黙って首を縦に振った。

それでいい。大丈夫、野中顧問がやってくれる。それだけで、西に十分伝わった。

西は次の議題である「製造原価の見直し」に移った。

「今、配っている製造原価一覧表は前年度の決算書のコピーです。直近の受注量に合わせた3か月分の製造原価一覧表を工場長の方で作成して下さい。先ほど、工場長から話がありましたように、来月には鋳造の仕事が終わってしまう、とのことでした。その時の経費はどうなるか、固定経費と一般経費は明確に分けて一覧表を作って下さい。

仕事がないから、当然赤字だ。仕方ない、ではなく『であるならばどうすればよいか』ということを検討して次回の会議で発表して下さい」

そして、西は続けて言った。

「今、わが社にとって大事なことは、キャッシュフローです。現金の不足は絶対許されません。常にプラスに持っていかなければなりません。ということは端的に言えば、入ってくる金額以上に買わないことです。買わないというより、買えないのです。入金予定金額から必要経費を差し引いた残りで、製造原価予定表を作成して下さい」

西が相当な覚悟で臨んでいるのが、船山にもよく伝わっているようだ。

尚も、西は続けて言った。

「材料を買う現金がない事態が起きるかもしれません。その時のために、工場内にある使うことのない鉄材は売却してお金に換えておく。不良品や仕上げの段階で発生した端材など、今まで通り材料として再溶解しますが、当面使用するもの以外は売却して現金に換えるようにして現金を捻出して下さい」

西に呼応するかのように船山が言った。

「今、本部長から話がありましたが、私も工場内を見てみました。集めてみると相当数になると思います。また、半年以上動かない在庫品についても10トンは下らないと思いますので、材料の支払いは相当抑えられると思います」

松葉も、ここは徹底しておかなければならない、と思って更に付け加えて言った。

「この際、思い切って工場に展示している展示品も同様に処分して換金しよう。工場の隅に置いてある今では使用されなくなった古い機械も売却しよう。機械の土台の鉄鋳物は結構高く売れる筈だ。昔、鉄鋳物を材料として買っていたから分かっている。出来るだけ購入品を絞って、現金の流出を防ぐようにしてこの場を凌ぐようにして下さい。ここは正念場だと思います」

西も、更に細かく具体的に言った。

「材料もできるだけ購入しないようにして、出費を抑えるようにして下さい。ビス、ボルト類も梱包単位で購入せず、小箱単位で必要数だけ買う、地元で購入しては少々高くなると思いますが、ここは現金の流出を防ぐことを優先しなければなりません」

現金の流出を如何に防ぐか、そして予算管理を如何に徹底するか、西の手腕の見せどころだ。

そして、仙田が船山に言った。

「管理側だけで、現金の流出を抑えると言っても、それには限界がある。工場内でも、生産に関わる現金の流出を防ぐようにしなくてはならない。工場内でも、そうするためには、どうしたら良いか考えて下さい」

議長の西は、仙田の意見に従って船山に向かって、早速工場内においても検討会議を開くことを指示して、会議は終わった。

俄然、慌ただしくなった工場長の船山は、工場の自席に座って、先ほどの会議を振り返った。

製造原価一覧表も作らなければいけない。検討会議も開いて工場なりの現金の流出防止策を検討し、まとめなければならない。

製造原価一覧表は、数字に明るい課長の戸山に案を作成させよう。それからで良い。

会議は、即刻開かなければならない。日々、流出は始まっている。

「即やる」のが船山の信条だ。

そのための準備をやらなければならない。これは誰かに振ってやっている時間はない。

自分でやるしかない、と船山は考えた。

工場での現金の流出とは……

材料費は、先ほどの会議の席上で西本部長の話にもあった。他に工場内での現金の流出とは？

船山は、考え、更に考えた。

そうだ、そうか、お金と思うから分からない、必ずしも現ナマでなくてよい筈だ。

無駄をなくせば一緒のことだ。

そう考えると、船山にかねがね思っていたことが次から次と浮かんできた。

ここで、洗いざらい出してみよう。

それは、たやすいことだ。そう思ってパソコンの前に座った。

待てよ、とキーを叩こうとしていた指を止めた。

そうだ、会議でみんなに何が無駄なのか、出させよう。そうする方が、参加意識が高まる。

船山は、無駄を種類ごとに分けてノートに書き留めることにした。

「無駄」の他に何があるか、大分類を試みた。

「スピード」を上げること。製造する期間を短縮するだけの「スピード」ではない。全てのことにそれが要求される。

何のスピードを上げるか。それも会議で協議してみよう。

「利は元にあり」という。

テレビのコマーシャルで叫んでいた。「臭いは元から絶たなきゃダメ」と。

鋳物工場でいう「元」とは何か。出荷前にミスを見つけ出しているようでは、損害は甚大だ。

よし、これもみんなに考えさせよう。

元々、ミスを出さなければ良いのだ。それを出さない「仕組み」作りが優先しそうだ。

これもみんなと議論した方が良い。

船山は、役職者だけで検討会議を開こうと思ったが、全社員に会社の現況を伝えておいた方が良いと思ったので工場全員を集めた検討会議にすることにした。会議の主題は「現金の流出を防ぐための方策について」として、工場としてできることはないか、協議することにした。

船山は、流出を防ぐためには、先ず無駄を排除しなければならない、と思う。その無駄と思われることを、ここで挙げて欲しい、と言ったがなかなか出て来ない。

シーン、と静まり返ってしまった。

まだ、みんなに現金の流出について、切実感がないのかもしれない、自分の説明に不足があったのか、と船山は焦った。

これでは会議にならない。船山は誘い水を向けた。

「無駄にも、いろいろあるだろう。材料の無駄はどんなにして起きる、時間の無駄は？　何でも良いから思い付くまま言ってくれ」

それだったら、いくらでもあるな、とみんなが言い出し始めた。

溶解不良、鋳肌不良、仕上失敗品、過剰生産（生産数の間違い）、塗装不良、寸法間違い、組立ミス……

船山は、出てきた意見を全部黒板に書き出した。

そして、それらを発生原因ごとに分類をし、その原因を究明することにした。

当然、再鋳造、再製作、手直し等に要した時間は無駄な時間だ。それはお金が流出したことを意味すると、船山はみんなに説いた。

次に、生産スピードを上げることも現金の流出を防ぐことになる、とみんなに説明した。スピードを上げるということは、工場内に仕掛品の滞留している時間を短くすることになる。ということは購入した材料を早く現金化することができる。その分資金繰りは容易になる。

その理屈を理解した上、スピードを上げるにはどうしたら良いと思うか、みんなに聞いた。

少しずつ、口々に意見を言い出した。

油断をしない、無駄口を叩かない、始業ベルが鳴ったらすぐ作業を始める、休憩時間以外にトイレに行かない……、
船山は、それらを全て黒板に書き止めた。

「どうもありがとう。今、黒板に書いたみんなの意見は、その通りですね。以上の意見は、今後みんなで守るようにしましょう。ここでは、もう少し踏み込んで考えてみたい。どう

だろう、この際、工場への物件の投入から出荷までを洗い直してみたら。今まで、投入された図面で矛盾が見付かって、作業がストップしてしまったことはなかったですか。これなど著しく工程を乱してしまいますね。加工図がないため、作業者が考え考え、進めていたことはなかったか。作業者が考えると、そこで手が止まる。その分スピードが遅くなるね。工場に投入される前段階に時間を掛けていないと、投入してからだと多くの時間を要してしまう」

「工場長、その通りだと思います。設計を呼んで、何だ、かんだ、と言っている間にすぐ1日は終わってしまいます。私一人の作業が止まってしまうのであれば、何とか私一人が頑張れば取り戻せますが、後工程の人たちの分までは、とても取り返せません。図面のチェックに時間を掛けて欲しいです。しかし、その前に設計の人にどんな図面が必要か、ということが分かっていないということはありませんか。現場を知らない図面屋には、チェックマンが教えてやらないと無理だと思います」

仕上課の課長が、わが意を得たとばかりにまくし立てた。

「なるほど、課長の言う通りだ、と私も思う。その件については、別途設計も交えて検討会を開くことを提案しよう。さて、次の問題に進もう。皆さん、いざ仕上げようと作業に掛かったが、道具がない、刃物がない、ヤスリがない、探している時間がない、と間に合わせの道具や切れない刃物で仕上げてしまった、ということはなかっただろうか。材料が足りない、取り付ける部品がないので、その先の作業に進めなかった、という経験はなかったただろうか。鋳造のフィルムがなかったなどという事態が起きると、鋳造が止まり、工場全体が止まってしまう。これは会社にとって致命的な打撃になる。スピードを上げるには、投入前の事前準備、段取りが重要だから、生産会議で強く要望する。しかし、工場自体に起因する問題、即ち先ほど言ったように、資材がない、道具がないなどの事態が発生しないようにするにはどうしたら良いか意見を聞かせて欲しい」

船山が、そう言っても反応が返って来ない。

またも、沈黙の時が流れた。船山は、我慢してみんなの意見を待った。

後ろの方で、手が挙がった。まだ入社して間もない、工場では珍しい女性の社員だ。

「コンビニなどのトイレに掃除をした人のサインした表が貼り出してありますが、あのようなチェックシートを掲示したらどうでしょうか」

「なるほど、良い意見だね。皆さんどう思いますか」

船山が、みんなに聞くと拍手が起こった。

船山は、それぞれの課長にそのシートを作るように指示した。

「今度は、工場独自でスピードを上げて行くにはどうしたら良いか、意見を聞かせて欲しい」

船山が、そう言い終わると、もう一人の女性社員が恥ずかしそうに手を上げた。

「私たちの仕事をいつまでに終わらせれば良いのか、というのは工程表がありますから分かるのですが、私の仕事をいつ終わらせれば良いか、もっと細部の目標が分かると達成感を味わえますから、能率も上がるのではないかと思います。また、今自分たちが作っている製品の価格はどれぐらいするものか、分かればみんなのモチベーションはもっと上がると思います」

「なるほど、素晴らしい意見だね。工程表の細部の達成目標が明確になっていると、もっとやりがいを持って仕事に取り組めるのではないか、それが能率も上げることになる、ということだね。それと製品の価格の件だが、早速、皆さんにお知らせします」

工場全体の会議はたいへん有意義なものになったようだ。

船山は、自分の意見を添えて議事録を生産会議に提出した。

製販一体になった改革を推し進めたが、資金需要はいつも逼迫していた。特に、最近資金的に不足をきたすことが多くなっていた。試算表にもそのことが現れていた。

会議で、最近利益が出てないように思うが、何が原因か、思い当たるところはないか、と質問したが何の返事も返ってこない。

仕方がない、松葉は工場長とその原因を探ることにした。

松葉は、工場の全員が参加した検討会議の議事録を工場長と読み直してみた。設計課と打合せた投入前の図面のチェック、加工図などの準備は行われているか、資材管理は完全に行われているか、各作業者に目標管理は行われているか、などチェックして行くと、どうやら徹底されていないようだ。

工場長に問い質すと、

「設計にもしっかりお願いしましたし、現場でもその都度言っていましたから、実施されていると思いましたが……」

「実施されていると思っていた、それではダメだ。毎日チェック、その都度注意。実行されるまで注意。注意して『分かったか』と、聞くと必ずと言って良いほど『何度も聞きました』と応える。『分かりました』ではない。その言葉の裏に、何度も言わなくても、分かっているよ、という言葉が隠されている。管理者は、その隠された言葉に怯《ひる》んではいけない。そんな時は、言ってやれ。『お前が実行するまでは何度でも言うぞ』。そして『何度も言わせないようにしろ』とダメ出しをしておけ」

「分かりました。社長！　社長に何度も言わせないようにします」

「ワッハッハ」と二人で笑い合った。

もう一度、身近なところから調べてみることにした。

清掃はどうだ。民事再生申立を境に掃除もおざなりになっているようだ。

しかし、松葉は社員のみんなにもっと清掃を徹底するように強く言い出せなかった。民事再生を申立てて、社員のみんなにも申し訳ないことをした、という詫びたい気持ちがそうさせた。人心も荒んで来つつあるようだ。そうだろう、こんなに心配を掛けたのだ。迷惑も口で言い表せないぐらい掛けている。申し訳ない、と心の中でいつも詫びていた。

しかし、一方では松葉はこれでいいのだろうか、と反芻していた。

「おい！　松葉、お前は逃げているのではないか、そんなことでどうする」

と、夜中に胸を押し付けられ、うなされて目が覚めることもしばしばだった。

松葉は、どうすればみんなの協力が得られるだろう、と一人悩んだ。

専務の仙田に相談してみようか、そう思った瞬間、

「待て、松葉！　お前は相談を持ち掛けて自分の悩みを軽くしようとしているのではないか」と、天井に現れた夜叉が襲い掛かってきた。

松葉は、そうじゃない！　そんなことじゃない！　と布団を蹴散らかし、怒鳴り返して目が覚めた。

そうか、そういうことか、自分の心の隅にそんな甘えた気持ちが潜んでいたのかもしれない。

それではまた、仙田に心配を掛ける。心配の輪を広げるだけだ。

松葉は、自分の気持ちを引き締め直した。

仙田は、総括として松葉をサポートしていたが、具体的な工場管理には関与していなかった。その仙田に新たな心配を掛けるのはやめよう。

清掃という何でもないこと、こんな日常的なことをどうしたらできるようになるか、素直に受け入れてくれるようにするためにはどうしたら良いか、松葉はゆっくりと、ゆったりした気持ちで考えてみた。

成果を早く出そうとする気持ちが焦りを生み、指示を矢継ぎ早に出し過ぎているのではないか、それが言葉に現れ、語気が強くなり過ぎているのではないか。

そうだ、急ぐことはない、慌てることはない。最も身近なところから、できることから、そして無理のないところから始めよう。

松葉は、会議のメンバーに穏やかに言った。

「先ず、清掃を徹底しよう。自分の周りの清掃から始めよう。急ぐことはない。一遍にやらなくてよい。少しずつ、少しずつ、自分の周り半径1mだけでいい。時間は10分だ。しかし毎日やってほしい」

それから、8時の始業ベルが鳴り始めると清掃が始まった。

黙々と掃除をしているみんなを見て、松葉は思った。自分の思い過ごしだったようだ。自分の思っていたよりもずっと愛社精神は旺盛のようだ。松葉は、そんなみんなの姿を見て、ホッと安堵した。

1か月ほど、黙って見ているだけにした。会議で、工場内がきれいになったね、とだけニコニコ顔で言った。

頃合いを見て、会議で2ステップ目の整理整頓を提案した。

清掃して分かった、と思う、使わない箱、廃油、使い残しの塗料、ビス、折れたキリなど使用できないものがいたるところに放置されている。処分しよう。アルミ鋳物の不良品や残材は溶解場に持って行くようにしよう。今回、取り除いたものは二度と自分の周りに置かないようにしよう。捨てるもの、そうでないものの決断をその場でしよう、思い切って、決断は班長に任せてみてはどうだ、とも言った。不良品の中に良品が混入する危険性があるからだ。

工場内がすっきりしてきた。

3ステップ目を提案した。

床を箒で掃いてまとめた砂埃の中にアルミ屑が混入している、これを篩《ふるい》に掛けてアルミ屑を回収しよう。モノを粗末にしない、してはいけない、勿体ないという意識が生まれてくれば一石二鳥だ。

今度は、工具の整理整頓を提案した。4つ目のステップだ。

先ず、使ってない工具を棚から全て引っ張り出してくれ。そして使える工具と使えない工具を分ける、そして修理可能な工具とそうでない工具を分ける、修理可能な工具は修理の見積書を取り、費用対効果を考え、修理か処分かを決定する。修理不能の工具は処分する。無用な工具、不要な工具も思い切って処分する。その決断は課長に委ねる。使われてない工具があると整理の邪魔になる。余分なモノがあると、必要な時にすぐ取り出せない、そんな時間のロスをなくしたい。

３か月程経過して工場は整理整頓の行き届いたすっきりした工場になってきた。

松葉は、工場内で会ったみんなに、「きれいになったね。すっきりしたね」と声を掛けた。

そして、会議で言った。整理整頓は頭の整理整頓にも繋がる。必要な時に必要な知恵を出せるようにしよう。

さあ、これからだ。毎日、毎月、毎年、利益を出せる企業に転換しなければ再建はおぼつかない。

そして、キャッシュフローに余裕のある企業への転換は至上命令だ。お金を貸してくれる銀行なんてどこにもない。この現実を社員全員が共有しなくてはならない。

悠長に構えている時間はない。

先ず、生産日報と積算原稿と見比べてみた。積算原稿の数より多く作ってしまっていることはないか。

鋳造時に不良品を造っていないか、仕上げ時に失敗して不良品にしてしまったか、不良品がわが物顔で工場のいたるところに鎮座ましましている。いつ不良品が出たのか、誰が不良品にしたのか分からない。

先ず、工場内の整理整頓を徹底し、不良品を出したら一目で分かるようにする。不良品を良品の中に混在させてはならない。

そして、鋳造会議で次のことを力説した。

大事なことは、不良品を出さないことだが、出てしまったら、その不良品を前に、ただボーッと見ていてはダメだ。よく観察しなければならない。不良品は我々の仕事の結果である。謙虚に不良品と向き合わなければならない。不良品の中にその原因は潜んでいる。観察し、凝視し、注視する。それでも皆目分からなかったら……、私には無理です。これ以上はダメです。とても私にはできません、と決して言わない、思わない。どこか糸口はないか、もう一度見直してみる、そして推察してみる。察することが大事だ。すると原因が焙り出されてくる。執念を持って原因を探し出さなくてはならない。

不良品は、我々の教材だ。学ぶチャンスを自ら捨ててはいけない。分からないと諦めてしまっては、折角の自分の成長のチャンスを失ってしまうことになる。考え、悩むことがその人の成長を促すことになる。人間の成長には負荷は必要条件なのだ。会社とは、自分を鍛える道場だ、と考えてみてはどうだろうか。柔道場でも、剣道場でも、そして今流行のトレーニングセンターでもお金を払わなければならない。会社という道場は、会社からお金をもらって自分を鍛えさせてもらえる。そして、ここでは脳も鍛えることができる。また、同時に精神力も鍛えることができる。

皆さん、やってみましょう。あなたには、まだまだ多くの可能性が潜んでいます。

次に、総生産重量と総労働時間の関係を民事再生前と現在とで比べてみた。労働時間の割合が増えている。ということは、製品を造るのに時間がより多く掛かっている、ということだ。民事再生後も多くの社員が残ってくれて頑張ってくれている。みんな10年以上のベテランだ。新人はいない。2、3年の社歴の社員もいない。みんなの足手まといになっている人はいない筈なのに、どうしてだろう。

松葉は、昔、いろいろな人から学んだことを思い出しながら工場を見て回ることにした。

現場に目を凝らせ、生産現場をよく見てみろ、問題解決の糸口はいくらでも現場に転がっている、お金は机の上にはない、現場に落ちている、ということも昔から耳にタコができるほど聞いた。現場は宝の山だとも聞いた。決算書や試算表を見て分かるものではない、それは単なる結果であって、これからの可能性はどこにも書いてない。改善の場所は分かっても改善の方法は分からない。

そんなことを思い出しながら、工場内の、中でも人の動きを注視することにした。

すると、製品の流れに沿った、場所の確保や人員の配置がなされていないことに気付いた。

人の動きがバラバラだ。次工程のことが考えられていないようだ。そうか、そういうことか。ここでも、仕事に掛かる前に、考えていない、協議してない。打合せが足りない。

会議でみんなに質問した。

「新たな仕事に取り掛かる時、物件ごとの打合せをしているか」

返事が返ってこない。してないということだ。

仕事を始めようとする時、何も考えずに取り掛かっているな、今までの経験だけでスタートしている。殆どの製品はオーダー製品だ。使われる建物の用途、デザインによって製品の形も表面の仕上げも変わってくる。それを今までの経験だけで作り上げようとしている。それでは良い製品はできないし、生産効率も上がらない。思考停止の状態で、造り始めている。行動に移す前に、先ず作業場所を考える。モノの流れ、水下の工程で場所も変わるだろう、大きいモノと小モノでは広さも自ずと変わってくる、大モノはモノを動かさず人を動かす、小モノはモノを動かすことを考えて場所を決める。次にどの作業道具が一番適しているか、みんなで考え、協議する、その時サンプルを造ってみて、考え、協議すると、どの工具を使うのが最も効率が良いか、またきれいな製品ができるか、が分かってくる。ベテランが造って見せると参考になる、ベテランもみんなの前で造って見せて、それなりのものを造れないと面目がないので、やる前に考えるようになる。また同時に作業手順を検討する。図面、単品図などの理解度も人によって大きく違う。作業者に考えさせることは、時間の無駄だ。事前にベテランが教える、そして理解度を確認する。理解度を考えて教え方を考え直すこともあるだろう。また、もっと分かりやすい図面を描くように設計にフィードバックすると、ここでも設計は考えるだろう。そうすると「考える」循環が生まれてくる。このように仕事に掛かる前に考えることが新たな改善を生み出す。最初の考える時間をカットすると、手直し、戻りの仕事が増え、多くの時間を無駄にすることになる。また作業者によってでき上がった製品にでき、不できが出てくる。みんな知っていることだ。しかしやっていない。終わったモノを地べたに置くな、パレットの上に置け、ちょっと待て、台車の方が良いのでは、と考えろ。パレットが足りない、台車がない、ないからやれない、そしてやらない、最後は放置する。その繰り返しをやってないか。

モノの次の移動先を考えろ。しかし考えることが多い、多過ぎる、無理だ、できない、とすぐそう思ってしまう。

そうではない！　できないのではない、能力がないのでもない。みんなできる能力は持っている。やらないだけだ。考える習慣ができてないだけだ。習慣化してしまえば、あとは簡単だ。

先ずは、やってみよう。やり始めるとまた新たな考えが湧いてくる。人間の知恵は、限りなく湧いてくるものだ、人類の発展の歴史を見れば分かる。不可能を可能にしてきたのが人間だ。

松葉は、工程の見直しを含めて訴えた。

その時だけに留まらず、毎朝ミーティングでも言った。

「よく見ろ、ボーッと見ているな、考えろ、考え抜け」と、口を酸っぱくして言った、言い続けた。「君たちができるまで俺は言い続けるからな。同じことを１００回でも何回でも言い続けるからな」

松葉は、いつしか語気を荒げて言ってしまうことが多くなっていた。

しかし、工場長の船山が、「『何度も言わなくても分かっています』なんて言うなよ。『何度も社長に言わせて、すみません』だ」、とフォローした。

そして、船山の献身的な仕事ぶりが社員の意識を少しずつ変えていった。

民事再生申立時の船山の言動に松葉は、どれほど助けられたか、日頃から感謝していた。

そんな変革の兆しが現れてきた頃、商工会議所から社員研修会の案内が届いた。

それを見た船山は、

「自分に行かせて欲しい」と願い出た。

「いいよ、俺も君に受講して欲しいと思った。聞いたことを俺にも教えてくれ」

と松葉は、二つ返事で快諾した。

早朝会議で、船山が研修会の報告をした。

開口一番、

「研修会に期待して行かせてもらいましたが、今まで社長から聞いていたことばかりでした」

そう言って、Ａ４の報告書１枚をみんなに配った。

松葉は、船山の「社長から聞いていたことばかりだった」という一言を聞いて甚く感心し、彼の人となりを垣間見たような気がした。

この一言が、早朝会議のメンバーに与えた影響は計り知れない。

この一言で、メンバーも松葉の言うことに今まで以上に耳を傾けてくれるに違いない。

船山！　ありがとう、と松葉は心の中で叫んだ。

船山自身も、確信を持てたのか、今まで以上に快活になってきたように松葉は感じた。


3か月ほど経って、良し！　生産も順調に向上してきたな、と思っていた矢先、船山が思いもしないことを松葉に言ってきた。

「社長、すみません。辞めさせて頂けないでしょうか」

「何を、だ」

「会社を、です」

「えっ、どうして」

「申し訳ありません」

「一体、どうしたのだ」

「申し訳ありません」

「申し訳ないでは、分からん。どうしたのだ」

「はぁ」と船山は言うだけだ。

「まぁ、もう一度考え直してみてくれ」

「はぁ。すみません」と言うだけで出て行った。

松葉は、仙田を呼んで、船山に思い留まるように言ってくれないか、と頼んだ。

仙田もビックリして、

「何があったのでしょう。早速、私から聞いてみましょう」

と言って、小首を傾げながら部屋を出て行った。

小一時間ほどして、仙田が帰ってきた。

「中学時代の友達の会社に行くことになった、と言っていました。給料を今の倍払う、と言っているそうです。友達の会社に行って、うまく行くか、うまく行かない、と思うよ。と言いましたが、意思は固いようでした」

「そうでしたか……」

松葉の体から全身の力が抜けて、虚脱状態に陥っていくのを感じた。

船山が、昔松葉に言ったことを薄ぼんやりと思い出した。

「うちの息子も頑張ってくれています。できたら県外の高校にやりたいと思っています。しかし、それには相当なお金が要るのでしょうね」

そうか、そういうことか、もう高校に進学する歳になったか、と松葉は理解せざるを得なかった。

仙田にそのことを話すと、仙田も黙りこくってしまった。

暫くして、仙田が絞り出すようにして口を開いた。

「社長、残念ですね。今からという時に」

「残念です。両手をもがれたような気がします」

仙田にも、松葉に掛けるこれ以上の言葉が見付からない。

松葉も天を仰ぐばかりだ。

対岸の見えない大河が、またまた二人の行く手を遮る。

橋のない、幾つもの川を渡って来た。

小さな川、大きな川、狭い川だったが激流の川もあった、緩やかな流れの川だと侮って、深みにはまって、おぼれそうになったこともあった。

しかし、みんなと手を取り合って渡って来た。

何とかここまで来た。

途中、みんなの手から離れ、川底へ消えて行った者もいた。

松葉の心が痛む。仙田もそうだ、と仙田の無言が話し掛けているようだ。

一難去って、また一難。次から次へと試練が覆い被さって来た。試練？　そんな生やさしいものではなかった。

松葉は、又もや苦境に立たされることになった。

そんな矢先、とんでもない事件が巻き起こった。

横領事件

松葉工業の建築板金部門の仕入先の中に、松葉が社長を続けることを快く思っていない会社があることを、松葉は知っていた。

松葉が社長を続ける限り、銀行取引はできないだろう、と囁いている者がいることも承知していた。

それを吹聴しながら、せせら笑っている建築板金資材の同業者がいることも分かっていた。

この際とばかり、松葉の包囲網を築き、松葉を永久追放しようと目論んでいるようだ。

松葉の周りの枯れ草に、火が放たれようとしていた。

このままでは、焼け焦げにされる。

待て！　慌てるな。

そうだ！　故事に倣って、こちらから火を点けてやれ。

先ず、松葉の周りの枯れ草を切り倒す。その半分にだけ火を放ち、燃え終わった頃、残りの半分を焼く、松葉をせせら笑っていた奴らが放った火が迫って来る頃には、既に松葉の周りの枯れ草は燃え尽きていて、松葉まで火が及ぶことはない。

よし！　これで行こう。

松葉は、お膝元のお得意先から固めることにした。そして、積極的な売り込みはやめ、先ずは松葉の親しいお得意先に変わらぬお取引をお願いして回った。

そんな松葉に、心強い知らせが届いた。

口野建築板金工業の社長と奥様からだ。

松葉工業が民事再生を申立したと聞かれて、涙され、

「松葉工業をまた元の松葉工業に戻して下さい」

と言われました、と営業担当の前川が嬉しそうな顔をして松葉に報告した。

「そうか。まだ、まだ、松葉工業を望んでいる人がいる。ありがたい、温かいお言葉をありがとうございます、と松葉が涙を流して喜んでいたと伝えてくれ。これも、かねての前川君の仕事ぶりのお陰だね。前川君ありがとう」

と言って、自室に帰り、松葉は人知れず泣きくれた。

ありがとうございます。必ず再生します、と決断を新たにした瞬間だった。

よし、これで手前の枯葉に火を入れることができた。

そして、また、また、力強い味方が現れた。

45年の長きにわたって取引をしている会社の社長からの電話だった。

「松葉の民事再生を千載一遇のチャンスだ、などと口にして営業に発破を掛けている会社があるぞ、松葉社長、負けてはなるものか。松葉頑張れ！」

激しく燃え盛る火の手を遮って、応援して下さるお得意様がいる。

そして、その人たちを核にした増殖が始まり出したようだ。ますます、松葉は意を強く

した。

逆手に取ったような言い回しをして、人の歓心を買おうとする者まで現れた。

松葉工業との取引関係をどうしても崩せない、と見るや、

「松葉さんは、必ず復活されます。応援してあげて下さい」

懐の深いところを見せて、将来に繋げようと手練手管の限りを尽くす、鼻つまみ者まで現れた。

生き馬の目を抜くような、小賢しい男のいる業界であった。

パイが限られているだけに、隙あらば掠《かす》め取ろう、とやたらにまとわり付く者もいた。

ライオンの仕留めた獲物を横から頂こうとするハイエナみたいな奴らだ。

払っても、払っても、やって来る。兎に角、うるさい。全く5月の金蠅みたいな男たちだ。

こんな男たちを追っ払ってくれたのもお得意先、お客様の皆さんだ。

皆さんのお陰で今日がある。

唄の文句ではないが、これほどお客様を神様と思ったことはなかった。

松葉は、お客様のご厚情を片時も忘れることのないよう、固く、固く肝に命じた。

社内に、潰したのも社長、残したのも社長、と言った者がいた。

松葉を庇《かば》っての発言だったと思う。

確かに潰したのは社長の松葉だ。しかし、残せたのはお客様のご支援、そして社員の協力があってのこと、松葉はこの事実から目を背けることはできない。

必ずや、そのご恩に報えるよう努力させて頂くことを、改めて誓った。

そして、ありがたいことに、また松葉に新たな生きる目標が与えられた。

改めて、ここでも生かされているのだ、と感じながら、松葉の新たな挑戦が始まった。

松葉は、松葉工業の建築板金部門を切り離し、別会社として独立させ、社長を外部から迎え入れることにした。そして、松葉は従来通り松葉工業の代表取締役社長を務めながら、新会社の代表権のある会長に就任した。

早速、登記を変更、建築板金部門の全ての銀行口座の名義を変えることにした。

ひまわり銀行に、通帳を持って名義書換の依頼に行った経理の河原が「全ての通帳の名義変更届を同時に出さないと変更はできません。もう1冊ある筈です」と言われた、と帰って来た。

報告を受けた松葉は、専務の仙田を呼んで銀行から変なことを言われたそうです、と伝

えると、

「本当ですか。河原を呼んでみましょう」

やって来た河原は、もう1冊あると言われて探してみたが、ないと言う。

「そうか、分かった、銀行から預金入出金取引証明をもらおう。河原さん、証明申請書をもらって来て、副社長から印鑑を押印してもらって銀行に持って行って下さい」

しかし、銀行から帰って来た河原が、又しても疑念を抱かせることを松葉に言った。

「この通帳の印鑑とは違うそうです。それでどの印鑑でしょうか、と聞きましたけど代表者でないと見せられないと断られました」

〝違う印鑑?……。そんな筈はない〟と思った松葉は、ひまわり銀行に向かった。

そこで見せられた印鑑の写しを見て、松葉は驚いた。

銀行印ではない。銀行印には、「松葉工業銀行之印」と刻まれている。これは、松葉哲造の名前が刻まれた認印ではないか。どうしてこれを！　松葉は絶句した。これは、佐久が管理している認印だ。いつこんな通帳を作ったのだ。預金通帳には銀行印以外は使用したことがない。銀行印は預金通帳から預金を引き出すために作られたものだ。その銀行印は、副社長が管理し、全ての預金の引き出しは、経理が作成した支払請求書に副社長が支払明細表と照合し、自ら銀行印を押印するのが決まりになっていた。

なのに、どうして、認印が使われているのだ。

驚いた、どうして認印で新たな預金通帳を作ったのだろう。

誰も知らないところで、どうして、こんなことをしたのだろう。

松葉は、仙田に一部始終話すと仙田が言った。

「社長、佐久を呼びましょう。佐久に説明させましょう。佐久に聞くのが一番です」

既に退社して、他社に勤め出していた佐久を呼び出すことになった。

2日後、やって来た佐久に仙田が聞いた。

「佐久君、ひまわり銀行の通帳は何冊あった？」

「2冊です。ひまわり銀行と取引のある得意先用と家賃の入金用の2冊です」

佐久は、平然とした顔をして応えた。

「そうかよ、佐久君」

松葉が、念を押すかのように言っても、尚も悠然と、

「そうです。2冊です」と応えた。

「これは、3冊目の預金入出金取引証明だ」

松葉が、佐久の目の前に広げると、一瞬、たじろいたが、気を取り直したように、

「あっ！　そうです、これは建設部用の通帳です」と応えた。

「佐久、嘘ついたらいかんぞ。建設部用の通帳は鹿児島第一銀行だろうが」

「そうです。しかし、延岡の工事の発注者がひまわり銀行しか取引がないので、ひまわり銀行に振り込みさせてくれ、と言われたので作りました」

「その通帳は、どこにあるのだ？」

「分かりません。通帳は、全て私が座っていた引き出しに入れておきましたけど」

「それが、みんなで探したけどないのだよ。どこにおいたのだ」

「私は知りません。通帳は、全部引き出しに入れておきましたけど」

「ああ、そうか。その通帳の印鑑も銀行印を使ったのか」

「そうです。全て副社長が管理されていましたので」

「佐久！　でたらめ言うな！　これが銀行からもらってきたその通帳の印鑑のコピーだ。銀行印ではないじゃないか」

仙田が、大きな声で怒鳴った。

「そんな大きな声で言われるのでしたら、私、帰らせてもらいます」

そう言って、佐久が立ち上がった。

「何！　こんなにコロコロ嘘をつかれて黙っておれるか。そこに座れ、座れと言っているのだ」

「帰ります！」と言って出て行った。

仙田が、佐久！　と叫んで部屋を出て行こうとした佐久の手を取り、胸倉を掴んだ。

松葉は、二人の仲に分け入った。胸倉を掴んだだけで暴力を振るったと言われかねない世の中だ。

松葉が、佐久に少々穏やかに言った。

「佐久、お前にも良心というものがある筈だ。事が大きくなる前によく考えて、また出て来い。俺も事を荒立てたりはしたくない。世間の知るところとなると拙いだろう」

そう言って、仙田の手を佐久から離した。

佐久が帰って、仙田が言った。

「虫も殺さぬ顔をして、平然と嘘をつきやがって」

「本当ですね」

「いやぁ、呆れました。あんな男もいるのですね。これで無罪放免とされるつもりですか」

「そんなことあり得ませんよ。彼は、呼べばまたやって来ます。世間が知るところとなると、彼はもうここにおれなくなります。彼は広島の尾道からやって来たよそ者です。奥さんが一番の頼りです。その奥さんに知れることが一番怖いことです。奥さんの顔に泥を塗ることはできません。彼の奥さんは幼稚園の園長です。子供相手といえども指導者です。奥さんも居づらくなるでしょう。そうなると家庭崩壊です」

「そうですか、社長、佐久のことをよくご存じですね」

「いや、調べなくても世間が教えてくれるのですよ。田舎ですから」

「なるほど、悪いことはできませんね。壁に耳あり、人の口に戸は立てられぬ、と言いますからね。あっ、という間に広まりますからね」

「そうですよ。住所不定者に犯罪者が多いのは世間がないからです」

「そうだと思います。これからどうされますか」

「1週間ぐらい時間を置きましょう。奥さんに悟られないように呼び出せば必ず来ます」

「分かりました。彼奴と親しかった山下に呼び出させましょう」

１週間後、佐久がやって来た。

佐久を見るなり、松葉は言った。

「奥さん、元気か」

佐久は、不意を突かれたかのように目をパチクリさせて、

「はぁ、ハイ」と応えた。その狼狽ぶりが松葉には滑稽だった。

佐久は気を取り直したように、自信たっぷりに自分から語り出した。

「私は、何もやましいことはしていません。塩屋係長に聞いてもらえば分かります」

塩屋係長というのは、民事再生申立前の元佐久の女性の部下のことだ。

ほぉー、準備がいいね。早速、証人を準備したか。松葉は佐久をまじまじと見た。

塩屋もグルになっているということか。自分でそう言っているに等しいということに気付いていないな。平然と構えているが、心の中は相当動揺しているだろう。

松葉も何も気付いていない振りをして、佐久と仙田を交互に見ていた。

「そうか。塩屋を待機させているのだな。よし、呼んでくれ」

仙田がそう言うと、10分もしないうちに塩屋はやって来た。

佐久と塩川は視線も合わさず、挨拶も交わさず、いきなり佐久が塩屋に言った。

「塩屋さん、ひまわり銀行の通帳で認印を使ったことで、僕に疑いがかかっているのだよ。通帳はあなたがいつも保管していたよね」

おやおや、いきなり本番かよ。ということは、私たちは打合せをしてきました、と言っているようなものだ。

「全ての通帳は私が保管していました。銀行印は宮崎にいる副社長がお持ちでしたので、急ぎの支払いがある時が困るので認印で引き出せる通帳を作りました」

仙田が睨み付けるようにして言った。

「ほう、そうか、誰の許可をもらって作ったのだ?」

仙田は、素知らぬ顔をして塩屋に聞いた。

「……」

「誰の許可をもらったのか、と聞いているのだ」

「部長からです」

喉から絞り出すような小さな声で応えた。

「その通帳は、君が作ったのか。他の通帳は全て銀行印なのに、これだけを認印にすることに疑問は感じなかったのか」

「部長が、宮崎まで印鑑をもらいに行くのを見ていました。いつもたいへんだな、と思っていましたので、むしろ効率が良くなるので良かったと思っています」

「効率が良くなるからと言って、勝手にルールを変えて良いものかどうか、それぐらいのことは分かるだろう」

仙田が、そう言って窘《たしな》めると、塩屋が、ポケットからメモを取り出し読み上げるようにして言った。

「部長は、とっさの支払いがある時は、宮崎まで行っていては間に合いませんので、自分のお金を立て替えたりしていました。みんなたいへんな思いをしていました。私たちも、たいへん恥ずかしい思いをしながら仕事をしていました。私たちは、銀行に行く時は、いつも3時過ぎに裏の通用口から入っていました」

この阿呆、私も同じ穴のムジナです、と言っているのが分からないのかよ！　のこのこ出てきやがって、何をしに来たのかよ。この阿呆！

仙田の顔が見る見るうちに赤くなってきた。

「勝手にルールを変えて良いのか、と聞いているのだ。質問に的確に答えてくれよ。時間だけが経つではないか」

仙田は怒りを押し殺して、二人に向かって言った。

「……」

しかし、二人は何も応えず、黙って下を向いたままだった。

業を煮やした松葉は、二人を突き放すように言った。

「どうして、認印を使ったか、誰が聞いても納得のいく回答が聞けないのだったら、告訴しよう。分かった、終わりだ」

二人に、出て行くのを促すかのように言った。

出て行く二人を確認して、仙田が松葉に思いの丈をぶつけるかのように松葉に言った。

「何ですか、あの二人。相当打合せしていますね。会社にいる時からあんなでしたかね」

「いや、そんなではなかったように思うけど」

「あの二人、デキているのと違いますか」

「まさか、いくらなんでも。そんなことはないでしょう。見たら分かるでしょう」

「分かりませんよ。蓼食う虫も好き好き、というではありませんか」

松葉と仙田は、顔を見合わせて笑った。

「告訴しますか」

「今、ジャブを送ってみただけですよ」

「今頃、二人で『告訴されたら、どうしようか』と話しているでしょう」

「私たちは、共犯者です、と言っているのも同然でしたからね」

「待って下さいよ。佐久も手を付けているかもしれませんね」

「お金に、ですか。それとも塩屋に、ですか」

「両方かもしれませんね」

「そうかもしれませんね、のこのこ出てくるところを見ると。驚きでしたね。あの程度なのか、な」

「相当、うろたえていたのですよ、二人とも。何とか誤魔化せないか、とそればかり考えていたのでしょう」

「これからどうされますか」

「告訴する前に、もう一度佐久を呼び出しましょうか」

「来ますか」

「いや、必ず来ます。告訴でなく呼び出しなので、ほっとして来ると思います」

「今度は、弁護士の立ち合いでやりましょう」

「それは良いですね。相当、外堀が埋められたように感じるでしょう。もう逃げられない、と観念するかもしれません」

「弁護士の名前で呼び出しましょう。そうすると、前みたいに立ち上がって帰る訳には行かなくなるでしょう」

「その方が良さそうですね。ところで弁護士はどちらにお願いしますか」

「東京の弁護士にお願いしましょう」

「えっ！　東京のですか。高く付くでしょう」

「大丈夫です。私の高校からの友人です。交通費と宿泊費を出すだけでやってくれるでしょう。私みたいな民事再生をしたような男から金を取るような男ではないですよ。ただ、霧島の温泉に連れて行き、丁重にお礼は言いますけど」

「持つべきものは友ですね。社長は恵まれたお方ですね」

「いや、いや、友にもいろいろといましてね。親しき中にも礼儀あり、と言いますが、真逆で親しいから何をしてもいい、何言ってもいい、と勘違いしているのもいました。選挙資金が足りなくなった、と私に金を借りに来た男が、私が民事再生を申立てたと聞くや、私を馬鹿にして、偉そうなことを吹聴していたのもいましたからね」

「金を借りた男が、ですか。社長のことを、ですか。男は個人から金を借りたら、一生礼を尽くさねばなりませんね。そうでなければ個人から借りる資格はありませんよ。その男の借用書はありますか」

「借用書をどうするのですか」

「そんなことを聞く度に、そのコピーを送り付けてやったらよかったのですよ」

「なるほど、忘れているのではないだろうな、とですね。ワッハッツハ。残念ながら借用書を取っていません」

「えっ、借用書なしで貸されたのですか。社長のポケットマネーだったのですか」

「いや、そんなはした金ではなかったですよ」

「そうですか。今どき、借用書なしで貸す人いますか。その男はありがたかった筈です。その男は一生その恩義を背負って行かなければなりませんよ。それは、それは重いものです。額の問題ではありませんよ」

「その男に、そんな意識はこれっぽっちもないですね」

「そうですか。残念ですね」

「一時は眠れないくらい腹が立ちましたが、もう大丈夫です。私の考えを変えました」

「どのようにですか」

「私は、心の底で、いつか彼が自分の至らないことで、不愉快な思いをさせて申し訳ない、と頭を下げて来るのではないかと、淡い期待を持っていたようです。しかし、そんな可能性は1%もないということが今頃になって分かったのです。少年時代からの交友関係を、ここでかなぐり捨てることにしたのです。残念ではありましたが、彼はそれだけの男だったのだ、とそう思うことにしました。そうすることができるようになってから全てが吹っ切れました。いやいや、話がとんでもないところに来てしまいましたね。さてと、弁護士に電話してみますか」


1週間ほどして、弁護士から佐久に来社するように、と手紙を出してもらった。東京からの手紙だったから、佐久はびっくりしたことだろう。

10日後の午後2時、佐久が松葉工業の本社にやって来た。

早速、打合せ通り弁護士の質問から始まった。

弁護士から松葉と仙田に途中で口を絶対差し挟むなと言われていたので、松葉は、佐久の顔から視線を外さないようにじっと見ているだけ、仙田は弁護士と佐久のやり取りを一言一句漏らさないようにと速記に集中した。

「佐久さん、今日はご苦労さんです。佐久さんと社長とのやり取りを聞きました。私がここに来たのは、裁判に持ち込もうとか、警察に告訴するぞ、とか言うためではありません。松葉社長からもできるだけ穏便にやって欲しいとのことでしたので、あなたのお話を聞いてできるだけそうしたいと思ってやって来ました。

さてと、佐久さん、認印で作られた通帳の件ですが、これは佐久さんが銀行に行って作られたのですか」

「いいえ、塩屋という経理の係長です」

「それは、あなたの指示だったのですか」

「そうです」

「印鑑はどうされましたか」

「持って行きました」

「銀行印でしたか」

「いいえ、会社の認印です」

「認印は、いつもどこに保管されていますか」
「印鑑箱の中です」
「その印鑑箱には鍵は掛かりますか」
「いいえ」
「その印鑑箱はどこに保管されていますか」
「私が使っていた机の中です」
「その机には、いつも鍵が掛かっていますか」
「いいえ」
「銀行印というのはあるのですか」
「あります」
「銀行印はどういう時に使うのですか」
「通帳から引き出す時に使います」
「ひまわり銀行の他の通帳の印鑑はどの印鑑が使われていますか」
「銀行印です」
「この通帳だけが認印を使用しているということですか」

「そうです」

「この通帳だけが認印ですね。他の銀行であなたが新規に作成した通帳がありますか」

「いいえ、ありません」

「ということは、全ての通帳が前任者から引き継いだ口座だということですね」

「そうです」

「どうしてあなたは、新規の口座を作ったのですか」

「急に支払いが発生した時、宮崎まで行かなくて良いようにと思ったからです」

「そのことを社長に話されましたか」

「話したと思います」

「社長は、その時何とおっしゃいましたか」

「覚えておりません」

「印鑑は認印でよろしいかどうか、社長に聞かれましたか」

「いいえ」

「通帳を作る時は、社長に話されたと先ほど言われましたね、印鑑は認印を使いましたと報告もされなかったのですか」

「急な支払いが発生した時、度々ありました。私は何度も副社長のおられる宮崎まで印鑑をもらいに行きました。こんなことが度重なっては時間の無駄だと思いましたので、言わなくても社長は了解してもらえると思って言いませんでした」

「他の全てが銀行印なのに、この通帳だけが認印を使うことに違和感はありませんでしたか」

「……」

「何度も宮崎に行かれたということですが、月に何回ほど行かれたのですか」

「月に何回か、と言われても覚えておりません」

「それでは、週に何回ぐらいでしたか」

「週に何回？　あったり、なかったりです……。よく覚えていません」

「車は社用車を使われましたか」

「いいえ、私が使える社用車はありませんので、自分の車で行きました」

「先ほど、時間の無駄とおっしゃいましたね。当然高速使われたでしょう」

「そうです、いつも急いでいましたので」

「そのガソリン代と高速料金は会社に請求されましたか」

「いいえ」

「あなたは、何度も宮崎に行かれたと言われましたが、ガソリン代も高速代も会社には請求されてないのですか」

「はい」

「社用で個人の車を使った場合、ガソリン代は出ないのですか」

「いいえ、請求すればもらえます」

「請求されなかったのですね。どうしてですか」

「……」

「宮崎に行くなどとは、時間の無駄ではないか、と社長に話されなかったのですか」

「いいえ」

「どうして、実情を社長に話されなかったのですか」

「……」

「最後にお聞きします。最近、この通帳から３００万円が引き出されていますが、あなたが引き出されたのですね」

「……」

「支払明細表にも、この300万円は記載されていませんが、どうされたのですか」

「……」

「どうしました？」

「急な支払いが生じまして、宮崎まで銀行印をもらいに行く時間がなく、私の個人のお金を立て替えて払ったことがあります。その金の返済に充てたものです」

「いつ、立て替えて支払ったのですか」

「……」

「11月18日に引き出されていますね。この日に支払ったのですか」

「だと思います」

「その日は、会社で決められた支払日ではないですね。どうして、その日に支払ったのですか」

「……」

「支払日でないのに、急な支払いをしなければならなかったとは、どんな理由があったのですか」

「……」

「急な支払いが生じたということですが、どこに支払いましたか。それは何の代金でしたか」

「覚えておりません」

「通常、あなたが銀行に行くことはありますか」

「……」

「普通は、あなたは銀行には行っていませんね。どうして、この時だけあなたが引き出しに行ったのですか」

「私の金を立て替えていたからです」

「３００万円もの大金を、あなたが引き出しておいて、どこに支払ったか、覚えてない、では困りましたね。もっと、誠意をもって答えてもらわなければなりませんね。領収書と支払先の請求書を持って来て下さい。よろしいですね」

「はい」

「引き出した。しかし、その支払い先は分からないでは、支払いの経理処理は出来ないことぐらい、経理のプロのあなたに分からない筈はありませんね。取り敢えず、その３００万円は会社に返して下さい」

「分かりました」

「いつ、返されますか」

「1週間ほど待って頂けませんか」

「社長、よろしいですか」

「はい、来週の火曜日ですね。いいです」

「それでは、これで終わりにしましょう」

と弁護士が言うと、佐久は首をうなだれて部屋を出て行った。

「いや、弁護士、ありがとうございました。それじゃ、霧島温泉に行きましょうか。今から行くと丁度いい時間になりますよ。専務、専務も一緒に行きましょう」

「私も、ですか。同級生同士でやって下さい。水入らずで」

「行きましょう。遠慮はいらないですよ。既に3名で予約がしてあります」

「そうですか。ありがとうございます」

「彼は、東京でも敏腕弁護士として誉れ高い男です。いい話が聞けると思いますよ」

「そうでしょう。先ほどの質問を聞いていてもそう思いました。矛盾をいちいち指摘せずとも相手に悟らせて、最後は相手が認めざるを得なくなる、全く時間の無駄のない進め方に思わず舌を巻きました」

「弁護士、うちの専務もさすがでしょう。弁護士の話を良く聞いていますよね。専務は長いこと大手商社に勤めていて事業部長を最後にわが社に三顧の礼をもって来て頂いた方なのだよ」

「松葉君も立派な片腕がおられて心強いね」

「そうだよ。助かっているよ。さあ、行こう。山の夕暮れは早いから」

三人は、松葉の運転する車で霧島温泉郷の妙見温泉に向かった。

川沿いに並ぶ温泉宿は、機内誌にも取り上げられたりして全国的にも有名になっていた。

松葉は、その中の一番川上の宿を予約していた。

古民家を移築した鄙《ひな》びた宿の佇まいは、都会育ちの仙田をいたく感激させたようだ。

弁護士は、この川下に広がる国分という町の出身だった。国分は「花は霧島　タバコは国分」と唄われて有名だ。そこで、神童と呼ばれていたに違いない。小さい頃の利発さを今に留めている。

弁護士は、昔を思い出し、微かに郷愁を感じたかのように呟いた。

「国分の近くにこんな気の利いた宿があるとは知らなかったな」

それもそうだろう。ここは昔の湯治場として大衆向けの湯処だった。

田植えなどの農作業が終わってから、炊事道具を持ち寄って、家族総出で3日から1週間ほど骨休めにやって来る人で賑わったという。

造り酒屋のボンボンであった弁護士が、来るところではなかった。

一風呂浴びた三人は、酒席へと案内された。

松葉の発声で、田舎料理を囲んでの酒宴が始まった。

少々、杯が進んだ頃、

「ところで、彼は本当に1週間で金を持って来られるかな」

と、弁護士が、急に心配顔で言った。

「どうかなぁ。最近、家を造った話を聞いたからな。家の資金に充ててしまっているのではないかな。奥さんに知れると拙いので何とか工面するかもしれないが」

「分割を言って来たらどうする？」

「百歩譲って、それでもいいよ」

「もし、そんなことを言い出したら、その方がいいよ。全く持って来ないとなると、告訴、裁判となるからね。裁判に持ち込むと難儀するよ。費用は掛かるし、時間も取られるからな。そうなると俺は来られないからな」

弁護士から早々に釘を刺された。しかし、これは佐久の出方次第だ。その時は仕方がない。

松葉は、新会社の会長職も辞し、全てを新社長に任せるつもりだったが、この問題を片付けないことには辞める訳には行きそうにない。また松葉の再建に立ちはだかるつまらない障害が降り掛かって来た。

松葉の残された僅かな時間が、浪費されて行くのが我慢ならなかった。

「そう言えば、新聞で都知事が日本の裁判は足して2で割るような判決をすぐ下す、と批判していたが、そう？」

「そんな判決をたまに見かけるね。裁判官は日本一難しいと言われている司法試験に合格し、司法研修所を経て任官されるのだが、覚えることが多いからね。そして判例が次から次へと出てくるから、息継ぐ間もない。法律はいつもあと追いだから。インターネットやＩＴ関連の事件に対応する法律が未整備で、現実が先を走っているのがその良い例だよ。世の中の流れを見ている間もないだろうし、一般の人との交流も限られているから、全く世間に疎くなってしまうよ。一般の方にそう思えることも多いかもしれないな。まあ、仕方がないよ。裁判官も神様ではないからね。疑わしきは罰せず、という法諺《ほうげん》があるからね。これを安易に援用してしまうこともあるだろうな」

と、裁判官に同情的な言い回し方をした。

「なるほど、そうか。裁判官は生涯勉強に次ぐ勉強でたいへんだ、ということだね。弁護士も同じだね。勉強嫌いの俺にはとても務まりそうでないな。ワッハッハ。

ところで、高校の倫理の授業でこんなことを教わった。法の前に道徳だ、と。ところが、裁判に出てびっくりしたことがあったよ。裁判官が冒頭に、被告に向かって都合の悪いことは言わなくて良い、と言うようなことを言ったよ。その時、黙秘権のことを言っているな、と思ったけど、そんなことをわざわざ被告に言う必要があるのだろうか。最初から道徳を否定したようで納得できなかったな」

松葉は、かねての疑問を弁護士にぶつけてみた。

「その裁判がどんな裁判だったか、一審だったか、二審だったか分からないが、また俺はコメントする立場ではないけどな。敢えて言わせてもらえば、裁判官にもいろいろな人がいるということだよ。共産系の人も結構いるからね。俺たちもそんな疑問との闘いみたいなことは度々あるよ」

「都合の悪いことは黙っていていい、と言われるとすごく我々には抵抗があるな。我々は小さい頃から、そんなことをして恥ずかしくないのか、お天道様が見ているぞ、と言われ、私が悪うございました、と素直に謝れ！と叱られたものだ。長じるに連れて、人が見てようが見ていまいが関係ない！　自分に恥ずかしくないのか、とよく言われたものだ」

「そうだね。昔の戒律や規範が薄れて行くのが寂しいね。昔は、道徳、習慣だけで社会が成り立っていた訳だからね。法律なんてものはなかったのだから。社会が複雑になって、法律が必要に駆られて生まれた訳だけれど、法が全てと、道徳がなくなっていくのをどこかで止めないといけないね」

「そうだよ。戦争に負けて大和民族は骨抜きになってしまったね。まんまとアメリカの国家戦略に嵌まってしまった。そしてだよ、帝国主義反対と叫んでいた左翼までもが結果としてアメリカの戦略に加担してしまっていた。アメリカというところは恐ろしいところだよ。アメリカの国家戦略をもってすれば日本なんて赤子の手をひねるようなものだろう。誰にも知られずにいつの間にか1億の日本人の脳がすり替えられてしまっていた。そんな現実を、今突き付けられているようだ。自信喪失そして自虐思想が蔓延《はびこ》って近隣諸国に頭ばかり下げている、これなぞその始まりかもしれない」

松葉が憤懣やるかたない、とばかりに言うと、

「そうですよ。昔の日本の良いところを知っているのは、今では外国の人たちかもしれませんね。ロシアや東欧諸国では、日本の武道を学ぼうとしている人が増えています。護身術だけだったら、あれほど盛んにはならないと思います。やはり武士道に繋がる日本人の精神に学ぼうと思って始めた人が多いように思います」

モスクワ支店長を務め、東欧にも詳しい国際派の仙田も日本人の行く末を心配しているようだった。そして続けて言った。

「日本人には、共通の考え方、精神的に通じ合う、そして共有できる理念が必要に思います。それが今の日本人にはないような気がします。宗教も、日本人の規範には成り切っていない。今、日本人は根なし草みたいに漂って生きているように思うことが多くなりました。昔の修身を復活させてはどうでしょうか。そう言うとすぐ全体主義だ、軍国主義に繋がる、と騒ぎ立てますが、何も昔の修身をそのまま復活させることはないのであって、過去の悪しき経験を踏まえ、練り直して行けば良いことだと思います」

「私も専務の意見に賛成だな。戦争に負けた。すると戦前のものは全てかなぐり捨てて、全てを否定する。これって一体何なのですかね。日本人自ら昔から綿々と引き継いできた

伝統、習慣、礼儀、作法など、全てを捨て去っていいものだろうか。政治の世界でもそうでしたね。自民党政府が金権政治、官僚政治だ、密室政治だ、と批判され民主党政権になったが、民主党の政治は国民の多くの期待を裏切り、また自民党政権に戻ってしまった。なぜ、ここで政界再編成が起こらなかったのか。国民はどうして駄目だと結論を出した自民党に戻ったのか。不思議な国民だね」

松葉は、ここでもかねての疑問を二人にぶつけてみた。

「日本人は、いつの世も大きな変革を望んでいないように思う。自分に見えない改革には、なかなか踏み出し得ない国民性があるように思う。現代史、そして今に繋がる歴史教育の見直しの時に来ているのではないか。100年の計を持って教育を考えていかなければこの問題を解決していくことは難しいだろう」

佐久の横領事件に始まって、政治の問題に、そして弁護士の教育問題についての提起へと解の見付からない談議で夜が更けていった。

約束の1週間が過ぎても佐久は現れなかった。

仙田が、松葉のところにやって来て、

「佐久の奴、こんなに横着な奴だったのですかね。弁済期限が来ているのに、電話もよこさない」

プリプリ怒って言った。

「固定電話に掛けてみたらどうですか」

「そうですね。俺だと分かっているから出ないのかもしれませんね。今、ここから電話してみましょう」

留守電になります、と言って仙田は受話器を置いた。

「何か都合でも悪いことが起こったのかもしれませんね。明日、電話をしてみましょう」

そう言って仙田は出て行った。

松葉は、弁護士に佐久と連絡が取れない、どうしたら良いか、聞いてみた。

弁護士は、

「やはりそうか。急に音信不通になって、行方知れず、というケースは良くあることだ。ドロンはしてない筈だ。世間体があるからな。兎に角、来させなければいけないな。電話が通じなければ、手紙だね。その次は書留速達だな。それが駄目なら電報だ。それでも駄目なら内容証明だ」

松葉は、ありがとうと言って、明日の仙田の報告を待つことにした。

翌日、昼前やって来た仙田は呆れた顔をして言った。

「携帯にも、固定電話にも何度掛けても駄目です。出ません。着信がある筈なのに返事も寄越さない。誠意の欠片もない奴ですね。虫も殺さぬ顔をしてふざけています。何様だと考えているのですかね。正体を暴いてやります」

仙田は、絶対許さないといきり立っていた。

「そろそろ本性を現して来ましたね。素直に認めたところまでは良かったのですが」

松葉は、そう言って、弁護士に聞いたことを仙田に伝えた。

仙田は、自分に任せてくれと言って、今夜手紙を書きます、明日松葉に見せてから投函すると言って退社した。

一人残った松葉は、佐久の逃げの体勢に入った理由を考えた。

何があったのだろうか。佐久の気持ちを変えた理由は何なのだろう。一体、何が佐久を変えたのか。元々、佐久はそんな人間だったのか。一時、佐久に銀行印を持たそうか、という案もあったが持たさなくて良かった。松葉の脳裡にさまざまな思いが去来した。

4日後、仙田が駆け込むようにして社長室に入って来た。

「社長、佐久ってとんでもない奴でしたね。受取拒否です」

松葉の前に、受取拒否の付箋の貼られた封筒を差し出した。

「受取拒否なんてことできるのか、知らなかったなぁ」

「社長、今度は書留速達ですね。んーむ、けしからん、すぐ出します」

と郵便局へ向かった。

ところが、5日後またしても、付箋が貼られて返ってきた。

仙田は、その書留を握り締め、真っ赤な顔をして社長室に入って来た。

「社長！　書留も受取拒否できるのですかね。ケシカラン！　奴は必死ですね。女房に問い詰められているのでしょうね」

「そういうことか、佐久の豹変は。専務の言う通り問い詰められたのでしょう。佐久の、こりゃ、たいへんなことになる、と慌てて『違う、違う、俺は何もしてないって……。違うって』と打ち消しに必死になっている姿が目に浮かびます。俺は違う、あり得ない、と女房に示すために、あり得ない、非常識な受取拒否に出たということだな」

「そういうことですね。こんな卑劣な男に負けてはおれません。社長、電報を打ちましょう。家庭争議になっても仕方ないでしょう」

「仕様がないでしょう。そうしましょう」

ところが、何と翌日、受取拒否で返ってきた。

「ワーッ、社長、佐久ってえげつない人間ですね。こんな人間見たことないですね。受取拒否をここまでできるとは、相当こんなことに詳しい奴ですね」

仙田も、怒りを通り越して、呆れ返っていた。

「普通の人間はこんなことはできないな。こんなことができると知っていることが不思議だな。普通に生きていればこんなことを知る由もないよな」

「社長、以前似たような経験をしているのでしょうか、或いは誰かが入れ知恵しているか」

「その両方かもしれませんね」

「そんなのと関わりたくないですね。裁判に持ち込みましょうか」

「そうですね、待って下さい、もう一つ弁護士が教えてくれたことがありました。書留速達で内容証明書を出すことです」

「分かりました。すぐ出すようにします」

と言ったが、仙田の足取りは重かった。

その5日後、肩を落とした仙田が社長室に入って来た。

「社長、奴はまたしても拒否しました。何と、移転先不明のゴム印が付箋に捺されています」

「うんッ、誰が移転先不明などと言ったのでしょうか」

「奴が、他人に成りすまして言ったのでしょう」

「そうか、奴は相当な悪だな。弁護士に相談してみましょう」

と言って、松葉は電話を取った。

弁護士に、なかなか佐久を引き出すことができない、と一部始終を話すと、最後の手段として宅配便があると教えてくれた。

なるほど、そういう方法があるかと仙田に話すと、

「それはいい方法ですね。これなら拒否できないでしょう。分かりました。早速宅配便で送りましょう」

しかし、宅配便で送ってみたが、「そのような者はここにはいない」と突き返されてきた。

松葉も仙田も、呆れ返って、言葉がなかった。

「社長、ここまで袖にするとは許されませんね。これはどこまでも戦うという挑戦状です

よ。それならそれで受けてやりましょう」

　そこへ、常務の竹之下が入って来て
「佐久の件、どうなりました？」と聞いた。

「どうも、こうもないよ。アッタマに来てな、徹底的にやりましょう、と社長に進言したところだ」

　仙田には、珍しく感情を露わにして吐き捨てるように竹之下に言うと、竹之下は淡々として言ってのけた。

「大体、通帳がなくなっていた時点で告訴すべきだったと思いますよ。佐久が通帳を持ち出したに決まっていますよ。その通帳に残高いくらありました」

　竹之下の言う通りだったかもしれない。松葉は竹之下の発言に返す言葉がなかった。

「６千万円だ」

「佐久は、いくらポケットに入れたのですか」

「今のところ、分かっているだけで３００万だ。まだ他に４００万円ほど不明金がある。奴を呼び出してその確認をしようとしているところだが、呼出状の全てを受取拒否しやがった」

と仙田が言うと、

「私に言ってもらったら良かったのに。佐久の家に私が持って行ったのに」

俺なら、そんなことはさせないとばかりに竹之下が自信たっぷりに言った。

「君は佐久の家を知っているのか」

「ええ、知っています。奥さんの実家の近くに結構立派な家を造っていますよ。新築祝いに経理課の者が数名行ったと聞いていますが」

「そうか、君は呼ばれなかったのか」

「社長が呼ばれてないのに、私が呼ばれる筈がないでしょう。そこで彼はこんなことを言ったそうです。自分の給与は全部この家に注ぎ込んだ。生活費は、女房が幼稚園の園長をしているので、それで賄ったと言ったそうです」

「ほう、そうか。給料の割に立派だね、と言われそうだから先手を打ったな。なかなか気の回る奴だな。会社にいる時はそうも思わなかったけどな」

「しかし、佐久も面倒を掛ける奴ですね。私が持って行って、直に渡して来ましょうか」

「いや、いや。君が行くと喧嘩になる。喧嘩をするとこちらの負けになるからな」

仙田が諭すように竹之下に言った。

「分かりました。余計なことはしません。ところで印鑑は誰が持っているのですか」

「経理の座版を入れる箱に入っている。これは持ち出していないから、これ以上被害は広がらないな」

「専務、それは違いますよ。佐久は、その認印を押した払出請求書を何枚も持っている筈です。分からないようにチビチビ引き出すつもりだったのでしょう」

「そうか竹之下、今日は頭が冴え渡っているな。日常的に使う認印まで持ち出すとその時点で、認印がない、と騒ぎ立てられて発覚するからな。奴は考えた訳だ。許せん」

仙田は、佐久の奴、細かい策まで弄しやがって、と憤怒して顔面が真っ赤になった。

「社長、これは裁判に訴えるしかないですね。会社の配慮を嘲り笑うような男をこのまま放置はできません」

「分かった。そうしよう。検事上がりの弁護士が最近事務所を開いたと聞いた。早速連絡を取ってみよう」

「検事上がりですか。それは厳しく追及してもらえそうですね。私も連れて行って下さい」

仙田が、今にも出掛けようと意気込んで言った。

松葉は、電話でアポを取り、仙田と一緒に指定の時間に弁護士事務所を訪れた。

検事上がりと聞いていたので、強面の弁護士が出て来るものと思って、二人ともいささか緊張していたが、60歳ぐらいの品のある紳士が現れた。

仙田が、訴訟内容を説明した。

黙って聞いていた弁護士が、

「分かりました。うちの弁護士に担当させましょう」

そう言って、すぐ若い弁護士を連れて来た。30歳を出たばかりだろうか。

仙田が、松葉の方を見て、アレッ、ちょっと違うのではないの……、と言うような顔をしたが、もう断れそうにない。この若い弁護士に失礼だ。このままお願いせざるを得ない。

松葉は仕方なく、挨拶をしてよろしくお願いします、と言った。

それでは訴状を準備しますので、できたら連絡します、とその若い弁護士は事務的に言った。何の無駄口もなかった。

退室して、車に乗り込んだ松葉に仙田が言った。

「社長、あの弁護士で大丈夫ですかね」

「ちょっと、心許ないなぁ。検事上がりの本人がやってくれるとばかり思っていたからな。まあ、訴状を見てから判断しましょう」

「社長、前に立ち退きを要求する裁判の時の、あの女弁護士よりましかもしれませんね」

「いや、あれはひどかったですね。弁護士といえども年端も行かない娘みたいな者から、タメ口で言われた時は驚きましたね」

「そうじゃないよとか、そんな訳ないだろう、と言われた時は、もうお前なんかに頼まない、と席を蹴って帰ろうかと思いましたよ」

「顧問弁護士の紹介だったからなぁ。断れなかったですよ。思い出しても吐き気がしますね」


ここでも、一抹の不安を感じながら、訴状を都城地方裁判所に提出した。

3週間ほどして、被告の佐久から答弁書が送られてきた。

それを読んで、松葉は腰を抜かすほどビックリした。

それは、原告代表者の松葉の訴状を全面的に否定するものだった。
一、３００万円は、不動産業者に支払った手数料である。
二、認印での口座開設については、原告が被告に工事代金が支払われるから、認印を渡し、ひまわり銀行都城支店で口座を開設するように指示があったもので、原告は知らない筈はない、よって横領を目的に口座開設などしていない。

と主張していた。

「こんなことがあって良いのか。許せん」

松葉は、激しい憤りを感じた。

松葉は、すぐさま仙田と竹之下を呼んだ。

答弁書を読んだ仙田は、開いた口が塞がらない、と唖然とした様子で、竹之下に手渡した。

それを見た竹之下の顔色が見る見るうちに赤みを帯び、紫色になった血管が浮き上がって来た。

「社長、此奴はヒトを馬鹿にしていますよ。何度も何度も呼び出させておいて、穏便に取り計らってもらっていることも忘れていい気になりやがって、けしからん。社長！　警察にいきなり告訴すべきでしたよ。最初から、罪人扱いにしておけば良かった……。奴が引き出した平成10年11月18日といえば、会社が最も資金繰りに苦しんでいた時ですよ。みんなが、一生懸命、集金に駆け巡っていた時ですよ。奴は事務所に座って金を掠《かす》め取る算段を巡らせていた。何と、卑劣な男ですか。こんなことが、まかり通るようだったら、世も末ですよ。こうなったら徹底的にやりましょう」

訴状の提出から1か月ほどして、第1回口頭弁論が開かれた。

松葉側の弁護士は、事前に打合せた通り、不動産手数料は別途支払われていると支払明細表を提示して、虚偽の答弁だと糾弾した。

そして、この認印で作成された普通預金通帳は平成10年11月16日に作成して、11月18日に建設工事代金の1122万円を振り込ませ、被告はその日に300万円を引き出し、未だにその明確な説明をしていない。最初から、計画的に建設事業部の担当者に、この通帳に振り込ませたことに間違いはない。

こうして、松葉側の一方的な陳述で終わった。

第2回口頭弁論が3か月ほどして開かれた。

被告の佐久は、300万円は会社に対する立替金の返済金であると主張した。

原告側の弁護士は、平成10年11月18日以前に被告が立て替え払いをしたという事実はない、とこの陳述を一蹴した。

しかし、この300万円については、立替金の返済金で、社長も承知していることだと反論した。口座の存在も知らない筈はないとも言い始めた。

ひまわり銀行からの融資1億円についても、当然のことながら社長は承知している。振込先がどの通帳なのか知らない筈はない。そして、前期の決算報告書の預貯金等の内訳書にこの通帳の口座番号は記載されているので、原告代表者がその存在を認識していない筈はない、と陳述した。

松葉は、呆れて、開いた口が塞がらない、と怒りを通り越し抗弁の言葉を失いかけた。漸《よう》く気を取り直し、言葉を探しながら反論した。

被告は、以前にも会社に対する立替金だ、と言うのでその立替金は何か、と問い質したが、未だに何の回答もない。今、いきなり社長も承知していることだ、とでたらめを言い出したことに怒りを禁じ得ない。

また、松葉は決算報告書に記載されている預金通帳の口座番号までは、把握していなかった。被告が、税理士の求めに応じて、通帳の写しを出したまでのことだと思う、と説明した。

そして、ここでの争点は、口座を知っているか、知っていないか、ではなく、300万円をどうしたのか、が争点だと主張した。

しかし、出て来た判決は原告の請求を棄却する、というものであった。

その理由は、ひまわり銀行から9844万8370円という高額の入金があることから、被告が原告に本件口座が発覚しないような行動を取ったとは思われない。

また、決算報告書に本件口座の記載があり、金額も一致しているので、この時点で原告代表者が本件口座の存在を認識していない筈はない。

そして、民事再生計画の認可決定がされているので、本件口座の存在を再生裁判所、監督委員とも把握していた筈だ。よって300万円の出金を含めて問題になっていないので、正当なものだと評価できると解される、というものだった。

300万円の横領を暴くどころか、全く争点と外れたところでの判決だった。

松葉、仙田そして竹之下の三人で判決文を精読した。

怒り狂ったようにして、床に破り捨てた。

「何ですか！　この判決！　一度本人も認めているのに棄却とは、何と戯《たわ》けた判決ですか！」

竹之下ならずとも、怒るのは当然の判決だ。

松葉も仙田も呆れ返り、絶句して、暫く硬直した状態が続いた。

仙田が、気を取り直したように口を開いた。

「これから、どうしましょう」

「控訴します」

松葉が、応えると竹之下が、またまた声を大きくして、

「当然です。社長！　弁護士を変えましょう」

と、言うと松葉も即座に、

「うん、そうしよう」と応えた。

「社長、どこにお願いしますか」

と、仙田が、困った顔をして、心配そうに松葉に聞いた。

「今回は、長引くといけないので、やはり近いところの弁護士が良いでしょう。鹿児島の同級生の弁護士にお願いしましょうか」

「鹿児島にも同級生がいたのですか」

「ええ。彼は人権派の弁護士で鹿児島ではちょっと知られた男ですよ。彼は、医者がいない、弁護士がいない、と困っていた市町村に事務所を移転して行った男です。男気のある今どき珍しい男です。彼ならやってくれるでしょう」

早速、彼に控訴状を提出してもらい、次に控訴理由書も提出してもらった。

控訴理由は、原判決に事実摘示の誤りがあるとし、事実誤認の違法があるので、破棄さ

れるべきだ、とするものだった。

答弁書を見て、これまた驚いた。

３００万円引き出したのは、今度も同じ、被告の立替金の返済として引き出したものだと主張してきた。

同じことを、繰り返して主張して来たということは、もうこれ以上の弁解は出来ない、と観念したのか、と松葉は仙田と語り合った。

訴えられると、対応せざるを得ないから、仕方がない、同じことでも書いておこう、ということになったのではないか、が二人の一致点だった。

それから1か月後に控訴審が高等裁判所宮崎支部で開かれた。

松葉は、仙田と竹之下と三人で早めに行った。

そこで、竹之下が、佐久の女房が来ています、と小声で呟くようにして言った。

松葉は小首をかしげた。どうして女房を連れて来たのか。

竹之下に聞いてみた。

「気の小さい佐久だから、連れて来たのではないのですか」

「なるほど、先ほどすれ違いざまに見せた眼光の鋭さは、ただの女ではないな、と瞬時に感じたな」

「用心棒の代わりですかね」

せせら笑いながら、竹之下が言った。

「女性から、人を射抜くような目付きで見られたことはなかったな」

「そうですよ。私たちに向けられた眼差しもきつかったですね。相当なタマだと私も感じました」

仙田も、同じ印象を持ったようだ。

「彼女はなぜ、裁判所までついて来たのでしょうか」

仙田も、松葉と同じ疑問を持ったようだ。

「今回の控訴審に付いても、無罪だと確信を持って現れたということでしょうか」

「そうかもしれん。一審の判決は、新たな有力な証拠、或いは重大な法律知識のミスがない限り、翻ることはないことはない、などということを知ってのことだろう」

「だとすれば、裁判のことについて相当詳しい、ということになりますね」

「どこで勉強したのでしょうか」

竹之下も、強い関心を持ち出したようだ。

「勉強した筈はないだろう。彼女は幼稚園の先生だ。経験して知ったということだろう」

「でしょうね。裁判の経験が、何回かあるということですね。どんな裁判だったのでしょうか」

「それが分かれば、彼女の正体は全て暴かれることになるね」

「そうですね。普通に生活していれば、裁判などのような厄介ごとに遭遇することはないでしょう」

「やはり、専務が言ったように、相当なタマなのでしょうね」

「俺もそう思う。一審で請求を退けることができた、二審でも同様だろう、と確信して、勝ち誇ってみたかったのかもしれない」

「そして、佐久は佐久で、自分にやましいところは何もない、と女房に公の場で示したかったか」

「いずれにせよ、今回は負けられない裁判だ。第一審の判決が翻らなかった、ということはないのだからな」

「でなければ、友達の弁護士も引き受けてくれないでしょう」

開廷の時刻になった。

松葉側の弁護士は、準備書面、証拠説明書を基に事実誤認があると主張した。

被告が、原告の支払いの300万円を立替払いしたので立替金を返してもらうために300万円を引き出した、と陳述しているが、平成10年11月18日以前に原告のために立替払いをした事実はない。被告が、もし立て替えたならば、その事実の存在を主張立証しなければならないが、それは未だになされていない、と従前の陳述の内容を、証拠説明書を翳《かざ》しながら繰り返した。

しかし、判決は控訴を棄却する、というものだった。

その理由は、被告の言う300万円は不足していた会社の資金に充てたとは、認められないが、横領したとは認め難いと言うものだった。

なぜなら、総勘定元帳がないので、横領したと断じることはできない、というものだった。

松葉工業では、年1回の書庫の整理の時、保存期間の7年が経過している帳票を処分していた。その時、総勘定元帳も処分してしまったようだ。

松葉、仙田そして竹之下も、何で、どうして、それが元帳のないということだけで棄却なのか、とても認められるものではない。300万円は、一体どうなったと言うのか。立替金と言うものの、引き出した事実を被告は認めている。なのに、説明がないまま何で棄却か、そんなことってあるか、これでは、法治国家たる日本で何を信じて良いか分からなくなる。

承服できない、と三人でいきり立った。

「上告しましょう」

「やむを得ない。そうしよう」

三人にこれ以上の協議の必要はなかった。

この事件について、三人以外に知るものはいなかった。

松葉が、二人に緘口令を敷いていた。

不祥事があったと評判になり、３００万円の横領が３０００万円横領されたらしいという噂が広がって、再建の障害になりはしないか、また社員の知るところとなり、「悪」の連鎖が起こるのではないか、そんな松葉の不安から出た緘口令だった。

奇しくも、その日は松葉工業の創業者である前会長の七年忌の日だった。

松葉は、仙田と竹之下にお寺での法要に行く、と言って出掛けた。

お寺に着くと、法要の間に通された。既に二、三の親戚の人たちが集まっていた。

親戚の皆さんに挨拶を済ませた松葉は、本日の七年忌を勤めて頂く住職に挨拶を、と言って寺務所に向かった。

そこで、出て来たお坊さんが、

「今日はすみません。住職のご都合が悪く、本日は私が勤めさせて頂きます」

ニコニコと愛想良く、松葉に親しげに話し掛けてきた。

「松葉工業の社長さんですね。お宅の経理部長の佐久さんの奥さんはうちの幼稚園の園長を長く務めて頂いています」

「そ、そうですか」

えっ！　この人、佐久の女房の勤めている幼稚園の住職！　松葉は、ビックリした。

まさか、ここで只今係争中です、とは言えない。あぁ、世間は狭過ぎる、と思いつつ黙っていると、

「実は、佐久さんのお嬢さんに良縁が舞い込みまして、みんなで喜んでいるところです」

ああ、そうですか、私には関係ありません……。もう法要の時間ですよ、と時計を見ても、構わず話を続けた。

「そのお相手は、鹿児島のお寺さんの跡継ぎさんです。こんな良縁はないと幼稚園でも今

からお祝いが待ち遠しいと言っているのですよ」

このお坊さんは、自分のことのように、良縁だ、良縁だと喜んでいる。

松葉は、どんな相槌を打ったら良いのやら、戸惑っていると、時間ですねとお坊さんは立ち上がって松葉を促した。

読経が始まった。松葉はお坊さんの背を見て複雑な思いに駆られた。

何も知らないお坊さん。

何も知らないお嬢さん。

戦々恐々としている佐久、そしてその女房。

最大の慶事だ、と喜んでいるお坊さん。

最高に幸せだわ、と喜んでいるお嬢さん。

複雑な思いを抱いている佐久、とその女房。

極楽浄土に一番近いお寺に嫁ぐ娘。

地獄の淵にしがみついている佐久。

何と偽善に満ちた光景か。

法要の終わった松葉は、会社に帰ると仙田と竹之下を呼んだ。

松葉は、お寺で聞いた話を二人に話した。

「へぇ、そうですか。お寺にお嫁に行くのですか」

「佐久は、どんな気持ちで送り出すのだろう」

「ああ、いやだ、いやだ。この欺瞞に陥った人間どもよ。たとえその場をうまくすり抜けたとしても、いつかは天罰が下る日が来るとも知らずに。ああ、愚か者よ、そのうちきっと思い知るだろう」

是々非々を信条とする竹之下らしく容赦はしない。

そして続けて言った。

「一審も二審も無罪放免、と佐久の奴、浮かれているのではないでしょうね」

「そうかもしれん。これで俺は何のお咎めも受けることはない、と思っているかもしれないが、常務が言う通り、時が経つに連れ良心の呵責に苛まれる日々を送ることになるだろう、人間ならば。まして娘を仏のもとに嫁がせた親ならば、早いうちに罪の償いをしなければ、という思いに至るであろう」

「専務の言う通りだね。裁判で無罪放免になったからといって罪がなくなった訳ではない。

300万円はどうしてなくなったのだ。現実になくなっているという事実、そこに厳然と罪は残っている。法で裁き切れない部分があることを良いことに、無罪放免だ。何の問題もない。バレなければ全て良し。そんなふうに何も感じなくなっていく風潮が我々の社会を、今蝕んでいるということに目を向けなければならない時が、来ているような気がしますね」

「そうですね。この事件は大和民族の精神構造の崩壊が始まっているいい例のような気が私もします」

仙田が、しみじみと語った。

松葉は、そのやり切れない気持ちの持って行き場がないのが悔しかった。

いつしか夜も更け、当番の者が戸締りの確認にやって来た。

また、明日協議することにして退社することにした。

上告の期限が迫って来た。

松葉は、仙田と竹之下に上告をしたものか、問うてみた。

「えっ！　そのことは決まったでしょう」

と竹之下が怪訝そうな顔をして言った。

「いや、そうだけど3晩寝たので考えも変わっていないか、と思って聞いてみたのだよ」

「幾晩寝ても一緒です。断固として、上告すべきです。わが方の弁護士が言っていましたが、二審の裁判のあと相手方の弁護士が言っていたそうです。『控訴されたらわが方の負けだと思っていた』と。このままおめおめと引き下がれるものですか」

正義感の強い竹之下に一歩も引く気はなさそうだ。

「この裁判で何のお咎めもなかった、自分は悪いことなんかしてないなどと社員に話していることはないかな」

「あの同じ穴のムジナの塩屋には、言っているでしょう。抱き合って喜んでいるでしょう」

竹之下が、松葉に茶化して応えた。

「他の社員には言ってないかな」

「いや、それはないと思います。佐久もそこまで馬鹿ではないと思います。もし、裁判になって無罪だった、などと言おうものなら、何があったのだ、と聞き返され、根掘り葉掘り聞かれて、自分に嫌疑が掛けられていた、というのが公になりますから、そんなことは言わないと思います」

「そうだろうな。まして、塩屋は言わないな」

そして、続けて松葉は二人に向かって、神妙な顔をして言った。

「ここ数日、いろいろ考えてみたけど、今回の上告は取りやめた方が良さそうに思う……」

「えっ！　どうしてですか。社長、それはダメです」

竹之下が納得できないとばかり大声で叫んだ。仙田も驚いて目をパチクリさせて、天を仰いだ。

「自分も悔しくて、悔しくて堪らない。あんな虫も殺さぬ顔をして嘘八百並べやがって、磔にして、八つ裂きの刑にしてやりたい。

しかし、佐久が憎いからと言って娘まで不幸のドン底に突き落として良いものか。大いに悩んだ。佐久みたいな親父を持った娘が不憫で堪らなくなった。

自分に一人の人生を打ち壊す権利は与えられてない、と思うようになった。

常務の気持ちもよく分かる。分かり過ぎるほど分かっている。我々が罰を加えなくても、我々に代わって天罰が下るだろう。常務もそう言ったことがある」

松葉の言葉を引き取って、仙田が松葉を慰めるように言った。

「社長は、お坊さんから聞かなくても良いことを聞いてしまった。知ってしまった社長の苦悩が痛いほど胸に刺さります。

しかし、今までのようには生きてはいけない。今までのように誇りを持って自由には生活してはいけない。彼を取り巻く監視の目は、日を追うごとに厳しくなって行くでしょう。監視の目とは、自分の良心です。彼は、目に見えない大きな檻に入れられたも同然です。彼は、自分の良心から囚われの身となって一生苦しむに違いありません。常務、社長の思いに従おう」

三人が押し黙ったまま、俯《うつむ》いていると、竹之下がポツリと言った。

「こんなことがあっていいのだろうか」

コース改造

松葉は、会長が亡くなってから、午前中はアルミ鋳物の工場で、午後はゴルフ場で、と毎日忙しい日々を送っていた。そして3か月に2度の割合でスリランカ工場にも行かなければならない。

しかし、松葉は高齢化社会を迎えてゴルフ人口の減少に歯止めの掛からないゴルフ場経営が気掛かりでならなかった。

松葉の試算では、この減少が続くならば、３年後は確実に赤字に転落すると予測された。

その対策は、喫緊の課題だった。

そして、もう一つ松葉には不安があった。それは不特定多数の人を相手にする仕事が初めてである、ということだった。

しかし、泣き言は言っておれない。

さて、その対策は？　松葉は考えた。松葉の浅知恵では思い付かない。

仕方がない、エィ！と松葉は、開き直った。

「妙案なんてあろう筈がない。あったらとっくに他のゴルフ場でやっている」

地道にやるしかない！　先ず、ゴルファーに親しまれ、愛されるゴルフ場でなければならない。そのためにはどうしたら良いだろう。少しずつ、少しずつ母智丘ＣＣに足を向けてもらえるようにしなければならない。

そのためには、先ずは理事の皆さんのご理解を頂いて、もっと協力頂くようにしよう。

一歩、一歩と足元から固めるしかない。

松葉は、理事の方々に集まって頂いて今後の会社方針を発表し理解を求めることにした。

一、大方針として
「会員の皆さんが、地元の人たちが、そして社員が誇れるゴルフ場を目指します」を掲げさせて頂きました。

地元資本のゴルフ場として、尚一層愛され親しまれるゴルフ場を目指します。

そして、社員にも誇りを持って働いてもらえるゴルフ場にします。

そのためには、ゴルフ場の価値を高めなければならないと考えています。

その大方針を実現するために、次の行動指針を掲げました。

二、行動指針
(一) コースのメンテナンスの強化を図ります。
① グリーン、ティーグラウンドの維持管理を徹底します。
② フェアーウエイとラフのメリハリをはっきりさせます。

（二）環境美化に取り組みます。

①　クラブハウスからコースまでのアプローチの整備をいたします。

②　各コース間に樹木の追加植栽を行います。桜の名所に因んで桜の木を主に植栽します。

③　タバコの投げ捨て、ゴミの散乱が目立ちますので、清掃を徹底するようにいたします。投げ捨て禁止の看板を掲げ、お客様の協力も求めて行きます。

（三）コースの改造、改修に取り組みます。

ゴルフ場の倒産、身売りが日常的に報道されています。当ゴルフ場もそのようなことのないように、日頃から整備、改造、改修に努め、時代に後れを取らないようにして行かなければならないと考えています。しかし、多額の予算が必要となって来ますが、計画的に自己資金だけで進めて行くことを考えています。また、工事のためにコースを閉鎖等することがないように施工計画を事前によく吟味して行います。

当ゴルフ場は丘陵地帯にあり、面積に限りがあるという弱みがありますが、これを逆手に取って、長所に変えていくようにしたいと思います。狭いということは、整備が行き届くということに繋げることができると思います。

この方針を発表し、理事の皆様のご意見を頂くことにした。

がしかし、意見はなかったので、松葉は更なる理解を求めて説明を続けた。

「コースの改造、改修には時間と予算が掛かります。営業を行いながら工事を進めますので、多くの歳月を要すると思います。

この事業は、理事の方々をはじめ、会員の方々の協力がなければ、成し得ないことなので、くれぐれもよろしく」とお願いして、理事会を終えた。

松葉は、早速計画に則って、コースの改造に着手した。

松葉は、全てのグリーンをツーグリーンからワングリーンに改造することにした。改造に当たって、先ずグリーンキーパーの谷川に松葉の描いたラフスケッチを基に説明をし、そして現地に向かった。

22年前の建設当時は、芝のメンテナンスの関係から多くのゴルフ場には各ホールに二つのグリーンがあった。しかし、その後、芝の改良が進み、夏場の酷暑の中でも芝を休ませることなく、即ちワングリーンでも1年を通して使用可能になったという谷川の意見から、ワングリーンにすることにした。敷地に余裕のない当ゴルフ場にとってワングリーン化はツーグリーンで窮屈なレイアウトになっていたグリーン周りにゆとりができ、修景が容易になるばかりでなく、アグレッシブなプレーができるようになる。

松葉は、プレーヤーの喜ぶ顔を思い浮かべながら改造に取り掛かった。

本来なら、土木設計事務所に設計を依頼するのが普通だろうが、これだけのグリーンを全てとなると設計期間も費用も相当掛かるだろうし、施工期間が長く掛かるので変更のリスクが付きまとう。長期にわたる工事の設計費用の見積も難しいと思われたので、松葉は、自分で構想を練りながら自前でやることにした。

詳細寸法の入ってないラフスケッチを見ながら、完成した状態を頭に描き、地面に杭を打ち、白線を引くやり方だ。

芝の選択については、除草剤と同じようにメーカーごとの比較表を作って提出するように谷川に指示した。選択は、谷川に任せるが、グリーンが全てだからな、と念押しした。

谷川が芝の比較表を持って来るまでに、松葉も芝についての勉強をした。途中何度か、谷川に自分で知っていることでも聞いて確認するようにした。谷川は懇切丁寧に芝の特徴を交えながら松葉に説明した。

芝は生き物です。カタログの通りうまく育つとは限りません。自然環境に大きく左右されることが多いです。特に長雨になると苔が生えてきて芝を傷めます。排水工事には万全を期さねばなりません。排水を高める構造にしますので、地盤に貯水効果を持たせることはできません。水やりを1日でも怠ると変色し、枯れることがあります。枯れないまでも、一度弱った芝は回復に相当時間を要することになります。

谷川は、松葉が尋ねたことについてはもちろん、聞かないことでも関連したことは懇切丁寧に教えてくれた。

ゴルフ場は、先ずコースの整備が行き届いていなければならない。ゴルフ場は、ゴルフをするために来るところだ。ゴルファーに満足して頂けるよう、日進月歩する技術に合わせて改造を試みていかなければならないと、谷川は熱っぽく松葉に説いた。

また、青々としたラフが短く刈り取られると黄色く枯れた色に見えるのはなぜかということも教えてくれた。グリーンの芝は4、5㎜の長さだが、根の長さはどれくらいあるか、カップ切りで穴を開け､見せてくれた。何と、50㎝以上深く伸びていた。これからのグリーン作りに大いに参考になった。

彼なら、グリーンの改良、改修はうまくやってくれると確信した。

谷川は、芝の育成、管理について難しさを話したが、それらはそのまま、素直にスーッと松葉の胸の中に入ってきた。谷川が、芝の育成、管理に失敗した時の言い訳を用意している、或いは伏線を張っているなどと邪《よこしま》な考えは松葉に露ほども湧かなかった。

それは、谷川の日頃の誠実さ、謙虚さ、勤勉さがそう思わせたに違いない。

谷川となら、地元に親しまれ、愛されそして誇りに思ってもらえるゴルフ場に変身させることができる、と思っただけでも心が軽やかになった。

グリーンの改造工事も自前でやることにした。白線を引いた地面をいきなり掘削した。高低差は地面に杭を打ち込んで決めていった。図面は松葉の頭の中にしかなかったので、松葉は毎日現場に行かなければ現場は動かなかった。図面のない現場の工事を外部の土木会社に発注する訳にはいかない。

ゴルフ場の社員の中から建設機械の免許を持っている下田を指名して、6番ホールのグリーンから改造に掛かることにした。

下田は、ユンボのバケットの爪の先に筆を取り付けて、文字が書けると自慢していた。

そんな下田と松葉は、二人三脚で始めることにした。地面に杭を立て面積を決めた。そして勾配を決め、杭に基準墨を入れた。

深さ80㎝の総掘りを始めた時、下田がびっくりしたような声を出して松葉に言った。「社長、排水パイプはみんな詰まっていますよ」

そう言って、ユンボの爪先に引っ掛けて高々と持ち上げ、

「こんな小さなパイプでは用は成しとらん。ハハハッ」

下田が、先人の仕事のお粗末さを嘲り笑うように言った。

しかし、松葉は同調して笑う気がしなかった。ゴルフ場という相手は、地元の土木会社にとっても、そして創業者の会長にとっても途轍もない大きいものであったに違いない。パイプの大きさまで神経を巡らす余裕はなかったに違いない。そして、資金も湯水の如く出ていっただろう。よくここまで仕上げたものだ、と松葉は感慨深げにそのパイプを見ていた。

「下田君、今回はパイプを倍の300パイにしよう、それとな、『ゴルフ場土木技術』という本に書いてあったけどな、パイプを埋めるボラな、大中小のボラを層に分けて敷設す

るように書いてあったよ。そして配管の事例も図解されていたよ。明日その本を見せるよ。別に難しいことは書いてなかった。君ならいとも簡単にできるよ。しかし、二、三重要なことが書いてあったな。俺が赤線引いておいたから目を通しておいてくれ」

毎日、現場に通うのが、松葉の楽しみになった。

毎日、下田の怒声が辺り一帯響き渡っていた。

その怒声は、下田のやる気を前面に押し出し、部下二人を鼓舞していた。

本格的に掘削を下田が始めた時、松葉は、下田に言った。

「物事は日進月歩している。建設機械、資材、工法そして人間の腕もそうだ。俺の腕はすごいだろう、これが俺様の能力よ、元々俺は出来が違うのだ、と思うだろう。確かにそうかもしれん。しかし、それは君だけの力でそうなったのではない、と思う。人間は多くの人に支えられて生活ができていると教えられた。学校でも、お寺でも、研修に行った時など必ず教えられた。それはそうだと思うよ。君だって周りにライバルがいたから今の自分がある。そうだろう。負けてなるものか、と思っているうちに君の腕が上がっていった、そんな環境があったから今の君がある。今までも、そんなことが多々あったのではないかと思う。いいか、下田君、改造前のゴルフ場を見て、こんなバカなことをしてとか、なっとらん、とか言うなよ。特に人前では、な。思っていても言うな、後の世に思わぬ恥を掻くことになるよ。その時は、そうしなければならなかった、そうしたいろいろな事情があったのだろうと物事を肯定的に考え、先人に学ぶようにしよう。

君はよくできる。俺も認める。君の技術は、余人をもって代え難し、と思う。しかし早晩、ロボットの時代が来るだろう。その時も、ロボットをもってしても代え難し、と俺に言わせてくれ、頼むぞ」

下田とその部下の二人は、日が昇るのを待ち構えたかのように出勤し、暗くなるまで頑張った。お陰で、計画より1週間も早く終えることができた。

種を播く前のグリーンに谷川と下田を呼んだ。

「谷川君、このグリーンを見て、こうして欲しいとか、何か要望はないか。これから17か所のグリーンの改造を手掛けなければならないからな。手直しでも何でもいいから、この際遠慮なく言ってくれ」

そう言って、しまったと松葉は思った。人の良い谷川だ、下田の前では遠慮して言わないな。谷川一人を呼んで聞くべきだった。

「いいのではないでしょうか」

やはり、谷川は当たり障りのない返事をした。

松葉は、下田に敢えて言った。

「下田君、谷川君がいいのではないか、と言った。合格だ。ご苦労様」

下田が去ってから、松葉は谷川に言った。

「谷川君、これでいいと言っていたが大丈夫か。グリーンのアンジュレーションは杭に付けた墨に従ってやってくれたらいいが、その間は鏡のように平たくして欲しい、そうするとグリーンの淵に合わなくなってくるところがあるのではないか。そんな時は、遠慮はいらないから言ってくれよ。カラーの方をやり替えるから」

カラーとは、グリーン周りの１ｍほどの幅の芝の部分を言う。１回仕上げたこの部分をやり替えるのは厄介だが、松葉はグリーンの出来を優先したかった。将来に禍根を残してはならない。

１年に１か所のペースでグリーン改造をすることにした。

そして、グリーン改造の合間を縫って、コースの改造にも着手した。

また、松葉は会員の意見を広く求めるため、アクティブメンバーで構成する運営委員会を新設することにした。

選ばれたメンバーを前に本会の趣旨を説明し、併せてお願いをした。

「この委員会は、母智丘のメンバーになって良かった、母智丘でプレーして楽しかった、と言われるようなゴルフ場にするために、そして地元の皆様にも末永く愛され、親しまれるゴルフ場にするために発足させて頂きました。私は、この度図らずもゴルフ場の経営に携わることになりました。しかし、私は松葉工業を民事再生の申立に追い込み、地獄の底から這い上がろうとしている者でございます。皆様に物申す資格など全くないことは百も承知しているつもりです。私は、皆様のご意見の拝聴に相務めさせて頂き、粉骨砕身、努力させて頂くつもりでございます。どうぞ忌憚のないご意見、ご叱責など賜りながら、皆様に愛される、親しまれるゴルフ場にして参りたいと思っております。何卒、ご指導ご鞭撻を末永く賜りますようお願い申し上げます」

そして、今後の計画について説明をした。

説明が終わると、一番前に座っている委員が、お願いがあると言って、話し出した。

「今、コースの改造が始まっているが、私たちはたいへん迷惑をしている。私は、このゴルフ場の状態を見て、これで良し、と判断して会員権を買った。別に改造なんかしてもらわなくて良い、即座に工事を中止して欲しい」

と、顔を赤らめ口を尖らせて、ふんぞり返って松葉に向かって言い放った。

その年は、長雨が続きコースの改良が思うに任せず、ぬかるんだ箇所が随所にでき、プレーヤーに迷惑を掛けていた。

松葉は、ただただ申し訳ないと頭を下げた。しかし、工事については、中止しますとも、このまま続けますとも言わず、検討させて頂きます、とだけ応えた。

他の委員からこの意見にフォローする意見は出なかったが、工事を続けて欲しいという意見も出なかった。

他に意見を求めたが出なかった。松葉は指名をして意見を求めようと思ったが、最初から予期しない意見が出たので、今回は敢えて指名はせず、会のお開きを宣言した。

〝工事を中止せよ〟と言った彼は、自衛隊駐屯地の近くで果物屋を営んでいた。

松葉工業の元気な頃は、松葉の自宅に頼んでもいない果物かごを持って、へいこら、へいこらしながらやって来ては、世間話をはじめ、頃合いを見ては果物かごを置いて帰って行った。そしてあとで請求書を送り付けた。お中元、お歳暮の頃は必ずやって来た。

そんな彼だったが、どうしてこんな偉そうな物言いをするようになったのだろう。良かれと思ってやっていることを、頭ごなしに中止しろと言う。この人は、いつこんなに偉くなったのだろう？　言っていることもやっていることも、そんなに昔と変わっていないのに……どうしてこの人は、こんなに偉くなったのだ。

しかし、このような上からの目線に毎日のように晒《さら》されていたからか、松葉は、腹を立てることはなかった。

逆に、松葉は自分が少しずつ反発心をなくしていくようで怖かった。このままの俺でいいのだろうか、と松葉は悩むことが多くなった。

松葉は、ゴルフ場の維持管理と将来を見据えての改造、改革、そして松葉工業の再生、再建を果たさなければならないという大きな使命を負っていたからだ。

スリランカ出張

専務の仙田がいつも社員に向かって言っていた。

「日本の海外進出が中国に、中国にと過熱しようとしている時に、スリランカに目を付けた社長の先見性を疑ったことは未だかつてない。当然、再建に当たって無駄を削ぎ落さなければならない、スリランカも手放した方が良い、という人がいるようだ。しかしそれはスリランカを知らない人の言うことだ。スリランカなくして、松葉工業の将来はあり得ないばかりか青写真すら描けない。スリランカ工場は、これからの松葉工業の再生の原動力となるところだ」

仙田は、スリランカ工場のジェネラルマネージャーを務めたことがあっただけにスリランカを熟知していた。特にその秘めたる可能性を評価している一人だった。

仙田はいつも言っていた。

スリランカは、成長著しい東南アジア諸国というマーケットが控えている。ここに、EUよりもっと進化した経済共同体が生まれたならば、資源国家をメンバーに抱えるだけに一大市場を形成していくに違いない。

それに加えて、オイルマネーの潤沢な中近東も視野に入れて、これからの戦略を練ることのできる絶好の地だ、と。

スリランカ工場に有能な責任者を派遣したい、しなければならない。しかし、今の松葉工業には派遣できる人がいない。一工場といえども全てにわたって知識を兼ね備えておかなければならない。モノができれば、それで良いと言うものでもない。多くの管理の仕事を熟《こな》さなければならない。生産面では、品質管理、工程管理、原価管理、在庫管理、総務面では、労務管理、資金管理、財務管理、財産管理等々に精通していなくてはならない。

特に、海外では労務管理は重要だ。しきたり、習慣などの風習の違いは日本人を困惑させる。ものの考え方がまるで違うことに出くわすことも度々だ。

例えば、工場長が朝早く出社して、便所の掃除でもしようものなら、社員のみんなから軽蔑される。日本ならすごい工場長だ、工場長を見倣って我々もしなければならない、我々がしなければならない、と考える。ここスリランカではまるで違う。便所の掃除をする人の仕事を奪った、そして下層の仕事しかできないのか、とみんなに嘲り笑われる。

そして、厄介なことに、緩《ゆる》いとは言え階級制度が残っているので、尚一層ことを複雑にしている。

日本人は、すぐ自分の尺度で計り、それを押し付けようとする。そしてできないと一人で悩む。郷に入れば郷に従え、と頭で分かっているが、これを実行に移すことは甚だ困難だ。精神的に相当図太いものを持っていないと勤まらない、なかなかそんな人材はいない。いきおい、外部にそれを求めようとするが、帯に短し、襷《たすき》に長し、でこれまたなかなかいない。

そして、大きな問題は日本人の給与が高いということである。日本人一人の給与とその経費が、スリランカ人の7、80人分にも相当する。

今の松葉工業にそれを負担する余力は残されていない。

仕方がない、自分でやらざるを得ない。

しかし、60歳を超えた松葉に、残された時間は少ない。早く再生を果たそうと、相変わらず繁忙を極めていた。

今回のスリランカ行も予定より半月遅れの出発となった。

宮崎空港から羽田に着いた時には、既に西の空を夕日が茜色に染めていた。

成田に向かう高速バスに乗った松葉は、1日の疲れを癒そうとリクライニングシートを倒し、ゆったりとシートにもたれた。

夜の帳が落ちて、高速道路のオレンジ色の照明灯が次から次へと後方に流れて行く。

ホテルまでの束の間の時間が、松葉を眠りへと誘う。

朝、7時に起床、朝食会場に向かう。肌の色、髪の毛の色、やさしく微笑む目の色、そして民族衣装が行き交う朝食会場は松葉のお気に入りだ。ここで多彩な人間を観察しながら、ゆっくりと1時間の朝食を取るのが松葉の至福の時だ。

聞いたこともない言葉が飛び交うと、いよいよ出発かと松葉の血が滾《たぎ》る。

いつもの、11時20分発、コロンボ行直行便、スリランカ航空UL455便に乗り込んだ。

相変わらず、エコノミーは混んでいる。

微《かす》かにカレーの匂いが漂っている。隣に座ったた鼻ひげを蓄えたおっさんの体臭か、それとも機体に染み付いた匂いか、分からない。いつもの匂いが異国ムードを醸し出す。

荷物を上の棚に乗せ、C列の席に座った松葉は、飲み掛けのペットボトルのジュースを飲み干した。

さぁ、これから9時間のフライトだ。

A330のエンジンが全開した。松葉の背中がシートの背に押し付けられる。

ゆっくり目を閉じて、これからの無事を祈った。

機体がフワッと浮いて、ガクン、と車輪を収納する音がした。

無事離陸したようだ。

松葉は、キャビンアテンダントの差し出したおしぼりで両手を拭きながら、松葉工業に同業他社より秀でたものがあるとすれば、一体何があるだろう、と考えてみた。

一つひとつ、頭の中で書き出した。

アルミ鋳物の製法か、型から塗装仕上げまでの一貫生産か、仕上げをはじめとする技術力か、製品開発力か、取付工事までの責任施工か、そして海外で生産する価格競争力か……まだないか。人材は？　……こんなものか、まだないか、そうかこんなものか、と三思九思した。

ライバル企業に打ち勝っていくためには、どうしたら良いか、を常に考えておかなければ、この日本の南の果ての中小企業の勝ち目はない。

先ずは他社にないもので勝負、自社の有利な領域で勝負して行く。先ずは1勝、勝ちパターンを作り上げなければならない。

他社にないもの、といえば他に先駆けて造った海外工場か。業界初の海外工場を如何に活用するか、松葉工業の再建はここに掛かっている、と、松葉は思った。

もっと、スリランカでの生産を伸ばしたい。

そのためには、毎月でも行きたかったが、なかなか毎月は行けなかった。

1回行くと1週間から10日滞在することになる。そうすると1か月を3週間で、或いは20日で日本での仕事を終わらせなければならない。

松葉は、松葉工業とゴルフ場の掛け持ちで、なかなか思うに任せない状況が続いていた。

しかし、それでは松葉工業の再生は遅れるばかりだ。何とかして時間をやり繰りしなければならない。

しかし、やり繰りにも限界がある。人間一人には、24時間しか与えられていない。

そうだ！　行く算段より、行かない算段を考えた方が良い。

行かなくてすむ方法、自分がいなくても生産が上がっていくことを考えた方が良い。

それはどういうことだ。自分で行かなくても良い方法とはどんな方法か、松葉は考えた。

一物件、一物件、形、大きさ、文様の違うオーダー製品を造っていては、その都度自分が行かなくてはならない。

規格品の生産は、材料、資材、副資材など種類、数量の見通しが立てやすいので管理が容易だ。製造面では、同じことの繰り返しになるので、その都度の指導等が必要ない。梱包も同様だ。

規格品を造るようにしよう。そのためには製品の開発をしなければならない。

開発をしなければならない、ということは分かった。しかし、開発要員を置く余力がない。

取り敢えず、松葉がどんな製品を造れば良いか叩き台を出し、社内会議に掛けることにした。

そうと決めたら、早速取り掛からなければならない。松葉はノートと鉛筆を取り出した。

先ず、巷で使われているアルミ鋳物製品を書き出してみた。

門扉、フェンス、ガーデンテーブル、椅子など結構使われている。

しかし、猿真似してみても始まらない。

松葉工業独自の物を造ってみたい。どんなものがあるだろう。

アルミ鋳物は、赤錆が出ない、軽い。そうか、外部に使われている製品に向いている。

待てよ、製品でなくても良いのではないか。日曜大工で組み立てて製品化できるパーツを造ってみてはどうか、こんなキット式はまだどこにもないようだ。おもしろい、松葉の開発意欲が掻き立てられる。

よし、規格品の開発を急ごう。オーダー製品の合間に規格品を造ることによって工場の稼働率の平準化が計れる。これはいい。松葉は、逸る気持ちを押し殺しながら、ノートにスケッチを始めた。

機内アナウンスが「まもなくバンダラナイケ国際空港に着陸します。着陸態勢に入りましたので、どなた様もお席にお着きになり、シートベルトをお締め下さい」とコロンボ空港に着陸することを日本語で知らせる。バンダラナイケ国際空港とは、スリランカの元大統領の名前を冠して名付けられた空港で、通常はコロンボ空港の方が通りがいい。

松葉のコロンボまでの時間は、いつにも増して短く感じられた。考え続けていて時間の経つのも忘れていたようだ。

飛行機からコンコースに出た松葉は、時計を見た。5時30分だ。どうやらUL455便は定刻に到着したようだ。

スリランカ工場のジェネラルマネージャーが航空会社コードULを指して、「ユウジュワリィ　レイト（いつも遅れる）」と揶揄して大笑いしたことがあったが、今日は定刻だった。

そのジェネラルマネージャー、アントレスが到着口でニコニコしながら手を振った。

出迎えの人でごった返している出口をかき分けて出た二人は、松葉の定宿エアーポートガーデンホテルに向かった。ホテルのロビーで今回の訪問先の確認をして松葉は自分の部屋に向かった。

最近、アントレスがこのホテルの近くに家を造ると聞いたが、できたのだろうか、そのことについて彼は何も言わなかった。どうしてだろう。

翌朝、工場に着くと松葉は事務所には行かず、工場内を見て回った。

工場内は整然と片付けられている。本社の工場よりきれいに見える。

アントレスにきれいだね、と言うと、ミックランカはいつもきれいです、と言う。

ミックランカとは、松葉工業のスリランカの現地法人の名前だ。

松葉が、「グッ」と言って親指を突き出すと、アントレスがにっこり微笑んだ。

床に転がっている角棒を指差して、

「何だ？　これは」

と聞くと、アントレスが得意げな顔をして、

「金型です」

と言って、その金型で造ったという丸い球状のフェンスのキャップを松葉に見せた。

「えっ、この角棒の金型で造ったのか」と聞き直すと、
アントレスは、誇らしげな顔をして、

「イエース」と答えた。

角棒を彫り込んだこんな簡単な金型を使ってどのようにして作るのか、理解に苦しんだ。

「ＯＫ、朝礼が終わったら、俺の前で造ってくれ」

と言うと、

「イエース」

と先ほどより尻上がりの返事が返ってきた。見るからに得意満面な顔をしている。

単なる角棒では、溶解したアルミで熱くなり、製品ができない筈だが、と思ったが取り敢えず見てからのことだと思い直して黙っていた。

溶解炉の前に来て、油臭い臭いを不審に思ってアントレスに聞いた。ガスバーナーで溶解していたから臭いはしない筈だ。

「何だ、この臭いは？」

「廃油の臭いです」

「えっ、廃油？」

「廃油を燃やしているのか」

「そうです。燃料費はゼロです」

「そうか、タダか。バーナーはどうなっている？」

と言って、溶解炉の裏に回って見て、驚いた。

ビニール管の上に油を落とし込む穴を開け、管の端から送風機で風を送っている。

そこにマッチ棒を落とすと「ボッ」と大きな音を出し、点火する。燃料と酸素があれば火が着く、実にシンプルだ。これぞ「シンプル　イズ　ベスト」そのものだ。アルミが坩堝《るつぼ》の中で溶けているところを見ると融点の700度には達しているようだ。

「いやぁ、エクセレント」

と松葉が驚嘆の声を挙げると、

「スリランカ人は何でもできます」

と、アントレスが片言の日本語で自慢そうにして言った。

「分かった、分かった。それでは、金型にアルミを入れて見せてくれ」

アントレスが溶解の担当を呼んで、松葉の前で金型に注湯した。

すると、何と5分ほどそのまま自然冷却して金型を開けると丸いキャップが出来上がった。

「いやぁ、エクセレント」

松葉が言うと、アントレスが誇らしげに顎を空に向かって突き出した。

これは、たいへんなコストダウンになる。飛行機の中で考えてきた開発製品の実現性が一挙に増して来た。

いやぁ、スリランカはすごい、アントレスはこれをどこから学んできたのだろうか。スリランカは仏具の生産が盛んだ。まだまだ造れるものがありそうだ。

開発途上国だと、侮れない。学ぶべきところが、まだまだありそうだ。

松葉は、俄然嬉しくなって、日本からの移動疲れが一遍に吹き飛んだ。

事務所に行って、いつものようにこの一か月の生産重量をはじめ生産の進捗状況の報告を受けた。

昼食後、アントレスの運転する車でコロンボにあるジャイカに挨拶に行くことにした。

松葉は、その所長に会って、スリランカの経済動向や日系企業の情報などを伺うのを常としていた。

空港に隣接した工場からコロンボまで高速で行くと30分ほどだが、一般道路では1時間以上掛かる。

今年になってまだ一回も一般道路を利用していなかったので、街の様子を知りたくて一般道路で行くことにした。高速道路ができても、相変わらず道路は混んでいた。

人の動きが活発になってきたのだろうか、今までより往来が激しくなっているようだ。

スリランカの経済が、少しずつ浮上しようとしているのか。

コロンボと空港間の高速道路はできたけれど、それに接続する都市高速が未整備なので機能を果たせていない、という話を耳にしていたがそのせいだろうか、或いは相変わらず在来の一般道路が混雑しているのは高速料金が高いからか。松葉はいろいろと思いを巡らせながら助手席の車窓から街の様子を見ていた。

然ほど、変わらぬ街道沿いの風景なのだが、今回は思わぬことに気が付いた。

住宅を含めて、殆どの建物が大きな門扉とフェンスで囲まれている。

しかも、それは鉄の骨組みにアルミ鋳物が取り付けてあった。

そうだよなぁ。骨組みから飾り格子まで全てアルミ鋳物で造る必要はない。強度の必要なところは鉄で造れば良い。鉄は、赤錆が出ると忌み嫌う人がいる。赤錆が出ないように亜鉛ドブメッキすれば良い。これなら大丈夫だ、電柱の腕木と同じメッキだ。電柱に使われている鉄に赤錆が出ているのを見たことがない。

運転しているアントレスに亜鉛ドブメッキ工場がスリランカにあるか、と聞くと、

「イエス」と応えた。

そして、また口を衝いて出た。

「スリランカには何でもあります」

どこで覚えたか、日本語でまたも言った。

そして、松葉は鉄だけでできたフェンスはどうだろう。アルミ鋳物を使ってない廉価版のフェンスだってあっていいのではないか。亜鉛ドブメッキしてしまえば20年は大丈夫だ。それ以上長持ちしても、建物の方が危うくなるので十分だ。

これは、おもしろくなる。

やはり、助手席に座って良かった。もし、後部座席だったら気付かなかったに違いない。

ある時、スリランカ人に注意されたことがあった。

「松葉さん、社長は助手席に乗ると馬鹿にされますよ」

そう言われて、そんなものかと思った松葉は、暫く後部座席に座るようにしていた。

しかし、いつの間にかまた助手席に、舞い戻った。松葉の性格なのかもしれない。

ふんぞり返るのが嫌いな性格だからだろう。

松葉は、コロンボから工場に帰ると、早速フェンスの図面をフリーハンドで描いた。

そして翌朝、アントレスに図面を渡し、10枚分の材料をコロンボ市内で調達するように言った。スリランカの材料は高い、と言ったが、構わない、サンプルを急いで造らなければばならない。本格的に製造が始まれば中国から買えば良い、今はすぐ造ることだ、とアントレスに言って、いつできるか、と尋ねると、

「明日には造ることが出来ます」

と即座に応えた。

「それはいい。明日のうちにメッキ工場に持って行こう」

翌日の午後、サンプルのスチールフェンスを持って亜鉛ドブメッキ工場に行った。

出てきたゼネラルマネージャーは、笑みを浮かべて握手を求めてきた。

微笑みを絶やさず、ゆったりとした、やさしい話しぶりは松葉を安心させた。

そして、松葉の拙い英語に合わせてゆっくりと話してくれた。

スリランカ人特有のやさしさをここでも松葉は感じた。

その会社は半官半民の会社だと言う。ブリティッシュスタンダードの認定工場だと言う。

誇らしげに認定状を松葉の目の前に差し出した。

持って来たサンプルを見せると明日にはメッキを完了させることができると言う。

価格を尋ねると、その安さに松葉はびっくりした。

これならいける、と小躍りしたいほど嬉しかったが、グッと平静を装った。価格を吊り

上げてくると困ると思ったからだ。

見積書も同時に提出するようにお願いして、工場を見学した。

工場内に足を一歩踏み入れた松葉は、この工場なら大丈夫、品質的にも問題ない、と確信した。整然とした工場内部を一目見て松葉はそう思った。

松葉工業の工場よりもきれいに整理整頓されている。今まで見た日本のどのメッキ工場より整理、整頓、清掃、清潔、しつけの5Sが行き届いているように思われた。また工場周辺を見回してみても雑草など生えていない、環境整備も徹底されている。

松葉は、以前本社を製品検査で訪れた日本のNO．1の建設会社の現場所長に聞いたことが参考になっていた。

「所長さん、私共のようなメーカーをご覧になる時は、どういうところに注目されますか？」

と質問したことがある。すると所長は即座に応えた。

「私共は、アルミ鋳物についてはズブの素人ですから、詳しいことは分かりません。私共は皆さんに教えて頂くことばかりです。敢えて申し上げれば、5Sが徹底されているかどうかでしょうか」

松葉は、その所長の謙虚さに驚くと同時に感心した。

所長は、東大で建築を専攻した人で、将来このスーパーゼネコンを背負っていく人だ、と販売窓口になった商社の社長から聞いていたので、少々鼻持ちならない人かと思っていたが、全くそんなことは微塵も感じさせない人だった。

所長は、５Ｓの行き届いている会社は、製品についても同じことが言えるとも言った。なるほど、自分の身辺の整理ができない者が、立派な製品を造れる訳がない、ということか、将にそうだと思った松葉は、その後毎朝10分間自分の持ち場の清掃をするように呼び掛けた。

それからというもの、松葉も、いつも５Ｓを念頭に見学させてもらうようになった。

最終工程を見終わった松葉は、満面の笑みを浮かべてゼネラルマネージャーと握手をしながら、近い将来、注文を出すことになるだろう、と言って別れた。

どうやら、今回は実り多い出張になりそうだ。

いきおい、スリランカ工場での打合せにも力が入る。

創業時から働いている社員が21名いる。彼らは、15年の社歴の中で３〜４回の本社研修を重ねて、技術的にも習熟している。

彼らは、シニアメンバーと呼ばれて工場の中では一目置かれた存在だ。また、会社に対する帰属意識も強く、彼らを見ていると日本の古き良き時代の社員を思い出す。

これから、規格品に力を注いで行きたいと話した。規格品の木型はスリランカで造りたい、そして塗装まで完成品にして出荷することにする、とも告げた。

それは、完全にスリランカ工場の独り立ちを意味した。

今まで、半製品の状態で出荷、日本の本社で最終仕上げ、塗装、検査をして出荷していた。オーダー製品については、それぞれ難易度が違うのでやむを得なかったが、規格品は製造工程の標準化ができるので、完成品として出荷することが可能だ。

完成品は、本社の検査を経ずして出荷されるので責任は重大だと話すと、シニアメンバーの目の色が違ってきた。

彼らに任せても大丈夫だという確信を持った松葉は、日本の本社に帰って、早速規格品の図面を描くように指示した。

東京三友銀行の融資

民事再生を申立ててから8年目を迎え、再建も軌道に乗ったかに見えた頃、松葉工業の顧問をしている公認会計士事務所の中田代表から〝東京三友銀行が『融資しても良い』と言っている〟と松葉に電話があった。

松葉は、驚いて、

「本当ですか。東京三友銀行って都市銀行の、でしょう？　本当ですか。冗談でしょう」

公認会計士の話といえども松葉には、俄かには信じられなかった。

弁護士にお願いしながら、債権者集会まではクリアーしたが、再建には公認会計士の指導が必要だと考えた松葉は、大学時代の友人の丹山に会社再建に詳しい人を紹介してほしいと頼んだ。

彼は、外務大臣を務め、今は党の要職にあり、まだまだこれからの活躍が期待されていた。

丹山は、二つ返事で承諾した。

「うん、良い人いるよ、紹介しよう。しかし、おい松葉。どうしてもっと早く来なかったのかよ。松葉が倒産した、と聞いて晴天の霹靂だったよ。民事再生を申立する前に、何か方法はなかったのかよ」

俺に相談してくれたら、とでも言ってくれているようだった。

「すまん、ありがとう。俺のことで君に迷惑が掛かってはいけないと思ってね」

「何言っているのだ。そんなことを心配しなくて良かったのに。いやー、残念だ。今ではなく申立前にその人に会っていたら、事態は変わっていたかもしれん。すご腕の会計士だ。いつだったかな、倒産したという話を聞く前だ。大泉とお前のことを話していたのだよ。あの片田舎から出て来て、東京を主戦場にして、よく頑張っているな。スリランカにも工場を作ったらしい。みんなで応援してやろう、と言っていたのだよ」

大泉とは、丹山を紹介した大学時代の友人のことだ。松葉が大泉と知り合ったのは、大学の経営経済学研究会というクラブであった。大泉と丹山は、東京の有名中高一貫校の出身で幼なじみでもあった。丹山は、大泉のことを「英坊、英坊」と呼んで、いつも二人は一緒だった。二人は生粋の江戸っ子だったが、田舎者の松葉がその二人の間に入り込むのに抵抗は示さなかった。松葉の田舎臭いところに興味を持ったのかもしれない。特に松葉の話す方言、特に抑揚をおもしろがった。おもしろがる二人を見て、松葉は恥ずかしがることもなく、お構いなしに方言で話していた。そんな松葉が、東京で販売を始めたから、尚更興味を持ったようだ。

丹山の紹介した公認会計士は、東京の大手公認会計事務所の中田代表だった。

中田は松葉工業の顧問となって、再建に向けての指導を行うようになった。

顧問となって日の浅い中田だったが、思わぬ融資話を持ち込んで来て、松葉をビックリさせた。

何せ、地元でも借入の「か」の字も言い出せない、そんなことでも言い出そうものなら、気でもおかしくなったか、とバカにされ、お叱りを受けるのがオチだ、と松葉は思っていたからだ。

ある宴席で、地元の銀行の融資担当者と席を同じくしたことがあった。

そこで、最近民事再生申立をした会社のことが話題になった。松葉を前にして、遠慮のない話が飛び交っていた。倒産して当然だろう、あれでは無理だよね、もう昔から厳しかったみたいだ、などとみんなでわいわいがやがや話していた。

松葉工業も、こんな場で、さも見たかのように、まことしやかに、話題になっているのだろうな、と思うとその話の中に入って行けなかった。

ただ、松葉は黙って座って聞いていた。

その担当者から、

「松葉工業さんの債務弁済はもう終わったそうですね」

と、念を押されたような聞き方をされた。

松葉は、実は、と言いながら言うのを躊躇した。

担当者は、

「どうしました？　違いましたか」

と怪訝な顔をして聞いてきた。

松葉は、このままでは大きく誤解を生みそうだと思い、慌てて小声で打ち消した。

「いえ、お陰様で再生債務は全額終わりました、と言いますか……。地元の債権者には再生債務額ではなく、免除額を含めた全額を弁済させて頂きました。金融機関は別でしたけど」

債権者会議では、50万円以下は債務額全額を、それ以上は90％を免除した残りの10％を支払う、というものだったが、金融機関を除く地元の債権者だけには全額を支払った、など金融関係者に言って良いのか、松葉は躊躇した。

しかし、彼はそんなことは意に介していないようだ。

「そうだったのですね。それだったら、皆さんからとやかく言われることはないですね。それが大事なのですよ」

と、彼は巷の噂が大事だと言っているようだ。

「それが大事……」

松葉は、声に出さなかったが、頭の中で反芻した。

彼は、それならモラルハザードの問題はない、と言ってくれているようだ。

松葉の心が軽やかになるのを感じた。

しかし、松葉は何も言わなかった。はしゃいでいるように見られたらみっともないと思ったから、何も言えなかった。黙っていると、

「一度、ウチの支店長に会ってみられてはどうですか」

支店長に会って、取引をお願いしてみたら、ということか。

〝ありがとうございます〟と松葉は心の中で叫んだ。松葉は嬉しかった。

ここにも松葉に救いの手を差し伸べてくれる人がいる。

早速、松葉は支店長に会いに行った。にこやかに応対してくれた支店長だったが、結果は「検討してみましょう」で終わった。

やはり、難しかったか……。そうか、ダメだったか……。

虚しさだけが残った。

松葉は、そんな挫折感に苛まれる日々が続いていたので、公認会計士の言う都市銀行の融資の話を、俄かに信じることはできなかった。

しかし、中田は自信たっぷりに、

「大丈夫です。社長には事後報告になってしまいましたが、資料は見せてあります。それを見て、そして松葉工業の業界のことも勘案しての融資部長の判断です」

「そうですか。しかし、1番担保はないですけど」

「大丈夫です。担保がないのは先方も先刻承知しています」

「私共のような中小企業に、しかも再生会社にどうして融資をしてもらえるようになったのでしょうか」

「私はこんな会社があると紹介しただけですが、東京三友でも調査したのでしょう。社長個人の調査もしたみたいですよ」

「えっ、私の調査も、ですか。最悪だったでしょうね」

「いや、そうでもなかったみたいですよ」

「同情票という奴でしょう。私の周りからは潮が引くみたいにみんな離れていきましたから」

「いやいや、見ている人は見ていますよ。コツコツとやって来られたのが報われようとしているのではないですか」

「いや、何と言っても、先生のお陰でしょう。ありがとうございます。それにしても、過去のことは懸念されなかったのでしょうか」

　過去とは、民事再生を申立てたということだ。

「過去？　過去は過去です。現在がどうなのか、ということが重要です。それから、これからどうなるのか。事業の将来性はあるのかないのか、そこがポイントですよ」

「なるほど、今後その業態がどう変化して行くか。マーケットの将来性についても調べられているのですね」

「そうですよ。将来を見据えての判断ですよ。過去が良くても、それはもう過去のこと、現在が良くてもその場だけのことです。マーケットの広がりがなければ、企業の成長など望むべくもありません。企業だけを見ていて、分かることではありません」

「そうですか。なるほど。業界を含めて総合的な視野に立ってのご判断ということですね」

「そうです。松葉工業の置かれた業界の可能性について、東京三友銀行はＧＯサインを出したということです」

「ありがたいお話ですね。中長期の展望に立った融資方針に基づかれたということですね。都市銀行ともなると、やはり違いますね」

「企業を育て、その成長に将来を賭け、経済の発展に寄与する。正に、それが社会貢献なのです。そのような高邁な理想を掲げ融資を行っている地方銀行も中にはあるでしょうが、殆どの地方銀行はそうではないようです。信用保証協会などの公的保証を自行の担保強化に使っているのが現実ですからね」

「地域経済に貢献する、という使命感はもうなくなってしまったのでしょうか」

「そんなもの、もうとっくになくしていますよ。松葉工業は、これで中央とのパイプができた訳ですから、松葉工業にとって新たな飛躍の契機になるものと思います。ただ単に融資を受けるというだけに留まらず、都市銀行との取引が新しい情報源になるでしょう。これは何にも代え難い松葉工業の財産となると思いますよ」

「先生、ありがとうございます。ところで、融資額はどれぐらいでしょうか」

「1億5千万円は出せると言っていました」

「えっ、1億5千万円も、ですか。ちょっと怖いですね」

「何も怖いことなんかありませんよ」

「そうですね、相手は都市銀行ですからね。先生、ありがとうございます。これで、思い切って営業できます。今まで、大きな物件には全く手が出せませんでした。何せ材料手当資金に困っていましたから」

松葉は、何度も、何度もありがとうございました、と言って受話器を置いた。

嬉しくて、嬉しくて、松葉は、すぐ仙田を呼んだ。

何が起こったのか、と小走りに社長室に入って来て、

「どうしました」

「いやぁ、えらいことになりました」

「何が、ですか」

「東京三友銀行が融資してくれるそうです。1億5千万円」

「えっ！　あの都市銀行の東京三友銀行ですか。1億5千万円ですか。良かったですね、

社長！　都市銀行から融資を受けられるようになった、というだけでもすごいことです。松葉工業の信用はぐんと上がりますね」

「そうだと思います。中田先生のお陰です」

「そうでしたか。中田先生の紹介でしたか。これはありがたいですね。これで呪縛から一遍に解き放たれましたね」

仙田は、民事再生会社から新生松葉工業に転換した、と言いたかったようだ。

「そうです。次のステップへ進むことができます」

松葉の足取りも俄然軽やかになった。

そしてどうだろう、見るもの全てが明るく見える。

人間って、妙な動物だ。松葉は、一人で感心していた。

そこへ、常務の竹之下が入って来た。

「おや、お二人ともニコニコされて、どうされました？」

「常務、自然とニコニコになるよ」

そう言って、仙田が説明すると、いきなりバンザイと言って、松葉の手を握り締めた。

今度は、仙田の手を握り締めて言った。

「すごいですね。松葉工業を評価されてのことでしょうから。どうして、こんな違いが出てきたのでしょうか」

「こんな違いとは？」

と、仙田が聞くと、竹之下が怒ったように応えた。

「融資と貸し剝がしの違いですよ」

「そうだな、プラス１００と０の違いじゃないな。プラス１００とマイナス１００ぐらいの違いだな」

「都市銀行と地方銀行とのポリシーの違いでしょうか」

「うん、それもあるかもしれないが、使命感の違いではないかな。それは、あるか、全くないかほどに違うのではないだろうか」

「同じ金融機関なのに、どうしてこれほどまでに違うようになったのでしょうか」

「それは周りの環境の違い、そうだな、人材豊富な都会とそうでない田舎の違いが影響しているのではないかな。都市銀行に勤めようとした人も、地方銀行に勤めようとした人も、最初の志は同じだったのだろうが、時が経つに連れ、自分の周りを見渡してみて、銀行が一番だ、自分が一番だ、と錯覚、そこにエリート意識が首をもたげて、使命感など忘却の彼方に葬ってしまった、ということだろう」

「ということは、金を貸す俺様が一番偉い、と錯覚してしまい、地域経済に貢献しようという使命感も、倫理観も持ち合わせていない、単なる金貸しに成り下がっていた。そして、始末の悪いことには、その自覚がまるでない、ということでしょうか」

「そうだ。そして、それが個人としてだけではなく、組織として動き出すと制御が効かなくなる」

仙田の解説に、竹之下も納得行ったようだ。

そう言えば、良い例があると、松葉が語り出した。

「2週間ほど前、偶然に街で鹿児島第一の当時の融資担当に会いました」

「えーと、藤山という奴ではないですか」

「そう藤山です。専務は知っていましたか」

「1回、割引の申込書を持って行ったことがありました。その時の不遜な態度は、今でも目に焼き付いています」

「そうでしたか。その彼が、こんなことを言い放ちやがって、こいつ！ と思いました」

「何と言ったのですか」

「支店長から『融資の稟議書を書け、と言われても私は書きませんでした』と言いますから、『どうしてでしたか』と聞きましたが、ニヤニヤして応えませんでした。そこで『今、何やっているのですか』と聞いたところ、名刺を見せて『今は、本部付けになっていて大口の貸出先を回っています。本部から来たと言うだけで、みんなビビリますよ。へへへ』陰険な取り立て屋そのものでしたね」

「支店長から『書け』と言われて、なぜ書かなかったのでしょう？」

「俺は偉いのだ、と言いたかったのではないですか。名刺を見せたりして、ですね。子供じみていますよ」

「今頃になって、そんなことを持ち出して来て、嫌な奴ですね」

「こんな男が銀行マンですからね。そう言えば、以前割引手形のチェックに来た男もそうでしたね。自分のところで発行した手形を摘み上げて『これは割れない』と言って、ニヤついていましたね。何とも品性の欠片もない男たちでしたね。松葉工業の悲劇は、こんな銀行をメインにしたところから始まったのですね」

「そうですね。ところで、この前、支店を覗いてみました」

「えっ、支店に行かれたのですか。支店長、いましたか」

「ええ、幸い会えました」

「まさか、立ち話ではなかったでしょうね」

「いや、ちゃんと支店長応接室に招き入れてくれました」

「どんな話でした？」

「最初は、世間話ですよ。その中で、融資先はどこかないでしょうか、と聞かれました」

「社長によくそんなことを聞けますね、自分たちで追放しておいて」

「まぁ、支店長にしてみれば、自分は実態を何も知らない管理部門の手先でしかなかった、という悔しさが残っていたのかもしれません」

「ということはわが社にある種の同情があったと社長は感じておられるのですね」

「大口貸出先にはそれぞれ担当取締役が付いていたということを話したことがありましたね」

「わが社は、あの冷酷な専務だったということでしたね」

「そうです。担当専務がわが社に一度も足を踏み入れていないどころか、私にも会ったことがない、会おうともしない、こういうところに銀行内でも大きな疑問を抱いていたのかもしれません」

「きっとそうでしょう。責任者自らが、貸付先に行こうともしなければ、部下も肌で感じようとはしませんよ。数字だけで物事が分かると思っていたのでしょうか。とんでもない思い違いをしていたものですね。借入の使途についてはしつこく聞きますが、その背景については、その会社に行ってみなければ分からないことが多い筈です。特に市場の将来性については、その会社のトップに聞いてみなければ分からない筈です。新聞などの情報だけでは表面的なことしか知り得ません。これは融資についての方針、指針ましてや信念などまるでなかったということかもしれませんね」

「その通りですね。融資に当たって、資金繰表とのにらめっこしてばかりではこの地方の発展に寄与することなどできないと思います。企業の総合的な評価が組織的にそして適切に行われないと企業の成長の芽を自ら摘んでしまう結果になってしまうのではないでしょうか。それでは地域経済の役割を果たし得ないのではないかと思います。金融は経済の血液と標榜するばかりでは、この地方の将来は非常に危ういと思わざるを得ませんね。支店長は、松葉工業のために精一杯やってやったという思いから新しい融資先の話が出たと思います。個人的な恨みなど毛頭ありません。実は、支店長に確認してみたいことがあって行ったのですよ」

「何を、ですか」

「前にいた支店次長は、出水の建設会社に出向した、と聞いていましたが、その会社が今月初めに民事再生を申立てたそうですが、本当ですか、と聞きに行ったのですよ」

「えっ、また出向者を受け入れたところが民事再生を」

「どうやら、本当のようでした。そして、もう1件確認して来ました。最近、倒産した『ハンダ』には、三人出向していたそうですね、と」

松葉の質問に、俯いて、支店長は顔を真っ赤にして小さく頷きました。

「三人も行ったところが民事再生ですか。本当でしたか！」

「いや、そこは破産です」

「破産ですか。驚きですね」

「私もビックリしました。ここは建材の老舗で、セメント、ガラスの一次問屋でアルミサッシも手広くやっていた会社でよく知られていた会社です。全国代理店会議で表彰を受け代表挨拶もしていた優良企業だと聞いていただけに驚きましたね」

「その三人は、一体何をしに行っていたのでしょうか」

「何をしていたか。おどろおどろしくて、もうそこまで聞く気もしませんでした。もうこんなことは忘れて、我々は次のステージへ歩を進めたいと思います。専務、常務、わが社は、この都市銀行との取引を境に第2ステージに行けたような気がします」

「そうですね。今回の取引を励みに、また社員も頑張ってくれるでしょう」

「よく、みんなも頑張ってくれました。感謝です。感謝あるのみです」

松葉は、感謝の言葉を社員の皆さんにも伝えてくれ、と二人にお願いして、翌日、東京三友銀行本店に挨拶と契約の締結のため上京することにした。

松葉は、中田に連れられ、東京大手町にある東京三友銀行本店に行った。

大手町界隈の高層ビルに松葉工業の製品は多く使われていたが、こうして営業している高層ビルに入るのは初めてであった。

高層ビルの立ち並ぶビジネス街にあって、尚その本店ビルは異彩を放っていた。

中田と一緒に踏み入れた玄関ホールに松葉は驚いた。

地上5階ほどの高さの天井は、見上げると首が痛くなるほどだ。

受付嬢の三人が一斉に立ち上がり深々と頭を下げる。お願いに来た松葉なのに頭を下げられ、甚く恐縮した。そして、その所作に洗練された雰囲気が漂い、その銀行の品格をも現しているようで、松葉は、感動すら覚えた。そのような礼儀作法が何の違和感もなく、ややもすると丁寧過ぎて、人によっては慇懃無礼な態度に映るものだが、どうして自然に形に表せるのだろうか、ふと思った疑問に、以前読んだエチケットの一節を思い出した。

お辞儀は、お客様に対する敬意の心からの表現でなくてはならない。

こういうことか、だから自然なのだな。

言われた10階でエレベーターを降りると、待ち受けていた案内嬢がこれまた深々と頭を下げて応接室に招き入れた。

相前後して入室してきた融資部長の大町と融資担当者は、

「遠いところお出で頂いてありがとうございます」

と挨拶した。

松葉は、いやいやお金を借りる側でございますので、と心の中で思いながら名刺を差し出した。

そして、金銭消費貸借契約書に押印し、本日は松葉工業にとって歴史的第一歩となることになるだろう、と感謝の言葉を述べた。

身の引き締まる思いをしながら、東京三友銀行をあとにした松葉は、中田に丁寧に本日の御礼を述べた。

松葉は、帰社した翌朝、仙田と竹之下を呼んで、東京三友銀行での様子を話した。たいへん丁寧な応対を頂いた。こちらが大口預金者であるかのような応対だった、と松葉は感激して二人に話した。

聞いていた二人も感動して、

「へぇー、そうでしたか。都市銀行にしてみれば、１億５千万円ってお金は、はした金なのでしょうけどね。大したものですね」

と、竹之下が言うと、

「お客様に上下はない、ということですね。ここでも、お客様は神様だ、というのが徹底していますね。衣食足りて礼節を知る、と言いますが、それ以上のものを感じますね」

仙田もそう言って、感心しきりの様子だった。

その後、仙田が申し訳なさそうな顔をして、

「社長、こんな未来の展望が開けようとしている時、誠に申し上げにくいのですが、女房の体調が悪いみたいで、娘から帰って来てくれと連絡が来まして、困っています」

「そうでしたか。それはいけない。早速、今日にでもお帰りになって、ご様子を伺われたらどうでしょうか」

松葉は、心配になってすぐ、羽田行きの航空券の手配をするように総務に電話した。

そして、仙田に帰る準備をするようにと促した。

翌日、帰宅した仙田から電話があった。

「医者の説明によりますと、女房の容態がどうも思わしくないようです。娘夫婦も忙しいようですから、私が付き添いしなければならないようです。申し訳ございません」

「それはたいへんですね。今まで、奥様にもご不自由をお掛けして、こちらこそ申し訳ございません。奥様のご看病を精一杯なさって下さい。こちらの方は、ご心配なさらないで下さい。何とかやっていきますから」

「ありがとうございます。これからという時に、お役に立てず誠に申し訳ございません」

「専務、ご心配いりません。何かありましたら、電話で相談させてもらいますから」

「そうですか、ありがとうございます。よろしくお願いいたします」

仙田の沈痛な面持ちが、松葉の瞼に浮かんできた。

容態は、相当深刻そうだ。松葉は仙田を独り占めしていたみたいで申し訳なく、頭を深く垂れた。

松葉の脳裡を、仙田との日々の出来事が走馬灯のように駆け巡る。

仙田にも長いこと単身で不自由を掛けてしまった。

いつしか、仙田は松葉工業の再生が生きがいになっていたようだ。自分はそれに甘えていたのではないか、それが仙田の負担になっていたのではないか、と自分を責め立てた。

〝仙田さ〜ん、ゆっくり、心ゆくまで奥様のおそばにいてやって下さい〟と松葉は心の中で叫んでいた。そして〝ありがとうございました、ありがとうございました〟と何度も何度も叫んだ。でも言い足りなくて、今にも電話を取って、〝仙田さん！　ご迷惑をお掛けしました。もうこれ以上は結構です、心配なさらないで下さい。お陰様で、第2ステージに進むことができました。もう十分です。ありがとうございました〟と言いたかった。

それから、2週間ほどして仙田から電話があった。

「ご迷惑をお掛けしています。まだまだ掛かりそうです。申し訳ありません」

仙田のいつもと違う、申し訳なさそうなか細い声が聞こえる。

「仙田さん、大丈夫です。何とかやっています。ご心配なさらないで下さい。心ゆくまで看病なさって下さい」

と、松葉は、敢えて快活に話した。

「いや、このままの状態をいつまでも続ける訳にも参りませんので、一応けじめを付けさせて頂いて、退社させて頂きたいと思っています」

松葉にも、その日が来るのではないか、と心配はしていたが〝はい、そうですか〟と言えるほどの覚悟はまだまだできていなかった。

「仙田さん、顧問として、名前だけでも結構ですから残って頂けないでしょうか。決して、負担を感じてもらうようなことはいたしません」

松葉には、まだまだ仙田への未練を断ち切ることはできなかった。

「そんな中途半端なことはできません。たとえ、私は退社してもいつも松葉工業のことが頭から離れることはないでしょう。事情が許せば、いつでも馳せ参じます」

「仙田さん、ありがとうございます。しかし、仙田さんが退社される、と聞くとみんな悲しむでしょう。特にスリランカ工場のメンバーはそう思うでしょう」

「社長、大丈夫です。本社工場にも頼もしいメンバーが残ってくれているじゃないですか。西常務を筆頭に、海路部長、小神技師長、みんな大きく成長しました」

「仙田さんには、松葉工業の完全復活を見届けてもらいたいと思っています」

「大丈夫です。松葉工業は完全復活するばかりではなく、これを機に大きく飛躍するものと信じています」

「ありがとうございます。私は仙田さんを生涯の師と仰いで参りました。仙田さんに教わる日々の連続でした。感謝の言葉もございません」

と松葉は、感謝の気持ちを伝えるのが精一杯だった。

仙田の意思は固そうだった。妥協を許さない仙田の性格を知っている松葉は、これ以上のお願いは負担を掛けるばかりだと思って、電話を置いた。

その場に、茫然と立ち尽くしていた松葉のところに、竹之下がやって来て、

「社長、どうされましたか」

黙って、突っ立っている松葉を見て、声を掛けた。

ハッ、と気を取り直したようにして口を開いた。

「今ね、専務から、奥さんの容態が思わしくないので、辞めさせてほしい、と電話があった」

「えっ！　本当ですか。それで社長は、何とおっしゃったのですか」

「これは、たいへんなことになったな、と思ってね。『奥様のご看病をそのままお続け下さっ

て結構ですから、今まで同様にお願いします』と、言ったのだが『それでは、けじめが付かない』と言われるからね、困って仕方なく『顧問として引き続きお願いできないでしょうか』とお願いしたよ」

「それは良かったです。お名前だけでもお残し頂くと、みんなも安心できますから」

「そうだよね、俺もそう思ってね。お願いしたのだけれど、そんな中途半端なことはできない、事情が許せばいつでも馳せ参じるので、と言われてね。お引き留めする言葉が見付からなくてね」

「そうでしたか。自分に厳しい専務ですからね」

「責任感の強い方だからね。電話だけでは失礼だ。一度伺ってみようと思っているところだ」

「それがよろしい、と私も思います」

「明日にでも、行こうかな。専務に電話を入れといてくれ」

「分かりました。すぐ、入れます。社長、話は違いますが、今日の新聞見られました？」

「いや、まだだけど。それがどうした？」

「外村の名前が出ていました」

「また、何で？　何かやらかしたか」

「いや、彼の出た高校の同窓会の案内が１ページの大きさで出ていて、その中の名刺広告に『在京五人衆』とあって、そこに外村紀実雄の名前がありました。彼は東京にいるのですね」

「そうらしいな。実はね、この前、彼の弟に、偶然街で会ってね」

「その弟さんって、社長の同級生ではなかったですか」

「そうだ。彼が言っていたよ。今、外村は東京にいると。最近の焼酎ブームに乗って、急に大きくなった鹿児島の焼酎会社の東京支店にいる、と言っていた。『在京五人衆』とは大きく出たね」

「また、鹿児島第一銀行が紹介したのでしょうか」

「そうだろう、そんな焼酎会社を知っている筈もなかろう。銀行を辞めたら、１回だけは紹介するけど、銀行というところは、あとは冷たいものですよ、と言っていたけどな」

「松葉工業、鹿児島第一銀行の代理店そして焼酎会社と、えらい面倒見が良いですね」

「鹿児島第一銀行の思し召しが良かったのだろうね」

「松葉工業の一件は特にそうだった、ということでしょうか」

「そうだろう、きっと。その弟が、兄貴のことをこんな風に言ったよ。『兄貴は、松葉工業のことは今まで何も話さない。最近も帰省したが、何も聞きもしないし、何も言わなかったよ』と。俺が外村のことを聞きもしないのに、だよ」

「外村は、実の弟ぐらいには、松葉はどうしているか。会社はどうなっているか。何か言いそうですけどね」

「そうだよね。俺もなぜ、外村は何も言わないのだろうと考えてみたよ」

「言いそうなものですよね。放火の犯人は必ず火事の現場を見に来ると言いますからね。どうしてでしょう」

「多分、松葉工業の一件は、彼にとって触れて欲しくないことだったからだろう。たとえ身内といえども」

「どうしてですか」

「どうしてですかって。よく考えてみろよ。松葉工業で、彼がやって来たことを。彼の人間性を披瀝するようなことになってしまうからだよ。身内にも、自分がこんな人間だったと知って欲しくないからだろう。彼がやって来たことは、後ろ暗い、後ろめたい、まるで闇社会での出来事だった、と本人も自覚していたから言えなかったのだよ」

「なるほど、そうですね。子供や孫などには、特に知って欲しくないところでしょうからね」

「そういうことだよ。僕のおじいちゃんはスパイだった、なんてこと、話して欲しくないだろう。後ろめたさを感じ出したのだろう」

「そうでしょう。彼は、人知れず墓場まで持って行こうと、密かに覚悟したのかもしれませんね。可哀そうな男ですね」

「同情しているのか」

「とんでもない。ざまぁみろ、ということです。昨夜も、彼奴を蹴っ倒した夢を見たばかりです。あああ、いやだ、いやだ……。社長、専務に電話入れてきます」

そう言って、自席に戻った竹之下から内線で、

「家みたいなあばら家に、社長に来て頂くなんて、とんでもない。社長には、俺からお願いしてある。何で電話なんかしたのだ、と私が叱られました」

「そうか。ちょっと時間を置いて、また俺から電話してみるよ」

そう、松葉は言ってはみたが、自分の心に空いた穴に虚しさばかりが残った。

なぜ、コースの改造に取り組むのだ

仙田のいなくなった空白を無為に過ごした松葉は、気を取り直すかのようにゴルフ場に行くことにした。

早朝6時30分、辺りはまだ薄暗い。

早速、長靴に履き替えてカートで、2番ホールのグリーン改造現場に向かった。

既に、工事責任者の下田は来ていた。

松葉が来たのを見るや、ユンボからニコニコしながら降りてきて、松葉に挨拶した。

「暫く、来られませんでしたね」

「うん、忙しくてね」

「そうでしたか。お疲れではなかったのですか。無理しないで下さいよ」

鬼瓦のような顔をした下田からやさしく言われると、いつまでも暗い顔をしている訳にもいかない。

「どんなに現場が変わっているだろう、と思うと疲れなんか全く感じないよ。ところで下田君は変わったことはなかったか」

「ハハッハ、私は架台がしっかりできているから大丈夫です」

下田の言う架台とは、自分の体の骨格が丈夫だということを言っている。彼は、朝早く来ていてもタイムカードを押さない、7時になってから部下に押させていた。

松葉は、サービス残業はダメだ、と言ったことがあったが、

「みんなが来る前に段取りしているだけです。仕事はまだ始めていません」

と、全く意に介さないようなことを言う。

彼は、仕事は段取りで決まる。段取り3分で、残りの7分で作業、時には4分が段取りのこともある、と言っていた。工事は順調に進んでいる。

この分で行くと、18ホールの改造に18年は掛かりそうにない。

利益が出ただけ、少しずつ、少しずつ進められれば良い、と考えていたが、下田の頑張りで工期は短縮できそうだ。

そんな松葉を見て、税務署長もしたことのある高校の時の同級生が言った。

「税金対策をやっているな」

松葉は、その意味を即座に理解した。

「人聞きの悪いことを言わないでよ、芝の育成のためのメンテナンスだよ。必要に苛《さいな》まれてやっているのだよ、必要経費だよ。納税したくなくてやっているのではないよ」

と笑って応えた。すると、茶化すように返って来た。

「本当かな」

「本当だよ。きれいなグリーンにして、そのうち多くのゴルファーに来て頂いて、ドンと納税させて頂くから、ご心配なく」

ああぁ、兎角この世は住みにくい、八方から見られている、と松葉はため息を吐いた。

松葉には、会員の皆さんに、そして地域の皆さんに愛され、親しまれるゴルフ場に、そして社員が誇りに思えるゴルフ場に変えていくのが夢だった。しかし、それは非常に難しいように思われた。なぜなら、他のゴルフ場と比べた場合、多くのハンディを抱えていたからだ。
1．狭い
2．短い
3．アップダウンが激しい
このハンディを抱えたままでは実現は難しい。かと言って、他に移転する訳にはいかない。どうしたら良いか、松葉の夢が砕けそうになる。松葉は悩んだ。

また一方で、今のままで、良いのではないか。何を背伸びなんかして。これで良いのではないか、十分だ、何を無理しているのだ、またやらかすぞ！と松葉に聞こえよがしに言うのまで現れた。

松葉は、ダメ、ダメと言って耳を塞いだ。

たった1回だけの人生だ。完全燃焼が松葉のモットーだ。おもしろく、おかしく過ごすだけの人生は嫌だ。

ゴルフ場も、折角この世に誕生したのだ。人様に喜ばれるゴルフ場にしてこそ、その誕生の意味がある筈だ。

松葉は考えた。

待てよ、このハンディを一度受け入れてみてはどうか。

そう思ったとたんに、拒否し続けてきたハンディが松葉の体にしみ渡るようにして入ってきた。

よし、このハンディを一つずつでも「強み」に替えることはできないか。

1．狭い　ということは「手入れ」が行き届く。

2. 短い　ということは「高齢者」にやさしいコースに変貌させることができる。
3. アップダウンが激しい　ということは「変化」に富んだコースに生まれ変われる。
よし、これでゴルファーに喜んでもらえるゴルフ場になるだろう。良しこれだ！　これで行こう。

こうして考えると、ハンディよ、ありがとう、と思えるようになった。

そして、いつしか希望が確信に変わって行った。

まだまだ、狭いことのメリットはある。
1. コースから次のコースまでの距離が近い。
2. ラウンド所要時間が短い。
こう考えると、松葉の夢は一挙に実現できそうだ。

庭園の中にあるようなゴルフ場、いやゴルフ場が庭園になっている、そんなゴルフ場は日本広し、といえども他にあまりないに違いない。

そうか、狭いからできるのだ。限られた土地を隅々まで生かせばいい。狭いからありがとうだ。

決して、「名門」と言われるゴルフ場にはなれない。それで良い。「立派だ」と言われなくても良い。「もう一度行ってみたい」と思って頂けるゴルフ場にしたい。

そのことを下田に話すと、

「社長！　素晴らしいですね。私にも手伝いさせて下さい」

「手伝い？　もう手伝っているではないか」

「そうですね」

と言って大笑いになった。

そして、松葉は言った。

「そうなったらゴルフ場の名前を変えようと思う。母智丘ガーデンゴルフクラブはどうだ」

「いいですね。ガーデンゴルフクラブか。名に恥じないゴルフ場にしなければならないですね」

「そうだ、よろしく頼むよ。ところで工事の方は順調に行っているようだね。事故のないように、怪我のないように、無理しないでやってくれよ」

「分かりました。目標ができたようで元気が出てきました」

「そうか、それは嬉しい。君みたいな協力者がいると俺も元気が出て来るよ。ありがとう」

下田が、何を思ったか、急に、

「社長、ユンボに乗られたことありますか」と聞いた。

「いや、ないね」

「そうですか。乗ってみられませんか」

「俺に運転できるかよ」

「大丈夫です。私が付いていています」

松葉は、小さい頃から乗り物は大好きだった。

松葉は、「あぁ、そう」と言って、下田に代わって運転席に座った。

下田が、丁寧に、そして真剣に教えた。松葉は、一つひとつ口で復唱しながら、手を動かした。

如何にも、下田は松葉と一緒になってコースの改造をしたいと思っているかのように指導が熱を帯びてきた。

下田の吐く言葉の一語、一語にそれが感じられた。

おもしろい、両手で掴んだレバーを動かすとユンボのバケットが上下に、左右に動く。

「それでは、私は降りますよ。自分でやってみて下さい」

そう言って、下田は降りて、松葉の操作を見ていた。

時折、バケットがガタンと大きな音を立てる。

「社長、ダメ、ダメ。レバーはゆっくり、やさしく動かして下さい。そう、そう。女の体を摩るように、やさしく、ですよ」

松葉は、毎朝下田の現場に行っては、1時間ほどユンボで土砂の積み込みの手伝いをするようになった。

いつの間にか、下田は松葉を工程の中に組み込んでいるようだ。

松葉も、遊園地に行ったような気分で、ユンボに乗って手伝うのを楽しんでいるようだった。

松葉は、遊園地が大好きだった。

遊園地に行くと、いの一番に自分で運転できるミニカーのところに走って行くのが常だった。他の乗り物に乗りたい、と言った妹たちに「そうか、そうか、そっちに行って良いよ。俺はここにいるから」と、そこから離れようとはしなかった。

すると、決まって母から「みんなと一緒に来なさい！」と叱られた。

下田の休みの朝、7番ホールのカート道路の改修現場に行ってみると、2mほどのコンクリートのブロックがカートの通行を邪魔しているようだ。

これを取り除こうと、松葉は、ワイヤーロープを持って来て、そのブロックに掛けた。

そして、バケットの底のフックにワイヤーを掛け釣り上げた。

その時、ユンボが崖下の方へ大きく傾いた。

あっ、危ない！　松葉は慌てて崖下の方に飛び降りた。

松葉は、もんどりうって崖下に転げ落ちた。

痛い！　痛さを頭の先まで感じて、気を失いかけたが、無意識に危険を感じたのか、這ってその場を離れた。

そして、後ろを振り返ると、松葉の落ちたその崖下にユンボの爪先がグサリと突き刺さったではないか。

それを見て、松葉は驚き、鳥肌が立った。

ワッ！　助かった。あのまま気を失って、そこに倒れたままだったら、松葉の体は真っ二つにされていただろう。

松葉は凄惨な自分を、そこに見て驚き、気が動転していたが、ユンボの倒れている光景をお客に見せてはいけない、と瞬時に思い、ズボンのポケットに手を入れた。

あった！　携帯を取り出して、下田に電話した。

落ち着き払って、事の重大さを悟られないように言った。

「下田君、ユンボが倒れた。来て、起こしてくれないか」

「分かりました。すぐ行きます」

まだ、7時前だ。下田は、まだ寝ていたようだったが、返事は軽かった。

30分ほどして、やって来た下田がびっくりして尋ねた。

「また派手にやりましたね。社長、いったい誰がやらかしたのですか」

「俺だよ」

「えっ！　社長ですか。怪我はなかったですか」

「うん、足をくじいたかな。ちょっと痛いだけだ」

「それは良かった。九死に一生を得た、とはこのことですね。社長は運の強い人ですね。良かったな。思っただけでもゾッとしますよ。もう1mこの崖が高かったら、社長！　今頃、ユンボの下敷きですよ。ああ、良かった、良かった。社長！　社長は、まだ初心者ですからね。平たいところでしか運転できませんよ」

「うん、分かった。分かった。もう懲りたよ。早くユンボを起こしてくれ。人が来たらまずい」

「分かりました」

と、言うと下田は、いとも簡単にユンボを起こした。

「さすが、熟練の技だね。すまなかったね。折角の休みのところ」

「何、おっしゃいますか。社長は休みなしではないですか」

「休み？　俺にはないよ。俺は謹慎中の身だからね。当然だろう」

「社長、刑務所でも休みがあるそうですよ。いつまでも、謹慎中の身だなんて言っていると皮肉に聞こえますよ。もう、言うのはやめて下さい」

「下田君、ありがとう。そう言ってくれるのは君だけだ。まだまだ白い目で見られて、肩身の狭い思いをしているよ」

「社長、気のせいですよ」

「いや、そうではない。今でもそうだと思っている。いや、今からもそうだと思っている」

「社長、そんなことないですよ。ある人が言いました。『人間は忘れる動物である』と。すぐに忘れますよ」

「いやいや、人の不幸は忘れたがらないのが人間だ。世間には、人間特有の流弊というのがあるからね」

「何ですか。そのリュウヘイとは」

「広く世間で見られる悪習みたいなもののことだ。人間には、人をいたぶる習性があるようだ。自分に少しでも優位なところがあれば、それを拠りどころのようにして、人をいじめる。子供が、蛇やトカゲを捕まえて来て叩いて、いじめているようなものだ。もう、これは習癖としか言いようがない。そんなことをする奴らを非難しても仕方がない。人間の性根のところに宿る悪性みたいなものを、誰しも持っているものだ。人間の性とでも言おうか。だから、いじめはなくならない。それを出すか、出さないかの違いだけだ。それに、負けないように自分は自分で守り、律して行けば良いのだ、と思っている。ある時、こんなことがあった。ある会社のゴルフコンペのあとの表彰式を兼ねた懇親会で、俺に挨拶をしてくれと頼まれた。俺は、とんでもない、と断った。謹慎中の身です、とも言ったが、その会社の社長は、そんなことには無頓着というか、たいへん鷹揚な方だった。松葉さんところのゴルフ場でしたコンペですよ、と言われて、そうか、お礼の一言でも申し上げないといけない、ということかと、思い直して、やむなくマイクを握った。そうしたら、その後のことだが、その会社に行ってみたところ、何となくよそよそしい。最初は何があったのだろう、と意に介していなかったが、ゴルフコンペもしてもらったことだし、仕事で何かお返しをしなくてはいけないと思って、そこの営業担当者を呼んだけど、来ない。担当部長に電話するけど、分かりました、すぐ行きます、と言うけど来ない、えらい嫌われたものだ、と思っていると、暫く経って、そこの古参の社員から、こっそり耳打ちされて合点が行った。俺もよく知っている得意先の社長から〝松葉なんかに挨拶させて〟と言われたそうだ。それから、その社長は俺と距離を置くようになった、と教えてくれた。人は、知らないところで何と言っているか、分かったものではない。これでもか、これでもか、と打ち寄せて来る波のように覆い被さってくる」

「負けられませんね」

「そう、そして自分にも負けられない、ということだよ。人は、何とでも言う。さっきも言ったが、人間はそんな習癖を持っている。いつの時代も一緒だと思う」

「そんな人たちに、抗《あらが》うのは止めた方が良いということですね」

「そう、その通り。神経を擦り減らすだけ。〝骨折り損のくたびれ儲け〟。わが道を行くのが一番、だ」

「そうですね。社長が前に言われたように、『もう一度行ってみたい』と言って頂けるゴルフ場を目指して、まっしぐらに頑張ります」

「そうだね。一緒に頑張ろう。折角の休みのところ朝早くから呼び出してすまなかったね。助かったよ。帰ってゆっくり休んでくれ。明日から、いよいよ5番目のグリーンに取り掛かることになる。ここは、名物ホールにしなければね。また、今まで通り頑張ろう」

「名物ホールって、何が名物ですか」

「1回来たら、忘れられないホールにする、ということだよ」

「？？？」

「明日、出社したら、俺のスケッチを見てくれ。君のアイデアも盛り込んで行こうと思っているから、時間があったら君も考えてくれ。今日はありがとうね」

と、言って松葉はクラブハウスに帰って行った。


５つ目のグリーンに取り掛かった日の午後、グリーンキーパーの谷川が、会社を辞めたい、と言ってきた。

どうしたのだ、と聞いても返事がない。

松葉は、谷川を説得するようにして聞いた。

「グリーンに雑草が目立つようになってきた。根絶するにはグリーンをやり替えた方がよい、と言ったのは他でもない君だ。君の意見に従ってグリーンの改造に掛かった。君の言う通りにした。グリーンキーパーとしてやりがいのあることではないか。君の夢の実現が今始まったのだよ。全く造り直すのだよ。君の思い通りのグリーンができるのだよ。君と下田君がいたら立派なグリーンを造ることができる、と確信している。ツーグリーンをワングリーンにしても、芝が改良されて来たので大丈夫です、と太鼓判を押してくれたのも君だ。どうして辞めなければいけないのだ」

しかし、谷川は応えない。黙ったままだ。

「今、辞めなければならないこともないだろう。慌てることはない。もう一度考えてみて、俺にもその理由を聞かせてくれ」

と言って、その場は一時保留とすることにした。

グリーンの芝については谷川に任せておけばいい、と思っていただけに計画が頓挫してしまいそうで松葉は困った。

二、三の社員にどうして辞めると言い出したのだろうか、グリーンの改造をしていることについてどう思っているのだろうか、聞いてみた。

改造を始めた頃は、非常に喜んでいた。排水についても、いろいろと検討してもらってありがたい、と言ったという。

谷川は、松葉がグリーンについての文献を読み漁っているのを知っていた。

グリーンの土盤も3層に分けて表面の水の浸透を速めるようにして少々の雨でもプレーができるようにと検討を加えた。しかし、施肥した肥料までしみ出してしまったら意味がない。肥料の地中での滞留をできるだけ長く保てるように工夫した。排水管も従来のものより3倍の大きさにして排水管の詰まりを解消するようにした。

排水管の敷設の方法についても、工夫を加え、排水の速度が出来るだけ早くなるようにした。

肥料を排出させては無駄になる、しかし水捌けは良くしなければならない、あまり良過ぎると水分がなくなって芝が枯れてしまう、この矛盾に立ち向かって行かなければならない。

松葉は、グリーンの改造には苦心し、苦労を重ねてきた。

それは下田とて同じだ。

先ずは、グリーンの改造に取り掛かったのには理由があった。

グリーンは、常に最高の状態でプレーヤーに提供しなければならない。プレーヤーはグリーンを選べない。与えられたグリーン上にボールを乗せることに集中する。乗せられたボールは、滑るように転がらなければいけない。途中でボールが跳ねたり、急に遅くなったり、ましてや、ボールが急に方向を変えるようなことがあってはならない。等々、「グリーン造成工事の要諦書」という実務書にグリーン造成の注意事項が記載されていた。

要するに、グリーンはゴルフ場側に全て責任がある。

それだけに、松葉の責任は重大であるということを胸に刻み込んでいた。

谷川もそのことについては、十二分に心得ていた筈だ。

なのに、どうして会社を辞めると言い出したのだろう。解せない。

理解できないまま、松葉は下田と一緒にグリーンの改造工事を進めた。

3か月ほどして、谷川がまた辞表を持って来た。

もう谷川は思い直してくれたものとばかり思っていたので、ビックリした。

また説得を試みようと松葉は、いろいろと谷川の心の内を慮《おもんばか》ってみた。

真面目な、全く陰日向のない、研究熱心な男だから引き抜きにあったのだろうか。高給を提示され心が動いたのか。しかし、金で動くような男ではない。待てよ、彼自身はそうかもしれないが、身内にどうしても金の要るようなことがあったのかもしれない。

何かのっぴきならないことでも起きたのかもしれない。誰にも言えないことが巻き起こったのかもしれない。

松葉は、いろいろと思いを巡らせてみたが分からない。

「谷川君、分かった。長い間ありがとう。君ならどこへ行っても通用する。俺が保証する。俺がそう言った、と次の会社の社長に言っても構わない。堂々と次の仕事を全うしてくれ」

松葉は、そう言って辞表を受け取った。

「すみません」

谷川は、小さな声で言って立ち去った。

入れ替わるようにやって来た下田が、松葉の握った白い封筒を見て、

「それって谷川君の辞表ですか」

「そうだ。今受け取った。意思は相当固いみたいだ。どうして辞めなければいけなかった

のだろうか。下田君はどうしてだと思うか」

「寂しかったのではないですか」

「寂しかった？　何がだ、どうしてだ」

「最初は、改造されて立派になって行くのが、嬉しかったようですが、だんだん寂しくなったのですよ」

「そうか、先代と一緒に一から造って、そして手塩に掛けて育ててきたグリーンがどんどん姿を変えていく、それが寂しく思われたということだな」

「そうだと思います。自分で手塩に掛けて造ったグリーンです。彼のように真面目な人間ほど仕事に、そして自分で造ったグリーンに愛着を持っていたと思います」

「なるほど、そういうことか。グリーンを立派にして行かなければならない。そう思っている反面、一方では消えて行くのを見て、寂しさに堪え切れなくなった。そうか、だから理由を口に出して言えなかったのだな。下田君、なかなか読みが深いね。そうだよ、きっと。壊すことは自己否定にも繋がることになるからな」

「そして、先代にも相すまないと思ったのかもしれません」

「そうだね、義理堅い奴だからな。そんな感情をどう伝えたら良いか悩んだのだろうな。

よし、分かった。下田君、気持ち良く送り出すことにしよう」

みんなの意向もあって、ホテルで谷川の送別会を開くことになった。

社員の全員が参加、たいへん賑やかな会になった。

会が終わりに近付くと、だんだん静かになっていって、泣き出す者まで現れた。

谷川が、如何にみんなに親しまれ、頼りにされていたかを証明する光景だった。

送別会の翌日、谷川の後任に彼の部下の福水を指名した。そのことを下田に言うと、

「大丈夫ですか。この前退院したばかりですよ」

「その不安はあるな。しかし、彼は日頃から結構、的を射たことを言っていたよ。思慮深さは持ち合わせているようだ。やらせてみよう」

計画通りグリーン改造を進めることにした。

また、高齢化対策の一環として、コース間の徒歩での移動をなくそうとカート道路の整備も同時に行なった。

そして、レディースティーグランド、80歳以上のゴールドティーグランド、70歳以上のシルバーティーグランドを新設、高齢者にやさしいゴルフ場を心がけるようにした。

また、コースを横断しているカート道路を全て付け替え、美観と芝刈りの作業性を向上

させた。

しかし、また運営委員会でお叱りを受けることになった。

「工事は、もういい。いい加減止めて欲しい」

「我々は、今のままで良い。余計なことはしなくて良い」

辛辣な言葉で工事中止を訴えられた。倒産会社の社長が要らんことをする、という声も耳に入ってきた。

松葉は、改造計画について、あれほど説明しているのに、どうして会議の席上で大きな声を上げて言わなければならないのか、コースを改造して、ゴルフ場の価値を上げ、延《ひ》いては会員権の価値を上げることになります。暫くのご辛抱をお願いします、と機会あるごとに申し上げ、了解を頂けたものと思っていたが、一堂に会すると人が変わったように暴言に近いことを言い出す。どうしてなのだ？　松葉は、人間がますます分からなくなった。

委員会が終わったあと、松葉は最古参の福畑委員に呼び止められた。

「社長、彼の言うことを気にすることはないよ。どんな集まりにもあんな男はいるものです。事態が好転したり、立派になって行くと無性に腹を立てるのがいます。彼はストレート過ぎますけどね。どうしてだと思いますか」

「……」

松葉が黙っていると、その委員は続けて言った。

「自分が、その改造計画の中にいないからです。そのことだけが腹立たしいのです。それをすり替えてあんなことを言っているのです。だからと言って、あんな男を諮問委員などにすると、全く計画は動かなくなります。自分の主張が通らないと、横車ばかり押すことになるからです」

「なるほど、そういうことですね。ありがとうございます」

「いやいや、こちらこそ感謝しなければなりません。どんなゴルフ場に生まれ変わるか楽しみです。良い夢を見させて頂いております。社長、ありがとう。体に気を付けて頑張って下さい」

ありがたい、松葉は感激した。ここにも松葉の理解者がいた。福畑委員の期待に添えるように、更に頑張ろう。松葉は、またまた元気をもらった。

松葉は、改めて決意を新たにした。

皆様に、愛され、親しまれるゴルフ場を目指して、従来の計画を早期に実現し、皆様に喜んで頂くようにしよう。

コースの改造を怠り、現状のままの経営を続けるならば、ゴルファーに飽きられ、ひいては経営危機に陥ってしまうだろう。そのようなことがあってはならない。

加瀬の死

松葉は、常務の竹之下を呼んで、建設業を廃業しようと思っているけど、どう思うか、と尋ねてみた。

「そうですか、いつかはその日が来ると思っていました」

「どうして、そう思った？」

「民事再生を申請してから、社長は建設部の辞めて行く社員に、留まるように説得はされませんでした。民事再生申立後も県、市の公共工事や民間の仕事も頂いたりして工事の受注も順調でしたが、技術者の補充もされませんでしたから」

「そうだったね、そう思っていたか。そろそろ、結論を出さなければならない、と考えているところだ。その理由は、私自身が建設業の未来像を描けなくなったからだよ」

「社長、部長の加瀬を呼んで、彼の意見も聞いてみたらどうでしょうか」

「うん、それがいい。この逆境の中で部長も頑張ったからね。民間に限らず、公共工事もよく受注出来たものだと感心していたよ」

社長室に来た加瀬に、松葉はかねての労をねぎらうように言った。

「建設部員も少なくなって、たいへんだろう」

「いやいや、私なんかの苦労は、社長や常務のご苦労に比べれば、苦労のうちには入らないです。お蔭さんで、松葉工業はまだまだ見捨てられてはいないということを、最近特に感じています」

「そうか、それは良かった。しかし、険しい道のりの連続ではなかったか」

「そうですね……正直言って、今まで肩身の狭い思いをしたことも幾度となくありました。市の工事でジョイントベンチャーを組んだ相手の社長の物の言いようは、今も忘れることができません。社長はよく我慢されました」

「うん、いろいろなことがあったね。そんなことに俺が反発して言おうものなら、尚更惨めになるからね。黙っていたのだよ。部長にも気苦労させてしまったなぁ。俺の苦労なんて大したことではないよ。みんなに誠に申し訳ないと思っているよ。俺が何とかやって来られたのも、常務をはじめみんなが頑張ってくれたからだよ」

「いや、大したお役にも立てず、それこそ申し訳ないと思っています」

加瀬は、あくまでも謙虚だ。

「いや、いつも、いつも、感謝しているよ」

松葉は、改めて感謝の言葉を口にした。そして、意を決したようにして部長に言った。

「実は、建設業を廃業しようかと思っているが、部長の意見を聞かせてくれ」

「私は、いずれ建設業をやめられるだろうと思っていました」

「えっ、何をもって廃業すると思ったか？」

「社長が書類送検されたことがありましたね、あの時です」

「隅田の件か、いやぁ、あれはひどかったな」

1時間半ほど離れた豚舎の現場で監督見習をしていた隅田が、給料不払いで労働基準監督署に訴えるという事件があった。

それは、隅田が、〝辞めたい、ついては会社都合で解雇にしてくれ〟と言ったことに端を発した。

松葉が、〝君が辞めたくて辞めるのだろう。会社都合でもないのに会社都合にはできない〟

と拒絶した。

「部長が、あの時耳打ちしたよな。解雇にした方がいいのではないですか、と。何か部長は彼のことで知っていることでもあったのか」

「彼の付き合っているのに、うるさい男がいると小耳にしたことがあったものですから」

「そういうことだったのか。どうして、彼は会社都合にこだわったのだろうか」

「会社都合でしたら、すぐ失業保険が出ますが、自己都合でしたら3か月後にしか出ません」

「そういうことか。そんなに彼は金に困っていたのか。家は結構裕福なところだと聞いていたが」

「そうです。あの地域では名士で通っている家ですよ。そして、独身で親のすねかじりですからね。生活には困らなかったと思います」

「ということは、自己都合では格好が取れないとでも思ったのか。いや解雇ならもっと世間体が悪いだろう」

「彼にしてみれば、解雇されたから世間体が悪いだとか、そんなことを考える余裕などなかったのではないですか。目の前のことしか頭になかったと思います。失業保険金を早くもらって、借金返済に充てるつもりではなかったのではないでしょうか。親にも分からないように」

「そういうことか、そういえば、昔こんなことがあったよ。

『社長、退職金を下さい』と言って来た男がいてね、『退職金？　お前、辞めるつもりかよ』と言ったら、

『いや、辞めません』

『だったら支給できないよ』

『そうですか、今までの分だけでも出してもらえませんか』

『そんなことできないよ』

『分かりました。辞めます。しかし、また帰って来て良いですか』

『何？　何言っているのだ。駄目だ。一回辞めて退職金をもらったら、復帰はできないよ。退職金をもらってどうするつもりだ』

『……』

彼が辞めてから聞いた話だが、やはり借金返済に充てなければならなかったらしい」

「へぇー　そんな男が他にもいましたか」

「いたよ、馬鹿げて、恥ずかしくって誰にも言えなかったよ。しかし、隅田の奴、あそこまでしなければならないくらい困っていたのかな」

あそこまでとは、隅田の労働基準監督署に訴え出た、ということを指す。

松葉は、労働基準監督署から呼び出された。

給料不払いの嫌疑だった。

監督官が、険しい顔をして松葉に聞いた。

「残業代と休日出勤手当が払われていないようですが、どうしてですか」

「そんなことは、ないと思いますが」

すると、松葉の前にタイムカードを差し出し尋ねた。

「このタイムカードは会社のタイムカードですか」

タイムカードには、社名は刻印されてないが、同じカードだったので、そうだと思う、と応えた。

「このタイムカードに書かれているだけの残業代と休日出勤手当を即刻支払って下さい」

「ちょっと、待って下さい。現場にはタイムレコーダーを置いておりません。代わりに現場所長が記載する出勤簿があります。そして日報がありますので、給料を計算した係の者はそれぞれと照らし合わせて支払っている筈です。タイムカードに手書きで書くような指示はしてないと思いますが」

「その出勤簿は、来たかどうか、所長が印鑑を押しているだけでしょう。残業時間は分からないではないですか。本人はこれが正しいと言っていますよ」

「残業時間は、日報と照らし合わせて勤務時間を計算していると思います」

そう言って、松葉はその手書きのタイムカードを引き寄せた。

そして、それを見て驚いた。

松葉は、タイムカードを指差しながら、監督官に訴えるように説明した。

「このタイムカードには、出勤の欄に5時30分、退社の欄に24時00分と1か月間毎日同じ時間が書かれていますが、この現場は通勤に1時間半ほど掛かるところです。これだと、毎日寝る時間は2時間半しかありません。それも休みなしに1か月続けて、仕事をしたことになります。そんなことってありますか。とても考えられません。そして、その鉛筆書きの時間は、毎日、毎日書いたものではありませんね。一気に、一気呵成に書いたものではありませんか」

すると、監督官はとんでもないことを言い出した。

「あなた、毎日見ていたのですか。そうではないでしょう？　本人が、そうだと書いたものです。それを信じる以外に仕方ないでしょう。認めなければそれで良いですよ。書類送検します。異議があったら検察庁で言って下さい」

「この問答無用の言い方に腹が立つやら、情けないやら、悔しかったね。そして、隅田の非常識さにも呆れたね。こんな理不尽なことが、あるのか、と思うと嫌気がさしたね」

「彼奴が、こんなことをやれば良いなどと知っている筈はありません。誰かの入れ知恵でしょう」

「ということは、こんなことが罷り通っているということだよ。味を占めた連中がいるということだ。全く詐欺行為にも等しいことだな」

「監督官自身が、そんな連中に加担している、ということに気付いていないのでしょうか」

「とっくに分かっているよ。面倒なことには関わりたくない、それ以上は、自分たちの領域ではない、と避けて通ろうとしているだけの話だよ。残念だけど、日本の先行きが心配だね」

「そうですね。最近は、そんな風潮がいたるところに見られますね」

「大和民族を骨抜きにしようとしたアメリカ占領軍の日本人改造が、今もじわりじわりと浸透して来ているのだよ。占領当時の戦略が今も続いているということだ」

「怖いですね。恐ろしい国ですね。それに比べ日本人はあまりに淡白過ぎますね。しかし、日本人は追い詰められると、何をやらかすか分かりませんからね」

「あの大国アメリカに向かって行った第2次世界大戦のことか。大丈夫だよ。もう、そんな心配はないよ。今言ったように、みんな骨抜きになっているから、特攻精神なんて、もう誰も持ち合わせてないよ。でもな、中には気骨のある人がいることはいる。検察庁に呼ばれて、行った俺に検事がこんなことを言った。『こんな案件を、いちいち上げて来てどうしようもない奴らだ。松葉さん、不起訴です。土曜も日曜も出て来ていないでしょうが、まぁ、土曜日と日曜日の分だけ明日振り込んどいて下さい。つまらないことに大事な時間を取られましたね。早く昔の松葉工業に戻して下さい、みんなで松葉工業を応援していますよ』と励まされたのだよ。涙が出るくらい嬉しかったね。いや帰り道、涙がこぼれ落ちたよ。車の中で、坂元先生！　また、ここにも拾う神が現れました、と大きな声で報告したよ」

「何ですか、拾う神とは」

「部長には話してなかったかな。俺が民事再生申立をした日の翌日、会った中学時代の先生から励まされた言葉だよ。『松葉！　頑張れ、捨てる神あれば拾う神あり』と言われた。その拾う神が現れた、ということだよ」

「そうでしたか。検事といったら、みんな鬼の検事と思いがちですが、そんな検事もいるのですね」

「そうだよ、その検事は本当に神様に見えたよ。再建の暁には、お礼に上がりたいお人だよ」

「社長は、本当に良い人に出会われましたね」

竹之下も、ニコニコして、頷きながらそう言った。

「私にもその検事は神様のように思えます」

加瀬も、感動の面持ちで竹之下と顔を見合わせていた。

「ところで、社長は一人で行かれたのですか」

加瀬が、松葉の顔を覗き込むようにして聞いてきた。

「そうだよ」

「一人で行かれて不安ではなかったですか。弁護士は同行されなかったのですか」

「弁護士を連れて行っていいの？」

「いや、知りませんが……」

「弁護士に相談もしてないよ。こちらが法に触れることをしたという認識は全くなかったからね。手書きのタイムカードの信憑性について調べてもらえばすぐ分かることだと思っていたからね。しかし、何しろ検察庁なんてところは初めてだったからね。何が出てくるか分からないからね。気分的には、おっかなびっくりだよ」

「社長、ご苦労をお掛けします」

「いやいや、たいへんだったけど、検事の一言で救われたね。ところで、まだ他に、その日が来ると、思うことがあった？」

「国分の物件、そして新築マンションのカビの問題、クレームが重なり、社長の心労が募っておられると思ったからです」

「あの時は、次から次といろいろと出て来たね。弱り目に祟り目だった。もう大丈夫だ。心配しなくて良いよ。そんなことで建設業を廃業しようと思ったのではないよ。実はね、建設という仕事に情熱を注ぎ込むことができなくなったのだよ。どういうことかと言うとね、仕事に独自性を発揮できるところが少ない、いや全くないと言ってもいいくらいだ。誰がやっても同じものができる。当然図面に基づいて造る仕事だからそうなるに決まっているのだが、そのことに物足りなさを感じていた。設計施工ならできそうだと思いがちだが、それもそうではなさそうだ。ある有名な建築家から聞いたことだが、図面に自分の思いを通すことは10％もできない、と言われた。大先生から言われてびっくりしたね。先生方は思いっ切り個性を発揮して設計デザインされているものだと思っていたが、そうではなかった。どうやらこの仕事は、同じモノ造りでも他の産業のモノ造りとは大きな違いがあるようだ、と気付いたのだよ。建設業という仕事は、コミュニティとの関わりの中で成り立っている仕事だから、自分の思い通りにはできない、という側面がある。また建築は、全国レベルでは世帯数から考えると、既に充足されている。もう計算上では要らないという訳だ。土木とて同じだ。あとは、リフォーム、リメイクの仕事、土木で言うと、維持管理そして更新の仕事だろうと思うのだけれど、高齢化が進み、税収が落ち込んで行く中でその予算を捻出することができるだろうか、それは甚だ難しいと思う。民間とて同じだ。要するに、独自性の問題と今後の需要を考えるとここらが潮時だと思った、という訳だ」

「なるほど、そうでしたか。よく分かりました。私はいつまで働けるでしょうか」

「いや、実は部長には続けて働いてもらいたい、と常務とも話していたのだよ。運送会社を設立しようと思っている。君に行く行くはそこの社長になってもらいたい」

「えっ、私が社長ですか。社長などしたことはないし、運送会社の仕事もしたことがないし、私にできるでしょうか」

「大丈夫、専務も心配はいらない、と言っているよ」

「部長、社長の推挙だ。ありがたく受けない手はないよ」

「部長、いきなり新会社の社長になってくれ、と言っているのではないよ。俺の高校時代の友達が、今の会社の社長を辞めることになった。しかし、もう少しこの地に留まりたいと言っている。そこで、最初は彼に社長を務めてもらったらどうかと思っている。彼はね、民事再生した時、俺を励まそうと高校の同窓生に声を掛けてゴルフコンペを立ち上げた男だ。実に思いやりのある、そして頼りになる男だよ。なかなかのやり手だ、頭も切れる。あの男の下で仕事をすると勉強になるよ」

「その人、知っています。青木さんでしょう」

「あっ、そうか会ったことがあったか。確か君の弟さんがそこの部長をしていたな。これも何かの縁だ。彼は、家族が東京にいるから1、2年したら東京に帰らなければならないらしいから、丁度いい。それなら君も気が楽だろう。1、2年もしたら君も慣れるだろう。松葉工業の関連会社の運送を一手に引き受ける。これだけで経営は成り立つ筈だ。車両は関連会社の車をそのまま新会社に移転、運転手もそのまま移籍する。産みの苦労は全くない。あとは、君が社長になって業容を拡大してくれ。自分の給料も自分で決めたらいい。君の裁量でやったらいい。全てを君に任せる」

「いや、私には無理だと思います。社長になるなどと考えたこともありません。私にはできません」

「無理です、ダメです、できません、そんなことを言ってはダメだ、といつも俺が言っていたのを忘れたのか。君の一世一代のチャンスだ。それを自分で潰してどうする！　心配はいらん。できるかできないか、は俺が決める」

松葉は、そんなことでどうするのだ、一家の大黒柱だろうが、と叱咤激励した。

加瀬は、か細い声で言った。

「頑張ってみます」


2か月ほどして、加瀬が松葉のところにやって来て、

「社長、私にはどうも社長は無理みたいです」

「そんなことはない。青木君にも加瀬をよろしく頼むと言ってある。心配するな。青木君

も加瀬君なら大丈夫と言ったぞ」

「女房がやめとけ、と言うのですよ」

「どうしてやめとけ、なんてことを言うのだ」

「赤字になったらどうするの。首吊らなければいけなくなるよ、と言うのですよ」

「首を吊ることなんかないよ。しかし、社長は責任が重いことは間違いないな。自分でやらかしたことでなくても責任を取らなければならないこともある。例えば、運転手が事故を起こしたとすると、社長の責任を追及される。運行責任者がいても最後は社長が責任を取ることになる。金を借りる時にでも社長の個人保証を要求される。しかし、そんなネガティブなことばっかり考えていては、自分の未来は開けないぞ。赤字にしなければ良いのだ。赤字にならないようにお膳立てはしてある。こんな恵まれた創業社長はどこにもいないぞ。普通は、創業すると3年ぐらいは赤字が続くものだ。初期投資費用が上乗せされるからだ。成功した人を見て、彼奴は「運」が良かった、と人はよく言う。それは違う。何もしなくて「運」は掴めない。「運」はそれぞれ巡って来るものだ。がしかし「運」を掴み切れない。君みたいなことを言っているから「運」は掴めないのだ。

幸いなことに、今度、東京駅丸の内の超高層ビルのアルミ鋳物外装工事を受注した。部長は東京駅の丸の内に行ったことはあるか」

「いいえ、東京駅にも行ったことがありません」

「そう。首都東京の表玄関と言われる東京駅だ。その前に出来るビルだよ。行幸通りにも面している角に位置している。皇居と東京駅を一直線で結んでいる通りを行幸通りというのだよ。天皇が行幸のために皇居から東京駅までの移動に利用される道路であるところからその名が付いたと言われている。日本の超一等地に建つビルだよ。丸の内のランドマークになるビルだ。そこに運ぶアルミ鋳物だけでも相当な量だ。幸先が良いではないか。恐れることは何もない」

松葉は、加瀬のやる気を起こさせるにはどうしたら良いか、腐心したが、青木の助言も、あって加瀬の目の色が違ってきた。

良かった、これで安心だ。


そして2年後、運輸業も軌道に乗って、いよいよ加瀬の代表取締役社長就任の日が近付いて来た。

松葉が、青木に、

「引継ぎは予定通り進んでいるか」

と、尋ねると、青木が困った顔をして、

「実は、加瀬はがんらしい」と言う。

驚いた松葉は、加瀬を呼んだ。

「がんだ、と聞いたけど本当か」

「はい、報告が遅れて申し訳ございません」

「それで、治療はどうしようと思っているのか」

「今、考えているところです」

「何を考えているのか。病院なら俺の同級生に医者がたくさんいるから紹介できるよ」

「はぁ、抗がん治療はしたくないのです」

「どうしてだよ。どこのがんだ」

「胃です」

「胃か。胃がんは切り取れば治るそうじゃないか、そう心配しなくて良いと聞いたことがあるよ」

「親父も、胃がんで亡くなりまして、その時の抗がん治療を見ていますので治療は受けたくないです。あんな苦しみ方はしたくないです」

「お父さん、いつ亡くなったかな」

「はぁ、15年前です」

「もうそんなになるか。その頃からすると、医学も進歩している筈だ。一度、精密検査を受けてみてはどうか」

「大丈夫です」

「何が大丈夫だよ。健康診断も見間違いということもあるだろう。兎に角、診察だけでも受けてみたらどうか」

「はい」

加瀬は、心もとない小さな声で返事だけはした。

次の日、健康センターの人が治療先の病院の紹介状を持って来て、

「加瀬さんに出来るだけ早く病院で診察を受けるようにお伝え下さい」

と言って帰った、と耳にした松葉は、

「おい、今まで、そんなことがあったか」

と、総務の者に聞いてみたが、誰も聞いたこともない、と言う。

これは、ただ事ではないと思った松葉は、加瀬を呼んで聞いてみた。

「部長、病院の紹介状をもらっているそうではないか。行ったのか」

「いいえ」

「おい、おい、それではいけないよ。社長の就任は遅らせても良いから、先ず精密検査、そして、もし胃がんなら心配はいらない。治療しろ。分かったな、会社のことは心配しなくて良い。君の完治するのをみんなが待っている。君は余人をもって代え難し、俺はそう思っている。長い人生だ、ここらで、小休止でもしろ、ということかもしれないよ。今からでもすぐ行くようにしろよ。まだ、青木君もいてくれているから、遠慮などいらないよ。君は社長候補ではない、社長予定者だ。もう既に公人だ。すぐ行けよ。これは業務命令だ」

松葉は、そう言って待たせていた客のところに向かった。


数日後、加瀬の奥さんが近所の人に言っていたという噂を、松葉は耳にした。

加瀬は、2、3年前から健康診断の度に胃がんの指摘を受けていた。

しかし、彼は精密検査も治療も受けようとしなかった。

既に、ステージ4だという。

松葉は愕然とした。

近々、入院するらしい。あ〜、終末医療の始まりだ、と松葉はうなだれた。

松葉は、加瀬を呼んだ。

「どうか、体の状態は」

松葉は何も知らない振りをして聞いた。

「社長、すみません」

加瀬は、瞼に涙を浮かべて謝った。

「どうした、部長」

松葉は、あくまで知らない振りをして聞いた。加瀬を責めるようなことになってはいけない、と思ったからだ。

「来週、入院することにしました」

「おお、そうか。良かった、良かった。前にも言ったけど胃がんは不治の病ではなくなったらしいからな。ゆっくり、休んで来い。いい骨休めだ」

「ありがとうございます」

「何かあったら、何でもいいから携帯に電話して来いよ。遠慮するな。病院の治療に納得が行かない時も電話して来いよ。どこでも紹介してやるから」

「ありがとうございます」

と、うなだれて部屋を出て行った。

加瀬は、その3週間後に帰らぬ人となった。

彼は、なぜがん治療を受け付けなかったのだろうか。松葉には解せなかった。なぜ、あんなに頑なに拒否したのだろう。父親のがん治療の副作用を見て、あんなに苦しむのは嫌だ、あんなに苦しむのだったら治療は受けたくない、と言ったが、自分の命と引き換えに拒む理由にはならない。何があったのだ。どうして自分で死を選ぶようなことをしたのだ。死に対してあまりにも淡白だ。生に対する執着心がなさ過ぎる。明るい未来が開けようとしていたのに、なぜだ、なぜだ。

松葉は、自分の説得力のなさに、情けなく、嫌悪感すら覚えた。

加瀬！　すまん、君を引きずってでも病院に連れて行くべきだった。

君の意向を尊重しようとしていた俺の言動は、単なる俺の上辺だけの思いやりに過ぎなかった。真剣に君の病気と向き合おうとしていなかった。加瀬！　加瀬！　許してくれ。

松葉は自責の念に駆られ、机の上に伏した。

机の上にとめどもなく涙がこぼれ落ちた。

加瀬が逝ってしまって、早や1か月が過ぎようとしている。
未だに、松葉は解せなかった。
どうして、治療を拒否したのか。
天に召されるような自然死を望んだのか。
敢えて、意図的に自殺にも等しい死を選んだのか。
彼は、納得して死を受け容れることができたのだろうか。
彼は、口を噤《つぐ》んだまま、何も語らず天上の人となってしまった。
加瀬は逝ってしまった。
松葉が、どんなに泣けど叫べども、加瀬は応えてくれない。
加瀬！　許してくれ、あまりにも俺の配慮がなさ過ぎた。
どうして、そのことに、もっと早く気付かなかったのか。
君を受け止めるだけの知恵も考えも足りなかった。
もう君は逝ってしまった。

松葉がどんなに後悔しても、もう加瀬は帰って来ない。

松葉の悶々とした日々が続いた。

前々から、社長交代の時期を窺っていた松葉だったが、加瀬の予期せぬ死で頭が混乱、松葉はそのことをすっかり忘れ去っていた。

ふと、そのことに気付いた松葉は、代表取締役の変更登記だけをすませ、朝礼で息子の松葉一郎の新社長就任と松葉の会長就任を発表するに留めた。

そして、新社長に松葉は言った。

「小さな会社に代表取締役二人はいらない。船頭は一人で十分。しっかり、舵取りをするように」と。

社長職を譲って、自席でほっと一息ついた松葉を、いきなり突き落とすような知らせが届いた。

「会長、仙田さんがお亡くなりになった、と安田さんから電話がありました」

松葉は、驚愕した叫びを発しながら聞いた。

「何！　おい今、何と言った！」

「仙田さんが亡くなったそうです」

「仙田さんが？　奥さんのことではないか」

「いや、仙田さん本人だそうです。奥様はお元気だそうです」

「誰が、言ってきた？」

「安田さんです」

安田とは、仙田を紹介した松葉の大学の同級生のことだ。

「本当か？　いつ亡くなったのだ」

「3週間ほど前だそうです」

「3週間も前に、何で今頃……」

「安田さんも同じことをおっしゃっていました。仙田さんの遺言では身内だけでお葬式を行うように、ということだったらしいです」

「そんなことって……よし、俺が安田に電話してみる！」

松葉は、〝どうして……何で……〟と見出せない解に苛立ちながら、受話器を取った。

「おお、安田、仙田さん亡くなったって、本当かよ」

「ビックリだよ、俺も。昨日電話してみて、初めて知ったのだよ」

「3週間も前に、だってね。また、どうしてそんなに遅く……」

「仙田さんに長いことお会いしてないなぁ、どうしておられるかな、と思ってね、電話してみたのだよ。そうしたら、奥様から聞いてね。びっくり仰天だよ」

「どうしてだよ。交通事故にでもあったのか」

「いや、心臓麻痺だったらしい。心臓病の持病を持っておられたとか」

「えっ、そんなこと聞いたこともなかったよ。安田、お前知っていた？」

「おれも知らなかった。仙田さんは、自分の弱みは見せない人だったからな」

「おい、奥さんが悪い、と言って会社を辞められたのだけど、本当は自分が悪かったのではなかったのか」

「俺にも、奥さんが悪いので、帰って来たと言っていたけど、本当は自分が悪かったのかもしれないね」

「そうか、仙田さんらしいな。みんなに心配掛けるといけない、と思われたのだね、きっと。明日にでも仏さんに線香だけでも上げさせてもらいに行こうか。安田も一緒に行こう」

「松葉、それがな、俺もそう言ったのだよ。しかし、奥様が頑なにお断りになるのだよ」

「どうしてだ？」

「分からない。そんなに強くも言えなかったよ」

「そうか、そうだよな。安田、こうしよう。香典を現金書留でも送ろう。そして、納骨が終わったのを見計らって、一緒にお墓に行こう」

「うん、それが良いな。そうしよう」

悲しい約束をして、松葉は受話器を置くと、茫然自失したかのように天を仰いで、その場にへたり込んでしまった。

そして、詫びた。

「仙田さん、すみません。申し訳ございません。私が、あなたの命を縮めてしまいました。本当に、ご心労をお掛けしました。申し訳ございません」

すると、今まで我慢していた涙が、滝のように流れ落ちた。

「仙田さん、仙田さ〜ん」と、松葉がどんなに泣いて叫べども、返事はない。

「仙田さん、仙田さんの前でお詫びをさせて欲しい。させて下さい」

「仙田さん、あなたはいつも私を全身で支えて下さいました」

「陰になり日向になり、いつも励まして頂きました」

「私が、地獄の淵を迷っている時も、今までと全く同じように接して頂きました。これが、私に取って一番嬉しいことでした」

「仙田さんがいたから、私は頑張れました。だから、だから仙田さんに完全復活の松葉工業を見て欲しかったです」

「仙田さんに、よく頑張りましたね、と一言言って欲しかったです」

しかし、仙田さんはもういない。

松葉は、なす術を全て失ったかのように、その場にへたり込んだ。

激励会

松葉は、安田と一緒に仙田さんのお墓参りに行って、いくらか落着きを取り戻したようだ。

今までのようにゴルフ場に行くと、グリーンから湧き出たように赤とんぼが群舞していた。まだ、自然は十分残されている、と感じさせる光景だ。

お盆を過ぎると必ず赤とんぼが現れる。

赤とんぼの背中の羽の付け根を見るとお釈迦様が乗っかっているように見える。

松葉は、赤とんぼを取ってはいけない、殺してはいけない、と子供の頃よく叱られた。

今、赤とんぼを見ると、そこに仙田さんが乗っかっているように見える。

仙田さんは、今も松葉を見守ってくれている、グリーンを見てくれているのだ。

「仙田さん、ありがとうございます」

と、お礼を言いながら、松葉は赤とんぼの大群の中を分け入って、グリーンを横切った。

グリーンは良好な状態を維持できているようだ。最近、グリーンがうまく仕上がっているというお褒めの言葉を頂けるようになって、松葉はグリーンキーパーをはじめコースの管理のみんなに感謝の弁を述べたばかりだった。

次のホールに向かおうとした時、松葉の携帯が鳴った。

小場からだ。

「会長、お元気ですか」

電話の向こうから小場の若々しい張りのある声が聞こえる。

小場は、松葉より2歳若いだけだが、元気溌剌とした声は相変わらずだ。

しかし、折角の電話だが、松葉は元気な声が出せない。

「実は、元気のないところです。ここ、半年で二人の幹部を亡くしました」

「そうでしたか。それは残念ですね。どうでしょう。気晴らしに、長島にお出でになりませんか」

小場は、大手企業を定年の60歳まで勤め上げ、請われて子会社の販売会社の社長に就任、赤字会社を黒字に転換させると役員定年を超えて67歳まで勤めた。長男であった彼は、出身地の鹿児島の長島に帰り、本家を継いで晴耕雨読の生活をおくっていた。

松葉工業の金属屋根事業部は、小場が社長を務める会社から樹脂製の雨どいを仕入れて販売していた。松葉工業はその会社と50年以上の長きにわたって取引関係にあった。松葉工業は、小場の会社と競合するメーカーの製品は一切取扱ってなかった。小場は社長に赴任してきた時、それを知り甚く感じ入ったようだ。

そして部下に言った、という。〝今どき単独取引をしてもらえるようなところがあるか。こういう時こそ恩に報えるようにしなくてはならない〟と。松葉工業の再建を全面的にバックアップすると表明していた。

それは、松葉の強い心の支えとなった。

人に厳しい以上に自分に厳しく、人の道から外れることを極端に嫌う、薩摩武士を地で行っているような男だ。松葉も、その人となりに惚れ込んだ男の一人だった。

朝礼で、『日新公さつまいろはうた』を唱和させ、それを実践させた。

ヒットラーばりの全体主義は、万年赤字子会社を見事に優良子会社に変身させた。小場の名は親会社にはもちろん業界にも轟き渡った。その手腕を評価しない者はいなかった。

小場は、営業部長そして営業担当者を引き連れて、毎月1回、金曜日、松葉工業にやって来て、翌日松葉の経営する都城母智丘カントリークラブで松葉とゴルフをして帰って行った。

小場は、口に出してこそ言わなかったが、松葉を激励する気持ちからそうしたのだと松葉には分かっていた。

遊びは一切しない、させない、経費削減のすさまじさは半端ではない、と社員からいつも聞いていたからだ。

小場が、社長を辞め長島に移住して、間もなくの頃、

「近いうち長島に来ませんか」

というお誘いを受けていたが、実行には至っていなかった。

再度の誘いに、あまり断ってばかりいては、礼を逸することになる、と今度は行くことにした。

早速、翌週の土曜日、途中の出水ゴルフ場で落ち合い、ワンラウンドして長島の小場家に向かうスケジュールが、松葉にファックスされてきた。

小場に見込まれて取締役に昇進していた白井もゴルフに参加すると書いてあった。

久し振りの小場と白井との対決だ。

過去に78回一緒にプレーをしてきたが、松葉は10回ほど負け越している。ここらで一矢報いておかなければと、松葉は逸る気持ちを抑えながら、車で出掛けた。

初めて来たゴルフ場だ。クラブハウスから見えるコースは、どこまでも真っ平で、緑がきれいだ。よく整備が行き届いているようだ。

しかし、楽しいゴルフは、松葉の惨敗で終わった。

ゴルフが終わって、仕事熱心な白井は福岡に帰るという。

松葉は小場と一緒に小場の家に向かった。

ゴルフ場から長島の小場の家まで40分ほどの道中で小場は、

「よく、来て頂きました」

と嬉しそうな顔をして、何度も何度も言った。

そして、「一人で運転してきて疲れたでしょう」

と松葉をいたわった。松葉のスコアの悪さへの思いやりだ、と痛いほど心に響く。

九州本土と島をつなぐ大きな橋を渡ると、小場は長島の自慢話を始めた。

今、渡った大橋は黒之瀬戸大橋という。海峡は、日本三大急潮の一つだという。

うむ！　日本三大急潮は、来島、鳴門、関門ではなかったか？　と思ったが、松葉は黙っていた。それぐらいの郷土自慢は可愛い、許せる。

小場は続けて話し出した。

長島の赤馬鈴薯は天下一品だ。北海道の馬鈴薯が有名だが、味はその比ではない。また、養豚業が盛んで、豚舎のマンションまであるという。豚舎が何階建てにもなっているそうだ。日本の温州みかんはここから始まった、ここの焼酎「島美人」ほど美味いものはない等々。

普通、自慢話というのは鼻につくものだが、小場の自慢話はそれを感じさせなかった。それは、小場の郷土愛から出ているからだろう。小場は、この古里が好きで、好きで堪らないようだ。一人暮らしだが、寂しくはなさそうだ。一人暮らしを満喫しているのか。

小場の自慢話が心地良かったせいか、あっという間に小場の家に着いた。眺めのよい小高い丘の中腹にあった。

先に、風呂に入れという。松葉は遠慮なく頂くことにした。古い屋敷に不釣り合いの近代的なユニットバスだ。

ステテコの姿で招かれるまま座敷に入ろうとして驚いた。

おじさん、おばさんが10人ほど、既に座っていた。松葉は慌てて服を取りに脱衣室に戻った。

「いやぁ、失礼いたしました」

松葉が、頭を掻きかき、部屋に入ると歓迎の拍手が起こった。

床の間に「歓迎　松葉会長」と手書きの紙が貼り付けてあった。

小場が立ち上がって松葉を紹介した。

「私が敬愛してやまない松葉会長です」

すると、また拍手が巻き起こった。

松葉の目は涙で潤んでいた。松葉は、こんなに拍手を頂いたのは、もう何年もない。

小場は、年長者から順番に松葉に紹介した。

テーブル一杯に昔懐かしい料理が並べられていた。それぞれの家庭から1品ずつ持ち寄ったものだと小場が説明をした。

一口食べて驚いた。えっ、この味、松葉の幼い頃食べた薩摩の味だ。松葉の舌が覚えていた。盆、正月、年2回、鹿児島の父の故郷で振舞われた味と全く同じだった。松葉は舌鼓を打ちながら、焼酎を酌み交わし、杯が進むに連れ、小場の昔の武勇伝で大いに盛り上がった。

すぐ下の弟が松葉に訴えるように言った。

「会長さん、兄貴は本当に厳しい男でした。今はどんなですか」

「そうですね。謹厳実直を絵に描いたような人ですね」

「それだけに、部下に厳しい男だったでしょう」

「そうですね。私が聞いた話では、それ以上に自分に厳しい人だったみたいですよ」

「そうだよね。兄ちゃんは自分に厳しく人にやさしい人だよね」

横から、末っ子の妹が言うと、

「そうかぁ～。俺たちには厳しかったな。稲刈りの時でした、『兄ちゃん、手を切った』と言ったら何と言ったと思いますか？『誰が手を切れと言ったか。稲を刈れと言っただろうが』と怒鳴られましてね。涙も出なかったですよ」

大爆笑が起こった。厳しい兄だった、と言う弟に同情の声は聞かれなかった。

なかなか痛快な話だ。

松葉は、あっぱれ！と心の中で叫んだ。さすが小場！「あっぱれマーク」を、用意しておけばよかった。

会の盛り上がったところでカラオケ大会が始まった。

年長者のおばさんから唄うことになった。御年94歳だという。澄み切った若々しい歌声はとても年齢を感じさせない。カラオケの画面に87の数字が映し出された。

ホーッ、と感嘆の声が聞かれた。

次は、小場の番だ。以前、玄人はだしの歌声を聞いたことがあったが、今も健在か。

「ヨォッ、真打登場！」

と、松葉は、思わず大きな声で言ってしまった。

期待通り99点を叩き出した。

「残念！　1点不足。しかしすごいですね、相変わらず。満点も出したことがあるのではないですか」

と、松葉が聞くと、

「2度、3度となくあります」

小場は平然と応えた。

「そうでしょう、そうでしょう。いや〜すごい。そう言えばお嬢さん、歌手だそうですね」

「いや、もうやめました」

「そうでしたか。おばさんといい、小場さんといい、お嬢さんまで、もうこれは血統でしょうね。えー、次は弟さんどうぞ」

松葉は、頼まれもしないのに司会者気取りで、お次の番を指名した。松葉に唄えと言われるのを極力回避したかったからだ。

参った！　この弟さんのうまいこと、北島三郎ばりのコブシのきいた歌声は、聞く者を虜にしてしまう。

「いやぁ〜。すごい、すごい」

松葉は、本当に驚いた。血筋は争えない、と言うが本当だ。実感した。こんなにうまい人のあとには唄えない、とんでもないことだ。

「次は、妹さんのご主人にお願いします」

今度は、血筋が違うので、そうまではなかろう、とある種の期待感をもって指名した。

ところが、どうだ。これがまたうまい、松葉に閃いた。

「奥さんとは、歌がご縁だったのでしょう」

松葉が、にやついて茶化すように言うと、

「そうだ」と、アッケラカンにいう。

もうこうなったら、ただ、ただ、松葉に唄えと言われないように、注意を他に向けさせるしかない。

松葉は、一計を案じた。

この兄弟に、得点で競わせて、唄うことに集中させよう。そうすれば、自分は唄わなくてすむ。こう考えた松葉は、司会に集中することにした。

「歌があったから結ばれた、あなたがいたから頑張れた、そんな二人にもう一曲唄って頂きましょう。『二人はいつでも一緒』どうぞ」

二人は恥じらいながらも大胆に手を組んで唄い出した。

叩き出される点数に一喜一憂していると時間の経つのも忘れていた。

「もう11時だ、もうこんな時間だ、帰らなければ」

弟さんの一声で、会は散会した。

小場家の人たちは、歌を愛し、人を愛し、郷土を愛する人たちだな、とつくづく小場家の人たちはいい人たちだと松葉は思った。

皆さんを見送りに玄関先に出た松葉は、月に輝く海原の美しさに目を奪われた。

地平線のかなたに黒い塊が見える。甑島だという。遠くに漁火が点在しているのも見える。こんな遅くまで、まだ働いている人もいるのだ。

右の灯りの塊はどこだろう、と小場に聞くと、天草の牛深だという。

「小場さん、いいところですね。ゆったりとした悠久の時の流れを感じさせますね」

昔も、今も、そしてこれからも変わることはないよ、と足元で鳴く虫の声が教えているようだ。

部屋に戻った松葉に小場が言った。

「会長、一曲も唄っていませんね。これは申し訳なかったです」

「いやいやいや、皆さんお上手で、私の出る幕などなかったですよ。実は、内心ホッとしていました」

「小場さん、今日は満点出ませんでしたね」

「二人で、唄い直ししましょうか」

「飲み直しではなく、唄い直しですね。やりましょう。小場さんだけとなら恥ずかしくないですよ。やりましょう。それでは小場さんから」

小場が気合を入れて唄ったが、点数は96点だった。

松葉は、拍手もしなかった。失礼だと思ったからだ。ただ、残念とだけ言った。

「会長！　お待たせしました」

「それでは、唄わせて頂きます。耳を塞いで聞いて下さい」

さぁ、何点だ。

「79点！　惜しい。もう少しで合格点ですよ。お上手じゃないですか」

小場が、松葉をおだてる。

いや、いや、そんな合格点を頂けるなんて思ってもいませんよ、と完全否定で謙遜しようとしたが、口を噤《つぐ》んだ。

ここは、おだてに乗って盛り上がった方が楽しい。松葉は、馬鹿になって唄い出した。

小場も楽しそうだ。次から次と唄いまくった。

しかし、小場は100点をなかなか出せない。

松葉の調子外れの歌を聞かされて、調子も変になってしまったようだ。

良かった、小場は、点数は気にしていないようだ。

二人で肩を組んで軍歌を唄い出した。カラオケのボリュームを一杯に上げ、大きな声を張り上げて唄っている。

誰の迷惑にもならない。ここは長島、周りに家はない。気のせいか虫まで大声を上げているようだ。

都会の人が言ったそうだ。

「虫の声がうるさくて眠れない」

その虫の声をかき消すかように「突撃！」と進軍ラッパが鳴り響いた。そして、二人は轟沈した。

午前１時を過ぎていた。


翌朝、松葉が目を覚ますと、台所で包丁の音がする。慌てて起き上がり、台所に行くと、小場が振り向いて松葉に、風呂が沸いているから入れという。

松葉は恐縮しながらも風呂に入ることにした。

朝風呂か、朝風呂なんて入ったことはなかったな。あぁぁ、いい気持ちだ。浴槽の中で足を思いっ切り伸ばした。

松葉は、小場の気遣いに感謝しながら茶の間に行くと、朝食が並んでいた。

「いやぁ、すみません。ありがとうございます。湯加減、最高でした」

とお礼を言うと小場は、ニコニコしながら間髪入れずに、お茶を差し出した。

「少しは疲れが取れましたか」

「スッキリ、この通りです」

松葉は、立ち上がってお礼を言うと、

「まあ、まあ、座ってお茶を一服飲んで下さい」

そう言って、座布団を指差した。

「うむ、このお茶美味しいですね」

「美味しいですか。良かった。うちの茶畑で穫れたものですよ。全て自給自足です」

「そうですか、道理で美味しい筈ですね。手摘みに手揉みのお茶ですね」

「会長、お茶にお詳しいみたいですね。いつも手揉みのお茶をお飲みですか」

「いや、詳しくはないですが、私の従弟がお茶を生産していて、いつも5月に新茶を送ってくれるのですよ。このお茶が美味しくて、毎年5月は楽しみにしています。その彼が大病しまして、作れなくなったものですから生産を委託しました。そのお茶を頂いた時、『このお茶はいつもと少し違うようだが』と言いましたら、彼が笑って言いました。『分かりましたか、これは私が作ったものではない。生産を委託したものだ』と言いました。違うもんだなぁ、と言いましたら、彼がこんなことを言いました。『作る時は、心を込めて、気合を入れ、呪文を唱えるようにして魂を注ぎ込まないと良いものは作れません』と。小場さんのみんなに良いお茶を飲んでもらおう、という気持ちが乗り移っているから、こんな美味しいお茶ができたのだと思います。感情のない植物でも、大きくなれ、大きくなぁれ、と撫でてやると大きくなると聞いたことがあります」

「そんなものです。私もそう思います。気持ち、心が大事ですね。ああ、みそ汁が冷えてしまいます。どうぞ召し上がって下さい」

「ありがとうございます。これ、小場さんの手作りのみそ汁ですね」

朝早く起きて、松葉のために作って頂いたと思うと、もうそれだけで美味しそうだ。

「そうです。分かりましたか。インスタントは食べたことがありません」

「そうですか、やはり手作りは美味しい。そして、豆腐とネギのみそ汁は私の大好物です」

「それはよかった。豆腐は少々硬くないですか。港の近くの豆腐屋から買って来た田舎豆腐です。お口に合いますか」

「この硬いのが良いですね。多分、老夫婦でやっている豆腐屋さんでしょう」

「そうです。二人とも80は超えていると思います。よく分かりましたね」

「こんな美味しい豆腐は若い人では作れないでしょう。そのうちこの木綿豆腐もなくなりますね。美味しくなれ、美味しくなぁれ、と祈りを込められた手作りが、ドンドンなくなって行くのでしょうね。小場さん、今のうちに、食べ溜めしておいた方が良いですよ」

「ワッハハ、そうしましょう。小鉢は、下の岩場で取れたトサカです」

「トサカ?」

「トサカと呼ばれている海草です。鶏のトサカに似ているので、そう名付けられたそうです」

「わぁ、美味しいですね。磯の香りが何とも言えませんね。味は誰が付けたのですか」

「私ですよ。私しかいないじゃありませんか」

「いや、毎日差し入れがあるのだろう、と思っていました」

「誰から?」

「お隣のいい人から……」

「お隣は、600m離れていますし、こんな限界集落みたいなところにいい人なんかいませんよ。老々介護者ばかりですから」

「なるほど」

「私が全部作ったものです」

「この梅干しもですか」

「そうです。この島では、保存食は男共が作ります」

「このかき揚げ、冷えていても美味しいですね。これも小場さんが作られたのですか」

「そうです。実は、昨日作った残りです」

「そうですか。まだサクサク感が残っていますね。小場さんはかき揚げの名人ですね」

「いやぁ、美味しかったです。ごちそうさまでした。食べてそうそうですが、ここらで、失礼します。ありがとうございました」

「これ、途中で食べて下さい。弁当です。それから自分のところで穫れたものばかりですが、これを持って帰って下さい」

と、段ボール箱、3箱を渡された。「赤土馬鈴薯」と「サツマイモ」そして「トサカ」

だという。

「こんなにたくさん！　ありがとうございます。すみません、何から何まで。ありがとうございます。遠慮なく頂きます」

松葉は、丁寧にお礼を言って家路に就いた。

2時間ほど走ると、昨夜の疲れのせいか睡魔が襲ってきた。

松葉は慌てて渓谷のほとりに車を駐めた。

心地良い沢のせせらぎが、松葉を深い眠りへと誘った。

後ろに駐まった大型トラックの音で目を覚ました。

もう、午後1時を回っている。

もう、こんな時間か、よし、小場からもらった弁当を食べることにしよう。

松葉は、新聞紙で包まれた弁当を開けてびっくり、そこには直径12㎝ほどの大きなおにぎりが2個入っていた。こんな大きなおにぎりは見たこともなければ、もちろん食べたこともない。

どこからかぶりつけば良いのやら、しばし考えたが、決断が付かない。経験がないからだ。

エィ、ままよ、とかぶり付くと、鼻の頭に米粒が1個くっ付いてきた。

手で払って、またかぶり付いた。美味しい。

今度はたくあんで黄色く染まったところにかぶり付く、ほどよい塩気が甘みを増して美味しい。

もう一つのおにぎりには、大きな梅干しが2個入っていた。

これも、あっという間に食べ終わった。

よくも食べたと、自分でも驚いた。

松葉は、手をウェットティッシュで拭いて小場に携帯で電話した。

「小場さん、ありがとうございました。今、鹿児島空港の手前にいます。大きなおにぎり頂きました。美味しかったです。今朝も早くから、いろいろとご面倒お掛けしましたね。ありがとうございました。楽しかったです」

「ええ？　まだ空港の手前ですか。もうお帰りになったかな、と思っていました」

「いや、途中で眠くなって寝ていました。ところで、この次スリランカに来られませんか。私がご招待します」

「そうですか、ありがとうございます。自費で行きますので、連れて行って下さい。もう外国には20年以上行っていません」

「そうですか、一緒に行きましょう。善は急げ、です。いつ頃が良いですか」

「私は、いつでも良いですよ」

「分かりました。それでは計画を立ててみます。また連絡します」

いつも一人で行っていたスリランカに今度は二人で行くことになった。

松葉のこころが弾んだ。

家に着くと、早速、インターネットで航空券の状況を見た。来月なら大丈夫だ。

小場に電話を入れて、急いでパスポートを取ってもらうようにした。

第3章　事業の拡大

小場、スリランカに行く

翌月、鹿児島空港発、成田経由でスリランカに行くスケジュールを立て、小場に連絡した。

「小場さん、スリランカに来月行こうと思いますが、行けますか」

「大丈夫です。行きます」

「奥方のご了解をお取りにならなくてよろしいですか」

「女房？　女房なんぞにいちいち許可は取る必要はありません」

薩摩男児の面子にも拘ることだ、と言いたげな、小場の返事が返ってきた。昔の男尊女卑の激しい土地柄で育った少年時代を彷彿させるような返事に松葉は驚いて聞き直した。

「本当ですか。小場さん、虚勢を張っておられるのではないですか。キャンセル料を取られますので、もう一度、奥方の確認をお取り下さい。お願いします」

こうして、二人は鹿児島空港から成田経由で、スリランカに向かうことになった。

成田で、スリランカ航空UL402便に乗り込んだ小場が辺りを見回しながら言った。

「この飛行機、新品のジェット機ではないですか。まだシートの匂いがしますね」

「エアバスA330、最新鋭機ですね」

「へぇー、すごい。でかいですね。座席が中4列ですね」

小場は目を丸くして松葉に言った。

どうやら、オンボロ飛行機に乗せられるのではないか、と心配していたみたいだ。

小場は、9時間も飛行機に乗るのは初めてだという。松葉は、途中小場が疲労困憊に陥るのではないかと心配したが、それは杞憂に終わった。

コロンボ空港に到着すると、やたら小場はキョロキョロと辺りを見回している。

「大きい空港ですね」

「そんなに大きくはないですが……」

「鹿児島空港より大きいですね」

「それは、そうですよ、一国の玄関口ですから。年間９００万人の乗降客があるそうです。九州の4割以上の人が利用したことになりますね」

「へぇー、道理で人が多いですね」

ここでも、小場は小さな島国のちっぽけな空港と思っていたようだ。

迎えの車に乗って、社宅に向かった。

以前は、空港近くのホテルに宿泊していたが、ヨーロッパからの観光客が増えて、ホテル代が日本円で1万円を超えてきたので、一戸建ての借り上げ住宅を社宅に使っていた。空港から10分、工場へも7、8分と交通至便なのが松葉にはお気に入りだった。

今日も、10分も経たずして到着した。しかし、もう辺りは暗くなり始めていた。

「小場さん、夕食は何が良いですか」

「いや、結構です。機内で十分頂きました」

小場は、2回の機内食を平らげていたのを、松葉は見ていたので無理強いしなかった。

メイドに、夕食はいらない、と告げるとにっこり微笑んで頷いた。

それは、仕事から解放された安堵から現れた微笑みだった。

「小場さん、明日7時には迎えの車が来ますので、シャワー浴びて寝ましょうか。ちょっと早いけど」

「いや、早いことないです。私は、遅くても9時には寝ます。早寝早起きは三文の得、と言いますから」

「そうですね。私も9時には寝るようにしています。それでは小場さん、お先にシャワーを浴びて下さい」

松葉も、そのあとを追ってシャワーして、ベッドに横になった。結構気を遣っていたのか、寝入るのが早かった。


翌朝、松葉は朝礼で小場を紹介した。

朝礼が終わって、小場が松葉のところに寄って来て、

「みんな、若いですね。目が生き生きしていますね。よくそっぽを向いている者もいるものですが、そういう人はいませんでしたね。会長の話を真剣な目付きで聞いていましたよ」

と、感心したように言った。

「ハッハッハ、私の拙い英語が通じましたかね。でも、半分は理解していないと思います。

シンハラ語しか話せない人が半分ですから。さて、事務所に入る前に工場内を案内しましょうか」

松葉は、そう言うと工場の奥から工程順にゆっくり歩きながら説明した。

小場が近付くとみんな微笑んで「グッモーニング」と挨拶した。

小場も笑顔で応えた。

「会長、気持ちがいいですね。みんな顔を見たらすぐ挨拶してくれますね」

「国民性でしょうね。気持ちがいいでしょう」

松葉も、何だか誇らしく思えた。

「古い社員で何年ぐらいになりますか」

「操業の時からいるのがいますからね、25年になりますね」

「もう25年になりますか。ほぉ～。四半世紀になりますね。もうベテランですね。その25年選手は何人いますか」

「23名いますよ」

「23名もいますか。楽しみですね」

「そうですね。この国はこれからが楽しみです。可能性を秘めた国ですよ。先ず、識字率が高いこと、御覧の通り若い労働力が豊富だということ、法治国家としての体制が整っていること、特に10年前に反政府軍が一掃されてからはテロもなくなり治安も良くなりました」

松葉は、小場に社員の定着率の良いことと、この国の将来性について話した。

「なるほど、識字率が高いことは、伸び代が相当あるということですね」

「何せ、90％になろうかというレベルですよ。南アジアでは頭抜けて高いですよ」

「そうですか、日本ではあまり知られていませんね。いいところに連れて来て頂きました」

「それでは、事務所に行ってお茶でもどうぞ」

「会長、私にお構いなく、お仕事続けて下さい」

「小場さん、お気遣いなく、ここは黙っていてもお茶が出てきます。紅茶ですけど。お茶を出す係がいますから。あっ、そうそう、小場さん、お茶を出そうとしたら、必ず『ウイズアウト　シュガー』と言って下さい。黙っているとカップの半分ぐらい砂糖を入れてきますから。牛乳は生では飲んではいけませんので、『ウイズアウト　ミルク』と言って下さい。さぁ、どうぞ。事務所のメンバーもご紹介しましょう」

松葉は、ジェネラルマネージャーと25年選手の女マネージャー、そして二人の事務スタッフを紹介した。

みんな、ニコニコしながら両手を差し出し握手した。小場も満面の笑みを浮かべて応えていた。

小場に、暫く工場内を見学していてくれとお願いして、12時まで松葉は、本社との打合せ、そしてジェネラルマネージャーの報告を聞くことにした。

12時前、松葉は小場を呼んだ。

「小場さん、食事に行きましょう」

「みんなはどうしていますか」

「そうですね。弁当を持って来ているのもいれば、売りに来る弁当を買うのもいますね」

「私も、弁当買いますよ」

「いや、やめた方が良いでしょう。今、売りに来ますから見てみて下さい」

大きな葉っぱで包み込んだ弁当を見て、買う筈はない、と松葉は思った。

今までの日本人は、遠目に見ているだけで誰一人食べようとする者はいなかった。

しかし、小場は違った。

「美味しそうですね。私はこれにします」

小場が財布を出すと、周りの社員がニコニコ顔で見ている。

おい、おい、冗談じゃないよ。お腹でもこわしたらどうするのだよ。止めてくれよ、と咄嗟にそう思って、慌てて言った。

「小場さん、今日のところは他にしましょう」

有無を言わせず、小場を近くのホテルのレストランに連れ出した。

レストランで、松葉は小場に言った。

「小場さん、絶対ローカルの食べ物は食べないで下さいね。どんなところで作っているか、またどんな材料を使っているか分かったものじゃないですよ」

「ハハハ、会長、心配いりません。私は医者に掛かったことがありません。薬は、正露丸以外は飲んだことがありません。大丈夫ですよ。ハハハ」

「小場さん、冗談じゃないですよ。アイスクリームを食べたら一発ですからね」

「何ですか、一発って」

「2時間もしないうちに、水みたいな下痢をしますよ」

「本当ですか。そんなことってありますか」

「本当ですよ。ここはスリランカですよ。小場さんには、ここの病原菌に対する免疫はない筈です。気を付けて下さい」

「ハハハ、大丈夫です。病原菌なんぞに負けちゃおれません」

「小場さん、その気概は見上げたものですが、黴菌《ばいきん》には勝てませんから。そして、怪我も禁物ですよ。擦り傷も危ないです。破傷風に罹る人が、ここでは多いと聞きます」

「ハハハ、大丈夫です。赤チン持って来ました。これを一塗りすれば平気ですよ」

あぁあ、この人は全く聞く耳を持っていない。〝こっちで気を付けるしかない〟と松葉は悟ったように頷いた。

「小場さん、犬に近付いたり、頭など撫でないで下さいね。殆ど狂犬病の注射はしてないそうですから」

「そうですか。予防注射はしてないのですか。でも私は大丈夫です。私は、犬は大嫌いですから近付いたりはしません」

あぁ、良かった、この心配はなさそうだと、松葉はホッとした。

「ところで小場さん、スリランカのどこに行きたいですか」

「いや、どこにも行かなくていいです。スリランカ工場を見たかっただけですから。来て良かったです。想像していたより、きれいで、大きかったのが嬉しかったです。従業員の人たちも良さそうな人ばかりで親近感を覚えましたね」

この人は、何と素晴らしい人なのだろう。工場を見て、嬉しかった、と自分のことのように喜んでいる。

「小場さん、折角来て頂いたのだから、少しでも観光をしましょう。スリランカに行って、コロンボにも行かなかったでは、あなた！　本当にスリランカに行ったの？　誰とどこに行っていたのと詰問されますよ」

「大丈夫です。うちの女房に限ってそのようなことはないです」

「ごちそうさまでした」

と松葉が言うと、小場も「ごちそうさまでした」と言って立ち上がった。

小場は、ランチをごちそうさまと言ったようだ。

松葉は、小場にスリランカの観光案内誌でも見て、ホテルでゆっくりして下さい、と言って工場に戻った。


翌朝、工場に向かう車の中で松葉は小場に尋ねた。

「どこか行ってみたいところがありましたか」

「いや、どこもないです」

相変わらず、頑なに拒否する。

「どこもない？　そんなことはないでしょう。世界遺産が8か所もあるのですよ。小場さん、遠慮はいらないですよ」

松葉も負けじと語気を荒げて言った。

松葉の熱心さにほだされるようにして、一言、

「会長にお任せします」

とだけ小場は応えた。

やっと、小場の了解を取り付けて、コロンボと古都キャンディそしてサファリを案内することにした。

第1日目は、マネージャーの運転する社用車でコロンボを案内することにした。案内役は松葉だ。

普通、社宅からコロンボまで高速道路で行くと30分ほどしか掛からないが、この日は途中の街の風景を見てもらいたいと思って、一般道路で行くことにした。たいへん混んでい

て2時間ほど掛かった。

小場は、車の多いことに先ず驚かされたようだ。信号待ちしている車に物売りが一人、二人といわず寄ってくる。

「小場さん、物売りと目を合わさないようにして下さい。目が合うと車に寄って来て離れませんから」

「何を売ろうとしているのですか」

「ありとあらゆるものですよ。家に持って帰るようなチョットしたお土産みたいなものが多いかな。目を合わさないように観察して下さい。チョット難しいけど」

矛盾したようなことを言ってしまった、と松葉は苦笑いした。

車が街の中心部に近付くと、小場はまたまたびっくりした顔をして
「立派な街ですね。結構高いビルもありますね」

「ハハハ、小場さん、スリランカだからド田舎と思っていたのでしょう。ここは一国の首都だったところですからね」

「えっ、首都だったとこですか。首都はコロンボではないのですか」

「皆さん、そう思っていらっしゃるのですが、首都はここから車で30分のところにありま

す。スリ・ジャヤワルダナプラ・コッテというところです」

「そうですか、えらい長い名前ですね」

「覚えなくていいですよ、小場さん。もっと驚かれるところにご案内しますね」

旧国会議事堂、大統領官邸などの官庁街を抜け、人通りの多い街並みに入ると辺りの光景が一変した。

「小場さん、左に少し変わったビルが並んでいますね。コロニアル様式と呼ばれる建物で、何となくエキゾチックな雰囲気がするでしょう。この建物の全てが日本の江戸時代の時期に建てられたものです。日本では、まだチョンマゲ姿の侍が歩いていた時代ですよ。もうこんな建物がスリランカには建っていたのですよ」

「へぇー、すごいですね」

「小場さん、正面の交差点の角に、白い5階建ての重厚な建物が見えますね。グランドオリエンタルホテルと言ってコロンボで最も歴史のあるホテルです。いつ頃建てられたと思われますか」

「さあー、１００年前ぐらいでしょうか」

「明治維新より前に建てられたそうです。もうすぐ２００年になるとのことです」

「へぇー、江戸時代ですか。日本の旅籠屋とは比べ物になりませんね。今でも一流高級ホテルとして十分通用しますね。他の建物だって今に通用するような立派なものばかりですね」

「小場さん、現に、全ての建物が今も使われているのですよ」

「全く勘違いしていました。貧しい田舎の村ぐらいにしか思っていませんでした。これはすごい国ですね」

「そうです。ここは、スリランカではなくイギリス国だったのですよ」

「そうか、植民地といえども、イギリスそのものを作っていたのですね。今盛んに言われる持続可能な社会を200年以上前から植民地に造ろうとしていたのですね」

「小場さん、うまいこと言われますね。スクラップアンドビルドの日本が恥ずかしいですね」

小場は、松葉が初めてスリランカに来た時に味わった、感動と感激を、今味わっているようだった。

翌日、古都キャンディとサファリパークを案内することにした。キャンディまで車で3時間ほど掛かる。キャンディで1泊、そしてサファリパークに向かうことにした。

世界遺産にも登録されているキャンディは、キャンディ王国最後の都のあったところだ。王国の栄華を今に残すスリランカ観光のメッカだ。

キャンディ湖のほとりに建つ仏歯寺は、釈迦の犬歯、仏歯が祀られているところで、仏教徒の聖地として多くの信仰を集めている。

また、スリランカ最大の祭りペラヘラ祭りの開催されるところとしても有名だ。象に電飾の衣装をまとわせ、街を練り歩くと祭りは最高潮に達する。合わせて踊られる伝統舞踊キャンディダンスも島国でありながら多様な文化を垣間見るようで興味深い。

今回は、小場には見てもらえなかったがスリランカの歴史を感じてもらうには十分であったろう。

次の日、まだ夜の明け切らない早朝、ホテルを出発した。

サファリの朝は早く、多くの動物が湖の水辺に集まる。

中でも象の群れは、圧巻だ。50頭ほどが集団となって生活しているのを見ることができる。運が良いと、その集団を二、三見ることがあるという。

松葉も、そんな多くの群れは見たことはない。

サファリの入り口で、1tトラックの荷台に急ごしらえの席を取り付けた車に乗り換えて象の水飲み場となっている湖に向かった。トラックに揺られて20分ほどすると朝日に輝く湖面が木々の合間から見えて来た。

トラックの音にビックリしたのか、猿が木から木へと飛び移り逃げてゆく。

ガイドに猛獣は何がいるかと聞いた。

スリランカには豹以外はいないという。しかし、このサファリでは見たことがないので安心して下さい、と流暢な日本語で説明した。

小場の顔を見ると、心なしかホッとしているようだ。

ガイドが、小場を見てヘビがいますから気を付けて下さいと言った。

「蛇は長島にもいますが、私は何ともないです。怖くなんかないです」

「ここのヘビは5mぐらいある大蛇ですよ」

ガイドが大きな声で言った。

「えっ！　何！　そんなでかいの……」

小場の顔が蒼白になった。

「コブラもいますから、夜は出て歩かない方が良いですよ」

「そんなに脅かさないでよ。でも街中にはいないでしょう」

「いや、チョットした草むらには潜んでいますから気を付けて下さい。ネズミを狙って街中にも出てくることがあります」

「小場さん、トラックからは絶対降りないようにしましょう」

松葉も心配になって、小場に小さな声で言った。

突然、ガイドの怒鳴るような大きな声がした
「皆さん！　左側の岸辺に象がいます！」

トラックは、ゆっくりと象の群れに近付いて、群まで２００ｍほどのところで止まった。

赤ちゃん象が２頭見える。遠目に見てもその愛くるしさは際立っている。

「可愛いですね。連れて帰りたくなりますね」

小場のその言葉を待たずして、松葉もそんな衝動に駆られた。

その赤ちゃん象を囲んで50頭ほどが群れを成している。集団で小象を守る姿は、いつも訪れる者を感動させる。

「右の向こう岸に別の群れが現れました。皆さん、運がいいですね。日頃の行いがよろし

い方ばかりですね」
2、3年の語学留学でこんなおべんちゃらを言えるようになるのだろうか。すごいな。君は語学の天才だね、と言おうかと思ったがやめた。調子に乗せるとチップの上乗せを要求されるのが常なのを松葉は知っていた。
「会長、今ゲートから入って来たところもそうですけど、この周りにもフェンスとか柵などはありませんね。大丈夫ですか」

「象が逃げ出さないか、ということですか。ハッハハ、ここは本当のサファリですよ。自然そのままです。日本のサファリと違います。象の方がここでは先住民です。どこまで行っても柵などありません。ここに来る途中にあった、象に注意という標識に気付かれませんでしたか」

「そう言えば、道路に象の顔の標識がありました。何だろうと思ってはいましたが……」

「象が道路を横切ることがあるので気を付けろ、という標識ですよ」

「えっ、野生の象が道路に出て来ることがあるのですか」

「そうです。きっと、象はおらが土地だ、と思っていると思いますよ」

「なるほど、ここでは象が優先ですね」

「象だけではありません。生き物が優先です。生類憐みの令など全く必要としない国です。みんな生き物を大事にします。動物をいたぶる光景など見たことがありません。仏教の教えが今も大事に受け継がれている国です」

「そうですか、何の縛りも必要ない、国民みんなが生き物を尊重しているということですね」

「そうです。経済的には遅れているかもしれませんが、人間的に学ばなければならないところがたくさんある国です」

「会長、素晴らしい国ですね。この国が好きになりそうです。気に入りました！」

「良かったです、小場さんに気に入ってもらって」

松葉は、ここにまた一人スリランカのファンが増えたことが、嬉しかった。

特に、かねてから敬愛していた小場が〝気に入った〟と言ってくれたから尚更だ。

仕事一途の小場にとって、観光見物などとんでもない、という気持ちだったろうが、思わぬところでスリランカの良さに触れて、小場のスリランカに対する理解が深まったようだ。そのことを、松葉は小場の顔から窺い知ることができた。

「会長！　私、ここにこのまま住みたくなりました」

「本当ですか。このままとは、日本に帰らず、ここでこのまま生活しようということですか」

「そうです。何か私にできることはないですか」

「小場さんにお手伝いして頂けるのなら、こんなありがたいことはないですが、一度お帰りになって、それからでしょう」

「いや、大丈夫です。長島で生活するのも、ここで生活するのも一緒です」

「小場さんの生活信条からすると、そうでしょうが、奥方ともご相談なさって下さい。帰りの航空券も買ってありますから、私と一緒に帰りましょう。それから相談させて下さい」

「本当に気に入りました。会長は、次はいつ来られますか」

「一か月後になると思います」

「そうですか。その時は、また連れて来て下さい」

どうやら、小場はスリランカ工場で働く気構えのようだ。

「分かりました。一緒に来ましょう。しかし、必ず奥方の許可をもらってからにして下さいね」

そうは言ったものの、松葉は奥方の許可は出ない、と踏んでいた。

それから、1か月経った雨の降りしきる日曜日、松葉は小場に約束の電話を入れた。

「小場さん、お元気ですか。こちらは雨が降っていますが、どうされていますか」

「こちらも雨です。外に行けないので寝っ転がって本を読んでいたところです」

「そうでしたか、正に晴耕雨読の生活を今もなさっていますね」

やはりそうか、ボーッとは毎日を送ってはいないな。小場さんらしいな。

「ハハハ、仕方なしに、ですね。それはそうと、スリランカ行きはどうなりましたか」

「2週間後辺りに行こうかと思っています」

「そうですか。私も連れて行ってもらえるでしょう？」

「奥方の許可をもらわれたのですか」

「もらうも、もらわないもないですよ。良いに決まっていますよ」

「土下座して、許しを請われたのではないでしょうね」

「いやいや、そんなことないですよ」

「それなら良いですけど。奥方も行ってみようかとは言われませんでしたか」

「全然」

「小場さん、奥方に一緒に行ってみようか、と言ってみられたらどうでしょう」

「そうですね……」

小場の返事は重かった。

「会長、今度は仕事を前提に行きます。スリランカに居を構えるつもりで行きます。よろしくお願いします」

「小場さんに手伝ってもらうのはありがたいですが……。そんなに急いで決められなくて良いですよ。やっていけそうだ、と確信されてからでも構いませんよ」

「大丈夫です」

「そうですか、それでは行ってみましょう。小場さん、再来週の水曜日出発するようにしましょうか」

「分かりました。ありがとうございます」

「いや、ありがたいのは私です。小場さんに行ってもらえば、私も安心です」

松葉は、そう応えたものの、一方では大丈夫だろうか、と心配が募った。

仕事の前に、小場の現地での生活が心配だった。

松葉と小場は予定通り成田から出発した。

松葉は、もう里心が付くような話は一切しないことにした。

飛行機の中でも、工場の将来のことしか話さなかった。

松葉のスリランカに賭ける期待だけを話した。

黙って聞いていた小場がぽつりと言った。

「スリランカの工場は会長の魂そのものですね」

小場は、スリランカ工場には松葉の魂が憑依しているると思っているようだ。

「亡くなった専務の仙田さんもそんなことを私に言ったことがあります」

「そうでしたか、会長の話を聞いた人はみんなそう思うのではないでしょうか」

「民事再生申立をしてまもない頃、スリランカのアルミ押し出しメーカーから買収の話があったそうです。それを聞いた仙田さんは『社長に報告はしよう。しかし、絶対社長はここを手放すことはない。この工場は社長の魂そのものだ』と言ってやったと言っていました」

まだ、松葉が社長として、再建に向け孤軍奮闘している時に、仙田は既にそのことを感じていたのだろう。

小場も、松葉の良き理解者として協力頂けそうだとは思ったが、松葉は小場の日常生活に大きな不安を持っていた。

小場は、英語が全くと言っていいほど、話せなかった。イギリスの植民地だったスリランカでは片言でも話せなければ、生活に支障をきたす。毎日の生活を心配していては、仕事どころではないだろう。

しかし、小場はスリランカの工場で働いてみたいと言う。そして、その気持ちは日を追うごとに高まってきているという。

一方では、松葉は、小場ほどの経験と実績のある人物が、できないことを言う筈もないだろうと思ってはみたが、その不安を拭い去ることはできなかった。

スリランカに着いた二人は、前回と同じように早々に夜食も取らず眠りについた。

翌朝、メイドの作った朝食を終え、迎えの車に乗り込もうとした時、小場が燦々と降り注ぐ日光を見上げながら大きな声で言った。

「清々しい朝ですね。本当に良いところだなぁ、ここは」

小鳥たちのさえずりも聞こえる。

「きれいな鳥ですね。何という鳥でしょう」

「さぁ、何という鳥でしょうか。インコの類かな」

真っ赤な頭が愛くるしい。

大きな門扉の上でリスの親子が餌はまだかとこちらを見ている。毎朝、門扉の上の餌箱にメイドが餌をおいているようだ。

ここは、空港とコロンボを結ぶ幹線道路から200mも入り込んでいない住宅地だ。

「日本では見られない風景ですね」

「日本にも野鳥はたくさんいたのですよ。長島には、春先になると多くの渡り鳥がやって来ていました」

「今も、ですか」

「いや、もう今はいません。みんな獲って食べちゃったのですよ」

「ハッハハ」

松葉は、笑いながら小場を車の中へと促した。

10分も経たずして、工業団地のゲイトに到着した。そして、警備員が入場者の一人ひとりのIDカード、外国人はパスポートをチェックする。車のトランクも開けさせ、そして鏡で車の下をチェックする。非常に厳重だが、顔見知りの松葉には、にっこり笑ってパスさせる。

工場では、満面の笑みを浮かべた社員の出迎えを受けた。ジェネラルマネージャーが歩み寄り握手しながら招き入れる。いつもの松葉の第1日目の出社風景だ。

7時50分から日本から持って来たラジオ体操のＣＤが流れる。日本に研修に行ったメンバーが、覚えた体操をみんなに教えたのだろう。みんな間違わずに体操する。みんなここでも真剣だ。

今回は、松葉は書類を見る時も、工場を回る時も、常に小場と行動を共にした。松葉は、敢えてそうした。こんな年になって、今更そんな細かい仕事はできませんよ、という言葉を期待してのことだった。

しかし、工場内での打合せの時も、真剣な顔をして覗き込んで来る。現場でのトラブル発生の時にも、関心を示す。小場は本気のようだ。

「もし病気になったらどうします？」「医療体制も遅れていますよ。もしものことがあったら、どうします？」などと大きな不安を抱えてのスリランカ滞在をするのはやめた方が良いのではないか、といくら言っても、

「大丈夫、心配いらない、薬は正露丸以外飲んだことはない、心配ご無用」の一点張り、

とても、説き伏せることができそうにない。

松葉は、今日のところはそうでも、2、3日も経てば小場も音を上げるだろう、と構わず英語で事務スタッフに質問したり、指示したりした。

小場には、何の説明もしなかったが、分かっているのか、分かってないのか、タイミングよく頷く。

松葉は、帰国の前日、小場に言った。

「小場さん、やはり一緒に帰りましょう。飛行機の空席はありそうです」

「どうしてですか。会長は、どうしてそんなに心配されるのですか。全く心配ご無用です。任せて下さい」

「そうですか。大丈夫ですか。奥方も息子さんも了解されているのですか」

「了解もくそもないです。私自身のことです。大丈夫です。納得しています」

「そうですか。それでは1か月やってみられますか。1か月したら、私はまたやって来ますので、取り敢えずその間お願いします」

松葉は、後ろ髪を引かれる思いだったが、一人で帰国することにした。

約束通り、１か月ほどして松葉はスリランカに向かった。

空港の到着ゲートに元気そうな小場の白い顔が見える。

近付いて行くと、小場がいきなりバンザイと大きな声を上げた。

松葉は、驚いて周りを見回すとみんながこちらを見ている。

松葉は、恥ずかしくて、どんな顔していいか分からないまま苦笑いしていた。

「小場さん、全然日焼けしてないですね」

松葉は、小場がスリランカに１か月もいたので、相当日焼けしているだろうと想像していたがそうではなかった。

「社宅と工場の往復だけですから、直射日光に晒されることがないです」

「相変わらずの仕事人間ですね」

社宅に籠って、生産日報の数字とにらめっこしていたに違いないからだ。

翌朝、工場に行くと、小場は顔を合わせた社員に、

「スパウダサナク」「コホマダ、コホマダ」と声を掛けた。

「スパウダサナク」「ホンダイ、ホンダイ」と満面の笑みを浮かべて、返事が返ってくる。

「小場さん、何と言ったのですか」

「おはよう、元気か、と聞きました」

「そしたら、何と」

「おはようございます。元気、元気と返事しました」

鋳造班のところに行くと、小場はお腹の出た小太りの男にニコニコしながら声を掛けた。

「ユー　オルワ　リデナワー　ヤナワ　ローハラ」

「ヤナワ　ストウティ」

また、松葉は何と言ったか聞いた。

「ハハハ、英語とごちゃまぜですよ。『ユー　あなた　頭　痛い？　病院行った？』と聞きました。すると『行った　ありがとう』と返事しました。昨日、彼は頭が痛いと言っていましたから、ちょっと心配だったので聞いてみました」

隣の仕上班に行って、今度は難しい顔をして話し掛けた。

「イーエ　サラスマタ　アヌワ　エンナラブナダ」

すると、今度は相手が英語で応えた。

「プラン、オーケー」

「小場さんは、今何と言ったのですか」

「昨日、計画通りできたか」と聞きました。

「それで、プラン、オーケー、と言ったのですね。すごいですね、小場さん、全く日常会話は問題ないですね。シンハラ語をいつ覚えたのですか」

「大したことないですよ。単語を１００覚えただけです」

「へー、１か月で１００も覚えたのですか。小場さん、すごいですね。小場さん！　あなたは語学の天才ですよ」

参った、参った。１か月で会話ができるのか。俺なんか、学校で英語を10年も学んできてこの有様だ。

「もう小場さん、どこに行かれても大丈夫ですね」

１００の単語を駆使して意思の疎通を図ることができるとは、すごい能力の持ち主だ、と松葉は感嘆した。

「小場さんは、コミュニケーションの達人ですね」

これほどのコミュニケーション能力を持っているのなら何も心配いらない。

小場に対して抱いていた松葉の不安が、一遍に解消した。

全く、松葉の取り越し苦労だったようだ。

松葉は、小場に改めて力を貸して欲しいとお願いした。

小場は、このままスリランカ工場に留まり、常任監査役として管理、監督、指導をすることを快諾した。

松葉は、これでスリランカに1、2か月に一度来ていたスリランカ行きから解放された。

お陰で、日本で、1か月を3週間で過ごしていた松葉に時間の余裕ができた。

「小場さん！　ありがとうございます」

小場に、松葉は何度もお礼を言った。

そして最後に「ストウティ」と今教わったシンハラ語で、「ありがとう」と言って顔を見合わせて笑い合った。

経営会議　1

経営会議の日がやって来た。

経営会議とは、毎月1回、会長、社長、常務の竹之下、そして新しく取締役常務に就任した前生産本部長の西と4人で、経営課題について協議する会議のことだ。

その会議の始まる前に、松葉に朗報が舞い込んだ。

熊本営業所の所長をしていた横川から〝今の会社をやっと円満退社できるようになりました。松葉工業に帰れそうです〟と弾んだ声で連絡があった。

松葉は、経営会議を始める前に、社長と竹之下そして西に報告した。

「先ほど、横川君から電話があって、来月には松葉工業に帰って来られるらしい。彼が帰ってくれれば営業に弾みが付くぞ」

「そうでしたか。彼が会社に帰って来てくれれば、鬼に金棒ですね。良かったです。これで、福岡での営業に弾みが付きますね」

「そうだね。彼は真面目一筋の男だ。真面目さで相手の信頼を掴める男だ。お客様と長いお付き合いのできる男だよ。来月が楽しみだね」

幸先の良い経営会議が始まった。

冒頭、松葉が松葉工業の将来について話した。

「お陰で会社の業績も良くなった。社長をはじめ、皆さんがよく頑張ったお陰だと思っている。悔しいことも多かったことだろう。もう、一息です。お互い頑張りましょう。

さて、今日は会社の将来について話しておきたい。今、会社で働いている社員の将来を考えると、今のままで、あり続けて良いのだろうか、と思っている。現状に留まるということは、相対的に衰退を意味する。なぜなら、社会は発展する、周りは進歩していく、しかし自分は現状のままだ、と言うことは、置いてきぼりになるということだ。それでいいのですか、ということだ。そうは行かない。会社は、常に発展させて行かなければならない。これは経営者にとって宿命だ。

この業界は、まだまだ成長の可能性を秘めていると思っている。松葉工業ももっと発展させることができると思っている。しかし、経済成長の3要素である『ヒト、モノ、カネ』そして『情報』の不足は否めない。だからと言って、ヒトを今から育成していくとすると、時間が掛かり過ぎる。それでは、今という成長の時期を逸してしまう。事業の発展を願うならば、3原則の揃ったところに引き受けてもらった方が、安定した成長が望める。社員もその方が幸せではないか」

「えっ！　ちょっと待って下さい。引き取ってもらう、と言うことは、会社を売るということですか。売らなくたって良いでしょう」

「うんむ、売らなかった場合はどうなるか、を考えてみよう。この業界はまだまだ成長して行くだろう。それに連れ会社の業績も上がっていくだろう。しかしその時、大きな壁にぶち当たると思う。人の問題だ。前にも話したが、今ですら、もうこの地方では労働力の頭数《あたまかず》すら揃えることが難しくなって来た。労働の質など問えない状況になりつつある。外国人労働者を採用しようとしても、相変わらずいろいろな障壁が立ちはだかっている。条件緩和は一向に進まない。わが社のように海外に工場があるところでさえも、研修のために本社工場に連れて来ることが難しい。技能労働者を連れて来るのでも、提出書類も多く時間が掛かる。出してもすぐにはビザが下りない。なかなか厄介だ。この前、わが社の工場見学に来た韓国のゴルフツアー会社の社長に不思議そうな顔をして言われた。『外国人労働者は一人もいませんね』と。言われた本人がビックリしたよ。聞いたら、韓国の製造工場では、どこも外国人労働者が働いているらしい。そして、もっと驚いたことを聞いたよ。韓国の農業従事者は殆ど外国人労働者らしいよ。自分の住んでいた家に住まわせて農業をさせ、自分たちは都会に住んで他の仕事をしているらしい。生産性のより高い方に労働力をシフトさせている労働行政はすごいと思ったね。これでは、韓国に後れを取るね。日本政府は、頭脳労働者については、枠を広げるみたいなことを言っているけど、この地方に管理職でもこなせるような外国人が来ることはないだろう。彼らだって東京で働くだろう。ここでも東京一極集中になるね。そのうち、この地には管理職の務まるような人材はいなくなるだろう。カネの問題についても、この地にいては難しいな。都市銀行との違いを知って、分かっているだろう」

「ヒト、モノ、カネそして情報までも不足しているこの地で、企業を成長させて行くことは難しい、ということですね」

「そうだ。売却して、人材が得られれば、この会社をもっと、もっと成長させることができる。そして、その売却資金で、永年会社に尽くしてくれた社員に退職金を割り増しして払うことができる。世間並み以上に支払って、労に報いることができるのではないか、と思っているが、どう思うか」

　ここまで、松葉が語ると社長の顔がだんだん曇って来たのが松葉にもよく分かった。それもそうだろう。いきなり会社売却の話を切り出され、頭の中は混乱しているに違いない。

　唐突過ぎたかな、と松葉は言葉には出さず頭の中で反省をしていると、社長が言葉を選ぶようにして言った。

「会長、少し考えさせて下さい。どうでしょう、来月の経営会議で議題に取り上げましょうか」

経営会議とは、毎月1回、会長、社長そして常務の竹之下と西と四人で開いているこの会議のことだ。

「うん、そうだな。それがいいな」

「議題は、会社売却の件、でよろしいですか」

「うん、そうだね。それでいいよ。ところで、中田先生から聞いたのだけど、わが社に融資頂いた時の大町部長は、専務になられていたそうだ」

「そうですか、都市銀行の専務ですか。すごいですね」

「初めてお会いした時、そんなオーラを感じたな。もう返済も終わるし、御礼に行こうかと思っている。一緒に行くか、新社長としての挨拶もしていなかったからな」

「お願いします」

「中田先生に先方のご都合を聞いてもらうようにしよう」

経営会議　２

翌月の第２月曜日午後５時より会議室で社長の議長のもと経営会議が開かれた。

常務の竹之下が、検査入院のため、会長、社長そして常務の西の三人だけの会議となった。

今回の会議は、会社の将来を左右する議題であるだけにそれぞれ緊張した面持ちで出席して来ているのが松葉にも見て取れた。

「会社売却の件」の議題に入る前に、今回の議題の提案理由を述べさせてもらいたいと、松葉が発言した。

かねてより、機会を捉えては話して来たように、ここでもアルミ鋳物の魅力、可能性、そして将来性を語り、これからもこの業界は大いに発展するだろうと述べ、

「経営資源の豊富な会社に売却して、アルミ鋳物の発展を願った方が良いのではないか。そうすることによって、中央の経営資源が、この地に流入し、雇用が拡大し、また優秀な頭脳も集まって来るだろう。と言うことは、地域社会の貢献にも繋がることにもなる。そ

して、売却時点で現社員に退職金が支払われ、雇用が継続されるものでなくてはならないことは言うまでもない。また、同時に社員の将来も約束されたものになるだろう」

とその理由を述べた。

議長の社長が、議題に入る旨宣言した。

「只今の会長より提案理由の説明がありました。早速、今日の議題に入りたいと思います。常務、意見はございませんか」

と、西に発言を求めると、思わぬことを口にした。

「会長、会長は永年勤めてくれた社員に応分の退職金を支払って下さるということですので、もうそれ以上のものはないと思います。まして、今回もらった者でも、次の会社でまた退職金をもらえることになると思います。ありがたいことです。何の異存がありましょうか。あるのは感謝のみです。この会社は会長の会社ですので私どもがとやかく言う問題でもないと思います。私たちは会長の方針に従って行くだけです」

「俺の会社？　俺の会社とは思っていないけどなぁ、まぁ、俺の会社と思われていたとしても仕方ないか。株を公開している訳でもないからな。しかし今までも俺の会社という意識はなかったよ。特に最近は、モノを所有しようとする意識もなくなって来たからなぁ」

松葉は、自分の軌跡を辿るようにして二人に話した。

そして続けて言った。

「金に対する執着心もなくなってきたよ。分かり切ったことだけど、何でも永遠にモノを所有することなどできない。命に限りがあるからね。誰しも分かっていることだけど。常務、この会社も好むと好まざるにかかわらず俺の手から離れようとしている。しかし、この会社は兎も角として、この仕事は残して欲しいと思っている。これほど、俺の興味をそそったものはない。それは俺だけではないと思う。常務もそうだろう」

「そうです。この仕事はやりがいがあります。何と言っても、日本を代表するような建築に参画できることは、私たちの足跡を残せるような気がして楽しくて仕方がありません。こんな楽しい仕事がなくなる筈がありません」

西もそう思っていたか、良かった。西は大学を卒業して、松葉工業に入社、若くして工場長に就任、仕事人間を地で行く頑張り屋だ。ある時、溶解したアルミが足に掛かり火傷を負ったことがあった。そのことを家に帰って父親に告げると、「何をボーとしていたのだ」と叱られた、と苦笑いしていたのを思い出す。厳しく育てられて来たせいか、弱音を吐いたり愚痴を言ったりすることはなかった。民事再生申立の時は、相当な動揺もあったのだろう。一時期、相当迷ったみたいだったが、ほどなく帰ってきた。一回出て行った者を、と言う者もいたが、家族もいることだし、先行き相当な不安もあってのことだったのだろうと松葉は意に解さなかった。むしろ、よく帰って来たと松葉は喜んだ。そして感謝した。しかし、それを口に出して言うことはなかった。西は、自分が帰って来て、松葉に気合が入ったのを肌で十分感じ取ってくれていたと思う。

「社長はどう思っている?」

「私も同じですよ。この仕事は本当に奥の深い仕事だと思います。興味は尽きません。工場のみんなもそうだと思います。造る喜びを知っていると思います」

「そうか、みんなもそう思ってくれているか。嬉しいね。この仕事はね、難しい仕事だよ。だから楽しいのだよ。ゴルフも同じだよ、なぜか。難しいからおもしろいのだと思う。達成感を味わうことができるからね。この達成感というのは、何にも代え難い。山登りも一緒だよ。今では、ゴルフ人口は野球人口を抜いたと言うではないか」

「そうですか、ゴルフ人口はそんなに多くなったのですか。やさしいとすぐ飽きがきますからね。なるほど」

西は、自分で言って自分で納得しているようだった。

「そうだよ、社長が言ったように奥が深いから飽きが来ないとも言えるよ。俺はこの仕事を生業にして良かったと思っている。しかし、最初からそう思って始めた訳ではない。鉄鋳物が全く売れなくなってね、どうしよう、どうしようか、と悩んで始めたのがこのアルミ鋳物だった。当時、新しい業態として日曜大工センターというのがアメリカで生まれて、早晩、日本にも上陸するだろうと言われ、アメリカまで視察に行ったことがある。40年以上前の話だ。サンディエゴの近くのショッピングセンターに行ったが、その大きいことに驚いた。ショッピングセンターの裏には飛行場もあって、軽飛行機が飛び交っていたよ。飛行機に乗って買い物に来ると聞いて、また驚いたよ。その周りにいろいろなストアがダボハゼみたいに建ち並んでいた。洗車場、タイヤ屋さん、薬屋さん、薬屋の看板を出しているが実態はディスカウント屋と言っていた。なぜ、薬屋がディスカウント屋なのか、聞き洩らしたが、今では日本でも薬屋の看板を掲げたディスカウント屋が一千億企業に名乗りを上げているよな。そして日曜大工センターがあった。その商品の豊富なことにびっくりした。世の中には頭のいい奴がいるものだ、とその時思った。大型ショッピングセンターにお客を集めさせておいて、その客をこっそり横から頂く、こんな商法もあるのだとその時知ったよ。これは何かの参考になるな、と思ったことをなぜかよく憶えているよ。こんなのが組織立って日本に上陸したら日本の販売業はひとたまりもないな、と思った。資本力の差が勝敗を決めてしまう世界だと思った。アメリカを見て、日曜大工センターを始めるのをやめにした。その時、自分を生かしていくには製造業しかないのでは、と思った。小粒でもいい、辛子の効いたオンリーワン企業もおもしろいのではないかと思った。アルミ鋳物の仕事なら大手の企業もそうそう参入して来れないだろう。何せ機械化の難しい部分が残っている産業だからな。お金を出したら、ホイと製品ができるものでもない。鋳物は産業の米と言われ、なくてはならない産業でありながら大手の参入ができない分野だ、と分かっていたのでアルミ鋳物の製造業を選択したという訳だ。やり出したら、これがおもしろい、何がおもしろいかって、無から有を生み出すおもしろさかな、形になって現れて来るから分かりやすいよな。みんなも知っての通り、どんな形にでもなれるからね。好奇心を掻き立てられたな。アルミ鋳物の仕事がこんなに楽しいものだとは知らなかったし、こんなになるとも思ってもいなかった。自分たちで『発想』し『創造』して行ける仕事だったからだろう。また、それは『発創』し『想造』するという字にも置き換えることもできる。自分たちで『開発』し『創出』する、『想像』を巡らせて『製造』する。全くこの世にないものを生み出していく醍醐味は何にも代え難いね。これは部品みたいなものではなく、完成品を目指したことにもよると思う。こんな楽しい仕事をすることになって本当に感謝している。そして幸いなことに、ここから生まれた製品は皆さんに喜んでもらえる製品だ。芸術的な表現もできるので街を代表するような建物にも使ってもらえた、また一方では商業ビルみたいな自己を主張するような建物にも使ってもらえる。こんな材料は他に見当たらないように思う。そんなこんなでこの仕事は後世のためにも是非残していって欲しい、と思っている。これからもこの仕事を続けて行って欲しいし、君たちの代で更にアルミ鋳物の可能性に挑んで欲しい」

松葉は、自分の半生を振り返るようにして、アルミ鋳物への思い入れを一気に喋った。

黙って聞いていた西が、松葉に呼応するかのように口を開いた。

「私も会長と全く同じ想いを持って今日までやって来ました。やりがいのある仕事だと思います。会長の言われる芸術的な表現が求められる建物と言えば、代表的なもので美術館があります。今まで全国の美術館にご採用頂きました」

西が、感慨深げに話し出した。

「会長、その一つひとつに思い出がおありではないですか」

「そうだね、全ての美術館が当代一流の建築家の手に成るものが多かったからね。多くの建築家のご薫陶を頂いた。ありがたいことだ。感謝してもし切れないよ。中でも最初にご採用頂いた大山先生にはお世話になったし、勉強させてもらったね。今日、こうして曲がりなりにもアルミ鋳物の仕事を続けられたのも先生のお陰と、片時も忘れることはなかったね。よく実績のない九州の片田舎の鋳物屋をご採用頂けたものだ、と感謝してもし切れないよ」

「今でも、先生にはご採用頂いております」

西も感謝の気持ちを口にした。

「そうだね、ありがたいね。これも、その後常務が真摯に取り組んでくれたからだよ」

「私もそう思います。繋がりを継続させることもなかなか難しいと思いますよ。人間は感情の動物といわれるように感情の起伏が誰しもありますから、何でも続けるということは難しいですね」

社長も西のかねての仕事ぶりを評価しているようだった。

「会長、ここは時間を置いて、じっくり検討させて頂きたいと思いますがどうでしょうか」

社長が、松葉の同意を求めるように言った。

「そうだな。慎重に事を進めることにしよう」

結論を急ぐことはない、と思った松葉は、翌月の経営会議で、再度諮ることを提案した。

東京三友銀行

東京三友銀行から1億5千万円の融資を頂いてから10年の歳月が流れていた。

松葉には、どうしてもお礼を申し上げておかなければ、自分の人生が終われないと思っている人がいた。

東京三友銀行の当時の融資部長だった大町専務取締役だ。

松葉は、公認会計士の中田に、融資を頂いたお金が今年完済できるので、この節目にどうしても御礼を申し上げたい、ついてはいつでも結構ですのでお会いできる機会を作って欲しいとお願いした。

しかし、どうしても日帰りしなければならないので、勝手申し上げますが、できたら11時から16時の間でお願いできればありがたい、と重ねてお願いした。

やっと大町専務のアポが取れた、と公認会計士の中田から連絡があったのは、1か月もあとのことだった。

やはり、都市銀行の専務ともなるとお忙しいのだな、と申し訳ない気持ちとありがたい気持ちが、相半ばして、松葉はその日が来るのが待ち遠しかった。

翌月の第1金曜日、午後2時30分に面会できることになった。

鹿児島発の格安航空便で行くことにした。

羽田に着いた松葉は、中田に電話を入れた。

「先生、少々、早く着きますので、昼食でもご一緒頂けませんか。社長も一緒に行きますので、いろいろ勉強させて下さい」

そうお願いして、新丸ビルの7階のレストラン街で落ち合うことにした。

会って、松葉は中田に聞いた。

「先生、何にしましょうか。フランス料理でも如何ですか」

「いや、昼だから蕎麦で結構です」

「蕎麦ですか……。時間もありますし、何か他のものでも」

「いや、結構です、蕎麦で」

そんなに蕎麦がお好きでもなかった筈だが、松葉の懐を心配してのことだろう。相変わらず気遣いの人だ。

公認会計士事務所の代表だ。普通なら自分の気に入ったところを指定するか、予約しておくよ、と言って勘定を回されそうなものだが、そんなことは過去にも一度もなかった。先生と呼ばれる人には、偉そうな振舞をする人が多いが、中田にはそんなところは微塵も感じられなかった。

人に愛される所以だろう。

松葉も、いつも中田を範としていた。

蕎麦屋の席に着くと中田が松葉に聞いた。

「今日は日帰りですか。相変わらずお忙しいですね。仕事のし過ぎではないですか」

中田からいつも言われていた、仕事のやり過ぎだと。それが褒め言葉でないことも、松葉は百も承知していた。

「いや、忙しい訳ではないのです。支配人が急に辞めることになったものですから」

「何か悪いことでも仕出かしたのですか」

「いや、そうではないのですが。掃除のおばちゃん三人と喧嘩をおっ始めまして……」

「おばちゃんとですか」

「そうです。みっともなくて、世間では話もできませんけど。しかし、昔の人はよく言ったものですね。女が三人寄れば何とやら、全くその文字の通りでした。その姦しい中に、支配人は無防備にも飛び込んでしまって、揉みくちゃにされて、三人の箒で突き上げられ、そして放り出されたのです。こうなったら仕方がない、と喧嘩両成敗で支配人も含めて四人とも辞めてもらいました。お陰で、しわ寄せが私一人に覆い被さってきて、なかなか時間が取れないところです」

「そうでしたか。社長もいろいろとご苦労が多いですね。さて、そろそろ行きますか。歩いて行くと丁度良い時間になるでしょう」

蕎麦屋を出て、近くの下りのエスカレーターに乗ると、社長が指差して中田に言った。

「この壁は、松葉工業の製品です」

「そうですか。落ち着いた良い雰囲気の製品ですね。言われなければアルミ鋳物とは分かりませんね」

「表面の模様は、統一されたデザインになっていて、このビルのアイデンティティを引き立たせています」

「そうですか。ビルごとに表面模様が違うのですね」

「この界隈のビルにはたくさんわが社の製品をご採用頂きました」

「そうですか、この模様を見て歩くだけでもおもしろそうですね」

新丸ビルを出て、左手に見えてきた高層ビルを指差して、

「あのビルの内部の面格子もわが社の製品です。最近できたばかりで施工例の写真がないので撮ってきますね。ちょっと待っていて下さい」

社長は、ビルの中に入って行った。

ほどなく帰って来た社長が笑いながら、

「写真を撮ろうとしたら、守衛から呼び止められました。写真は駄目だ、と言われました。これはわが社で造った製品だ、と言ったら許可をくれました」

社長の顔が、心なしか誇らしく見えた。

中田も、一つひとつ頷きながら満足そうだった。

あれもこれも松葉工業の製品だと言っているうちに東京三友銀行に到着した。

受付に歩み寄った中田から２ｍほど下がって、松葉は天井を見上げた。天井より荘厳な空気が漂っているように見える。

玄関ロビーでの人の動きは実に整然としている。秩序正しく動いて見えるのは、動線が

しっかり組み立てられているからだろうか。多くの人たちが往来している割には、雑踏感がないのはそのためか。

椅子に掛けて待っていると、数分も経たないうちに受付の裏手の入り口からエレベーターホールへと案内された。

一般客のいないところを見ると、役員専用エレベーターのようだ。

最高階の22階でエレベーターは止まった。

扉が開くと、深々とお辞儀して役員秘書が待っていた。

通された役員応接室は大きな楕円形のテーブルを挟んで6人ずつ座れる部屋だった。

壁には、スペインの風がたなびいているような風景画が掲げてあった。

松葉は、早速専務の名刺を頂こうと名刺を差し出した。

当然のことではあるが、その名刺には、専務取締役と書いてあった。

松葉は、自分のことのように嬉しかった。専務まで登り詰められた。すごい！　まだこれからもある。「栄光よ！　永遠なれ」と心の中で叫んでいた。

同席された現在の融資部長との名刺交換が終わると、

「まぁ、どうぞ」と座るよう促されたが、先ずは立って御礼を申し上げた。

「この度は、お忙しいところお時間を頂きましてありがとうございます。今までたいへんお世話になりました。本日は、御礼に伺いました。専務様のご支援のお陰をもちまして、民事再生債務、金融債務は12年前、そして今年の御行のご融資額の返済をもちまして、全ての債務を返済させて頂きます。誠にありがとうございました」

まさしく専務様は、松葉工業にとって救いの神であられました、と言いたかったが、大仰に取られても、と思い控えめだが心を込めて御礼を申し上げた。

隣で、中田がニコニコして聞いていた。

「お仕事は順調のようですね」

専務は、にこやかな顔をして松葉に話し掛けた。

「お陰様で、丸の内、大手町界隈の多くのビルに弊社のアルミ鋳物をご採用頂きました」

と、松葉が言うと、社長がカタログを取り出しそれらのビルを説明した。

「ホォー　結構使われているのですね」

専務は、カタログを見ながら感心したような口振りで言った。

「今、渋谷の再開発のビルの外装工事もさせて頂いております」

「そうですか。渋谷はこれから再開発がまだまだ進みますね。主にどんなところに営業をされますか」

「建築設計事務所さんです」

「設計事務所さんですね。海外に工場をお持ちでしたね。こちらで作られる製品はどちらに販売されますか」

「今までは、全数日本に持って来ておりましたが、これからは東南アジアがマーケットになって行くのではないかと考えているところです。そこで、弊社では従来のアルミ鋳物外装材の半分ほどの価格の製品を開発しまして、アジアで販売して行きたいと考えております。煌《きら》びやかな表現もできる製品ですので、華僑の国には関心を持って頂けるのではないか、と思っています。しかし、私どもの営業力では限界があると思っています。東南アジアにネットワークを持った商社とタイアップさせて頂きたいと思っています」

「そうでしょう、これから東南アジアはまだまだ発展して行くでしょう。私どもでお手伝いできることがあればおっしゃって下さい」

専務の話を聞いて、松葉は社長と顔を見合わせた。

社長の目がキラキラと輝いている。

「ありがとうございます。その機会が参りましたら、よろしくお願いします」

二人は、専務の力を借りられれば百人力だ、と勢いよく席を立ち、深々と頭を下げた。

エレベーターの前で二人は「貴重な時間を割いて頂きましてありがとうございました」と頭を下げてエレベーターに乗り込むと、

「下までお送りします」

と、専務も融資部長と一緒に乗り込んで来た。

松葉は「恐れ入ります」、小声で呟くように声にもならない声で言った。

社長も肩をすぼめて恐縮しているようだ。

受付カウンターの横で、

「たいへんお世話になりました」

とお礼を述べて、玄関に向かった。

玄関を出ようとして、ふと振り返ると専務と部長がこちらを向いて頭を下げておられるではないか。

松葉は、慌てて社長に「頭！」と言って一緒に頭を下げた。

あぁ、驚いた……。後ろを振り返って良かった、と松葉は胸を撫で下ろした。

外に出て、松葉は中田に言った。

「先生、驚きました。専務自ら下まで降りて来られて、そして深々と頭を下げておられるのを見て、恐縮するやら、また先生の交流の深さに改めて感服いたしました。本当に、本日はありがとうございました」

松葉は、改めて中田にお礼を言った。

「社長、やっぱり違うなぁ」

「何が、ですか」

「何が？　お人柄、持って生まれた資質というか、育った環境、企業文化、全てが違うような気がした」

「どことですか」

「どこと？　想像してみろよ。しかし、良かったなぁ。素晴らしいお方にお会いできて、改めて先生に御礼申し上げよう」

と、そう言って二人は、中田に感謝の念を込めて最敬礼した。

経営会議　３

いつもの通り、第２月曜日の午後５時より経営会議が開かれた。

今回も最大の議題は「会社売却の件」だ。

議長の社長より今後の会社について、もう少し審議を重ねたい旨の発言があり、社長は常務の西に意見を求めた。

「私もこの１か月いろいろと考えてみましたが、会長のアルミ鋳物に対する思い入れはよく分かりましたし、私も同じです。建築業界から、このアルミ鋳物の灯を消してしまってはならないと思います。この業界に身を置いた者として、ある種の責任みたいなものを感じています。わが社が民事再生の申立をした時、同業者の人が私にこう言ったのが忘れられません。『松葉工業さんがなくなると、この業界はどうなるだろうか、と心配です。アルミ鋳物の市場が急速に縮んでしまうのではないでしょうか。だってそうでしょう、松葉工業さんだけでしたよね。毎月、日本を代表する建築雑誌２誌に広告を出されていたのは。他に積極的に市場の開発をしようとするところはなかったからですね』と言われて、ハタとわが社の業界に果たしてきた役割について、その時再認識しました。この産業をなくすようなことがあってはならない、と今そう強く思っています」

西の発言に呼応するかのように松葉は続けて言った。

「実は、わが社の1年前に倒産した老舗の田メタル製作所の時はショックだったな。この会社の鋳造技術と金属加工技術は日本を代表するものといつも思っていた。ここに追い付くのが俺の目標だった。この会社の納品した建物は必ず見に行ったものだ。勉強させてもらった。倒産という噂を聞いて、あ〜ぁ、これでこの業界は終わりだ、と悲嘆にくれたのを思い出すよ。ライバルがいなければ、市場は広がらない。むしろ縮んでしまう。なんでもそんなものだ。業界の中に、そんな風に思っていた人がいた、ということはまだまだこの業界は捨てたものではないね。業界のためにも、決して投げ出してはいけないということだ。お互い頑張ろう」

「建築用のアルミ鋳物は残して行かなくてはならない、生かして行かなければならない、という二人の意見に私も賛成ですが、どうでしょう、もっと多くの社員に意見を聞いてみましょうか」

と社長が言うと、松葉が間髪入れずに咎めるように言った。

「それはダメだ。今の段階で会社売却の話をしようものなら、それが漏れ伝わってやはり松葉工業の再生はダメだったか、遂に身売りか、と瞬く間にその噂が広まり、松葉工業の再生が頓挫したと思われるだろう。またたとえ、全ての社員に聞いても確かな反応は返って来ないだろう。こんなことがあった。建築史上に残る名建築と言われた市民会館が老朽化したので、解体するか、修理して引き続き使用するか、時の市長が賛否を問うために、十数万人の市民の中からランダムに４０００人ほど抽出してアンケートを取った。結果は『解体』賛成が大半だった。文化の『ブ』の字も持ち合わせていない人たちから得られたアンケートの結果を引き継いだ実の市長は、お気の毒だったね。これを御旗とする解体派に市長は苦慮されたことだろう。また心ある人はアンケートの結果が総意だとする考えに民主主義の危うさを感じざるを得なかったと思う。為政者や経営のトップがその決定権を放棄した時に、衰退が始まって行く。ローマ帝国の衰退もそこにあった、と言われている。いつの時代も、問われるのはトップの胆力だ。多くの人の意見を聞いて、かえって判断を誤ることがある。会社売却の話は三人だけに留めておこう。いいか、トップシークレットだ」

「分かりました。この事業を残して行くためにも、この会社を売却することがベターと言うことですね」

社長が、次を促すかのように言った。

「私も先ほども言ったようにこの事業は続けていって欲しいです。しかし、どこの会社が買い取ってくれるでしょうか」

西が心配そうな顔をして松葉に尋ねた。

「心配はいらない。なぜ、会社を売却するのかを考えてみれば、その心配は無用なことがすぐ分かる。今まで俺が言ってきたように、この業界は大きく飛躍する可能性を秘めている。これからの建築は、質が問われる時代になってくる。もう箱モノは量的には充足されている。良質なものだけが作られ、良質なものだけが残される時代になって行く。スクラップアンドビルドの時代は終わった。必ず、古いものが貴ばれる時代になる。会社も同じことが言える。残される会社にして行かなくてはならない。そのためには、会社の価値を上げていかなくてはならない。会社の価値が上がると、それを求めて自ずと人が集まる。この会社の価値を上げるも、下げるも三人の双肩に掛かっている。利益を出すことはもちろん大事だが、利益の出せる仕組みを編み出すことの方がもっと大事だ。そうすれば三人がビックリするような評価が下るだろう。また、三人が果たしてきたことについても、高い評価をもらえることになる。ということは、会社の経営母体は変わったとしても、三人の評価が変わることはない、ということだ。三人とも今までの仕事が続けられる。いや、むしろ続けて欲しいとオファーが入るだろう。三人が協力し合えばいつの時代にも必要と思われる会社を作り上げることができると思う」

松葉がそう言い終わるのを、待っていたかのように松葉の携帯が鳴った。

東京支店にいた山下からだ。

「おお、元気だった？　……その後、どうしていたのだよ。……そうか、それでいつ帰って来れるのだ。……2か月後？　……君の中学の同級生の永井さんから、君がまた松葉工業にお世話になりたい、と言っている、と話があってから1年ぐらい経ったのじゃないか。……長かったなぁ。まぁ、良いよ。立つ鳥、跡を濁さず、と言うからな。……楽しみに待っているよ。……その日が近付いたら、また電話を頂戴。……今、会議中だから、これで」

「山下君からだった。8月には帰って来るので、よろしく、ということだった。話があってから、だいぶん経っているけど、仕事の区切りが付かなかったそうだ。また、ベテランが帰って来てくれてありがたいね。彼も良い男だからね。東京を一緒に開拓したことなど思い出して懐かしいね。そうだ､夕べ横川君から電話があって､福岡支店にいた園井が帰って来たい、と言っていたそうだ。彼も人望のある男だからね。設計上がりだからね、現場にも精通しているよ。みんな戦力になること間違いなしだ」

「協力者がどんどん増えて楽しみですね。私たちも頑張ります」

と、社長が言うと、竹之下も西も頷いてニコニコしていた。

「先ほどの件ですが、会長の言われる社会に求められる会社であれば、売却先はいくらでもあるということですね。なるほど」

西も納得したようだ。

「そういうことだ。売先を見付ける前に求められる会社にするということだ。言われなくても分かっていることだよね。それは自明の理と言うものだ」

「そうですね。ところで売却したお金はどうしますか」

と、社長が松葉に聞いてきた。

「そうだね。その点についても、三人の意見も聞いて置きたいところだ。どうだろう、この件については次回の会議ですることにしようか。その間、三人ともよく考えてみてくれないか。要望でもいいよ。遠慮はいらない。一緒に頑張って来たのだから」

会社売却について、三人に異存はないと思った松葉は今後についても三人の意見を参考にして進めることにした。

経営会議　4

「会社売却」を議題とする経営会議も4回目を迎えることになった。

松葉は、会議の冒頭に発言を求めてしみじみとした口調で話した。

「社長そして常務お二人には一方ならぬご苦労を掛けた。肩身の狭い思いをしたことも度々あっただろう。よくここまで不平も言わず、頑張ってくれた、感謝しています。一般的にいわれている以上に、その労に報いるにはどうしたらいいか、考えている。社長も常務もまだまだ若い、今後についても十分配慮して行きたいと思っている。人生80年といわれて久しいが、90歳を超えても現役の人はたくさんいる。君たちはこれからだ、君たちの頑張れるフィールドも考えさせてもらいたいと思っている。アルミ鋳物は、無限の可能性を秘めていると思っている。その可能性を引き出してもらえる投資家や経営集団に出会うことができたならきっと大きく花開くと思っている。いつか、言ったことがあるが、アルミ鋳物産業というのは産業全体で言うと、まだまだマイナーな産業だ、チョイ役の俳優みたいなものだ。しかし、大部屋の大根役者でも、名監督、名演出家の手に掛かると名優に生まれ変わるという。アルミ鋳物も同じだ、と前にも言ったことがある。アルミ鋳物の特性を引き出せるデザイナーや建築家に出会うと主役を凌駕するほどの輝きを放つほどになる。今まで出会った建築家の方々にそんな経験をさせて頂いた。アルミ鋳物は、建築材料の中では価格の一番高い部類に属する材料だと思うが、もう少し、機械設備に資金を回すことができると、もっと原価を下げることができると思う。また、スリランカ工場の強化を図ると、更に効果を発揮できる筈だ。今は全数日本に製品を持って来ているが、これからはアジアに市場を求めて行くべきだと思う。アジアの国々を発展途上国と呼ぶのは、今では不適切な表現になって来た。資源国家が一度生産技術を習得し、資源をそのまま輸出するのではなく製品化して輸出するようになると、当然、国民総生産は向上し、市場を海外に求めて行くようになる。そのような国が他にも台頭してくれば、必然的に貿易の摩擦が起き、貿易の自由化が叫ばれるようになる。そうなると、欧州経済共同体のような東南アジア経済共同体構想が模索されるに違いない。いよいよ、アジアが世界の主戦場になってくる。東南アジアの経済は一挙にグローバル化が進み、世界に冠たる一大経済圏が生まれるだろう。世界のアジアに突入することになる。

わが社にとっては、千載一遇のチャンスが到来することになるだろう。このことを予見し、その運を掴み切れる体制を整えられる能力が求められる。早いうちにスリランカ製品をアジアの市場に投入することを考えた方が良い、ということを考えると、わが社の未来は明るい。しかし如何せん人材が不足している。この地ではヒトの質を問う前に頭数すら揃えることができなくなっていることは前にも述べた。日本は「ヒト、モノ、カネそして情報」全てが東京に一極集中している。人材そして資金もある会社に経営を委ねることは、今いる社員にとっても将来が開けていくのではないか、またこの地方の活性化にも繋がるのではないか、と思っている。三人の経験を無にしてしまうような事態には決して陥らないようにして行きたいと思っている。我々の仕事は、我々にとって貴重であるばかりではなく、今までも話して来たように業界にとっても貴重なものだと思う。建築界に果たして行く役割もまだまだ残されている。何も心配はいらない。自ずと海路は拓けて行く。俺は、その先に何があるか、考えただけでもわくわくした気持ちになる。もう、俺も80歳になる。何をやるにも年数が足りない、と思う人がいるかもしれない。そんなことはない。燃え尽きるまで全力疾走。完全燃焼だ。そうすると必ずやまた引き継いでくれる人が現れる。松葉工業だってそうだ、その後の我々も同じだ。そろそろ終活を始めようか、などと考えている人がこの頃多いようだが、それは、それをビジネスにしようとする輩が考えて煽り立てるだけのことで、そんなものは必要ない。自分がまだまだお役に立てることがあると思えるうちは、ただただ邁進するだけだ。そんな人生だってあっていいのではないか、どう思う？　散歩なんかして何になる。健康維持、健康だからどうだと言うのだ。ただ、健康だから『よし』と言えるのか。生きるだけが目標だった、としたら、あまりにも惨めではないか。世界の食糧難が叫ばれている時に、元気だからとガツガツ食べているだけで許されるのか。ただ飯を食うだけだったら穀潰しと言われても仕方がない。無為徒食の輩とでも言われてしまいそうだよ。それでは生きている意味がないよな。長生きできて良かった、では意味がない。時間だけが確保されても何にもならない。そのできた時間で何をするかが重要だろう。モノを所有しただけなら意味がない。それを使ってどうするか、どうしたか、が重要ではないだろうか。それがその人の人生を充実したものにするのではないか。人間は持ちたがる。そして、すぐ持っていることを言いたがる。ある時、お寺の住職から食事に呼ばれて、伺ったことがある。出された徳利を指して曰く、これは室町後期のものだ、なみなみと注がれたお猪口を指して江戸時代のものだ、とのたもうた。仏の道へと誘う御坊さんが言うから、余計違和感を覚えた。我々は、いつも目的、目標を持って生きたいと思っている。この会社を自分の生き様の表現の場にしたいと思っている。さて、以上のことも念頭に置いて今日の会議を進めて欲しい」

「それでは、今の会長の話を参考にして売却金の使途について意見を頂きたいと思います」

と社長が告げると、西が淡々とした口調で発言した。

「売却金の使途について我々がとやかく言うことなど僭越な話です。会長が思う通りになされればいい事ではないですか」

「なるほど、そうかもしれない。しかし、この事は自分一人だけの考えで事を始めるより、みんなの考えを聞きながら進める方が良いのではないかと思っている。自分の気付かないところを気付かされるかもしれない、自分の考えが足りないところを補ってもらえるかもしれない。そんな期待を持って言っているのだよ。自分一人の考えでは独善的になって、自己満足に陥ってしまいかねない。是非意見を聞かせて欲しい」

松葉が、そこまで言うと、社長が口を開いた。

「そうですね。会長のこの仕事に対する思い入れは並々ならぬものがあるように思います。打ち込める仕事があるということは本当に素晴らしいことだと思いました。どうでしょう会長、この業界の発展に寄与されるようなことを考えてみてはどうでしょう」

「あぁ、それはいい提案だ。考えてみたいね。実は、田メタル製作所が倒産して1年ほど経った頃だったかな、そこの常務さんだった人に会って、お願いしたことがある。『常務さん、御社がなくなって、御社の技術までもが離散してしまうと、この日本から金属工芸の技術が消えてなくなるような気がします。業界のトップの御社のマーケットを他社ではシェアーし切れないように思います。残された我々でモノを造ることはできるかもしれません。しかし、建築家の要求に対応できるかというと甚だ疑問です。常務さん！　御社の技術を含めて継承できるコンサルタント会社を設立されたらどうでしょう。我々も協力させて頂きますから』と訴えるように言ったら、その常務さん、びっくりしたような顔をして、『松葉工業さんの協力か……。良いね。でもね、我々、言っていたのだよ。九州の聞いたこともない田舎から出てきやがって、いつも、あん畜生、こん畜生と思っていたのだよ。時代は変わったね』と言った。俺は、そんなことには意も介さず常務さんにお願いした。『御社の技術は元より、それらを支えるノウハウが継承されなければ、日本の金属工芸の歴史が断絶してしまいます。日本の国家としての損失です』とまで言ったが、御輿を上げてもらえなかった。残念だった。今でもそう思うよ。その時思った。アルミ鋳物業界に工業会があればなぁ、と。しかし、ありがたいことにこの会社は日本のシャッターのトップメーカーに引き取られ、子会社化された。このニュースを聞いて安堵した。世の中不思議なものだ。この子会社とわが社は取引が始まった。初代の社長さんとは、今でもご厚誼頂いている。ありがたいことだ。片時も忘れることはできない。もし、業界に恩返しするのだったら、工業会を立ち上げてからだろうな。それには、時間の掛かることだろうから、君たちの今後に委ねることになりそうだが、そのための必要な基金を準備しておくのは良いと思うよ」

「ありがとうございます。これから、みんなともよく相談してみたいと思います」

「会長、スリランカに工場を建設して27年になります。四半世紀過ぎてしまいました。民事再生を申立てても手放されなかったスリランカです。スリランカは会長でないとダメでしょう」

おべっかを言わない西が、松葉でないとダメだという。

松葉は、冗談めかして切り返した。

「おいおい、まだ働きが足りないとでも言いたいのかよ」

と、言いながら松葉は満更でもないように高笑いした。

「いやいや、会長があの難しい局面でも手放されなかったのは、それなりに勝算あってのことだったのでしょう」

「そうだよ、このスリランカを活かし切れれば、大化けするよ」

「大化けとはどういうことですか」

「成長著しい東南アジアに隣接しているからね。中近東そして夥《おびただ》しい資源国家のアフリカを相手にすれば大きな飛躍を望めるということだ。市場は無限と言っても過言ではない。日本にいて見えるのは東南アジアまでだが、スリランカにいるとその西の国までも見えて来ると言っても大げさではない。その立地たるや他に代われるところはない。中国がスリランカに目を付けたのも、むべなるかな、だよ」

松葉は、自信たっぷりに、そしてそんなスリランカ工場とセットにして売却すると非常に魅力的な会社として評価してもらえると話した。

だからスリランカとの交流をもっと進展させた方が良い、とも言った。

「スリランカとの貿易ばかりではなく、民間ベースの交流も始めた方が良い、ということですか」

「そうだね。交流を深めておくことは重要だ。しかし、この国は交流と言ったら、すぐお金だからね。気を付けた方がいいよ。寄ってたかって、むしゃぶりついて来るからね。育英資金辺りから始めるのが無難かもしれないね」

　そして、続けて松葉は感謝の言葉を口にした。

「ありがとう。みんなと話してみて良かった。大体、資金の使い道は見えて来たね。これから肉付けして行くために勉強して行かなければならないな」

「会長、もう一つ提案があります」

　おお、まだあったか、とばかりにニコニコ顔で社長の方を見て言った。

「あぁ、良いよ。締め切った訳ではないからね。何でも良いよ。どしどし提案してよ」

「会長が、何度も言われているように、この仕事はやりがいのある仕事だと思います。何と言っても形に残っていく仕事だけに楽しみがあります。社員のみんなもモノ造りの喜びを知っていますし、この仕事に誇りを持っていると思います。一度、社員のみんなに自分たちの作った製品を、いや、作品と言った方が適切ですね。その作品を見て回る機会を作れたらと思っていましたが、今まで叶わず残念でした。この会社を明け渡す前にそんな機会を是非作りたいと思うのですが、どうでしょう」

「明け渡す???　おい、おい、戦に負けて城を明け渡すのと訳が違うからな。言葉に気を付けろ。しかし、今の提案は良いな。行ってみたいな、みんなと一緒に。みんなも喜ぶだろう」

「会長、もう一つ、いいですか。売却後の社員の雇用は保証されますか」

「前にも言ったように、もちろん継続雇用が売却の条件だよ。大体、うちの社員がいなくては、この工場は回らないだろうし、スリランカ工場だって同じだ。心配はいらない。しかし、売却先の社員から『さすが、松葉工業の皆さんは情熱も技術もすごい』と畏敬の念をもって言われるようにしておかないといけないね。今、流行の言葉で言うとリスペクトというやつだ。ヒト、モノ、カネの中でヒトは最も評価されるところだからな。企業の価値は、人材で決まるからな」

「会長、どんな売却先を念頭に置かれていますか」

「そうだね。モノ造りの会社だな。建築関連の資材メーカーがその筆頭だな。上場企業にお願いしたいと思っている」

「上場企業ですか。飲み込まれるだけではないですか」

みんなの顔が不安げだった。

「大丈夫だ。何も臆することはないよ。民事再生を申立て、23年間も持ち堪えてきたということだけでもたいへんなことなのだよ。民事再生を申立ててもなかなかうまく行かず、途中で破産するか、安く買い叩かれて吸収合併を強いられる会社が殆どだと聞いている。ということは、自主再建が如何に難しいか、ということだ。だから自主再建を果たせたということに値打ちがあるのだよ。自信を持って良いと思うよ。この修羅場を掻い潜り、一度失った信用を取り戻せたという経験は、君たちの信用にもなっていくだろうし、自信にもなっている筈だ。スリランカ工場も27年経った。27年経過したというだけでも相当な信用だ。信用とは時間と共に増すものだ。百年企業とよくいうじゃないか。新しい会社になっても自信を持って取り組んでもらいたい」

「なるほど、『時間と信用』というテーマで研究論文が書けそうですね。分かりました。しかし、大手の企業に鋳物でもやろうとする社員がいるでしょうか。昔から３Ｋの代表選手みたいにいわれてきましたが」

「だから、君たちの、そしてわが社の社員の活躍の場があるということだよ。そこで思いっ切り燃焼してくれ。君たちだったら、必ずや次の会社のためにも、アルミ鋳物業界や建築業界のためにも、そして社会のためにも貢献できると思っている。今年は、卯年だ。卯年に因んでおもしろい話がある。ウサギはなぜ亀に敗れたか、という有名な寓話だ。今までの理解は、『ウサギは、鈍間《のろま》の亀だ、まだまだ来ないだろう、と高を括って昼寝してしまった』から負けたのだ、油断をしてはいけないよ、という教えだ。即ち『油断は大敵』という教えだというのが定説だった。しかし、いや、いやそうではない、という話を最近耳にした。なぜ、ウサギは負けたのか。それは、亀を見ていたからだ。亀だけを見ていたから負けたのだ。そうか！　言われてみれば、確かにそうだ。亀を見ずに常にゴールを見ていればそんなことはない。ゴールだけを見ていれば、油断することもない。新しい会社でも常に高みを目指すようにして欲しい。ゆめゆめ、そんなウサギにならないように。君たち自身の能力についても、またこの業界にいること自体に誇りと自信を持って良いと思う。君たちなら必ずできる」

「今の話を聞いて、俄然私たちの可能性についても、高まったような気がします。日本の人口は減る一方ですし、政府の少子化対策を見ても手詰まり感は拭えません。少子化担当大臣を何人挿《す》げ替えても、何ら変わりません。労働政策についても、前に会長が言われたように相当後れを取っていますね。日本という国は自ら血を流して改革のできない国です。外圧が加わらないと改革しない、できない。しかし、もう黒船はやって来ないでしょう。このまま、『座して死を待つ』ような、地盤沈下を容認することになるでしょう。日本の改革が望めないとすれば、志のある人はもう出て行くしかないですね」

社長も、日本の将来を憂いているようだ。

松葉は、社長の言を引き取って、

「そういうことだ。日本にこだわっていては、成長はない。ビジネスのフィールドを東南アジア、そしてもっと西にチャンスを求めていくようにしなければ我々は元より、国の発展は望めない。最近、残念に思うことがあった。今度の万博は大阪であるらしいが、どうして大阪なのだ。こんな疑問を投げ掛ける話を聞いたことがない。どうしてだろう。オリンピックが東京で2回だったから、大阪も2回なのだろうか。これでは東京一極を避けただけで全国的な拡がりを望むべくもない。効果は限定的で、大きな波及効果は期待できない、と思ったよ。地方の時代とよく耳にするが、いつも掛け声だけで、その場しのぎの感が否めない。それでは国を発展させることはできないし、世界のリーダーになり得る筈もない。九州で万博を開いて欲しかったな。各県同時開催って奴だ。そして、東シナ海、南シナ海の沿岸諸国を巻き込んだ万博にしたら、その効果たるや天文学的数字になったと思うよ。アジアの人に、夢を見て頂けるような万博にして欲しかった。グローバル、グローバルと言うけれど、どうも中途半端に思えて仕方がない。君たちでその壁を打ち破ってくれ。自分には、あまりにも時間がなさ過ぎる」

と、言いながら、最後は松葉には珍しく弱音が飛び出した。

そこに、すかさず西が松葉に喝を入れるかのようにして口を挿《はさ》んだ。

「会長は、いつも人生90年と言われてきたのにどうされました？　まだ10年はありますよ。これからの10年は今までの30年以上に匹敵するのではないでしょうか。この変化の激しい時代です。10年もすれば、東南アジアのグローバル化はそんなに難しいことではないように思います」

「そうだね。これから人工知能が発達して来るだろうから、確かに難しいことではないだろう」

松葉は、そう言いながら、西が自分を励ましているのだ、ということが痛いほど分かって嬉しかった。

松葉は、元気付いて続けて言った。

「よし、頑張るよ。生ある限り、行き着くところまで。あとは頼むよ」

「分かりました」

三人とも、元気な声で返事をした。

松葉は、満面の笑みを浮かべて、三人の手を取って、そしてまた言った。

「君たちなら必ずできる」


それから、１か月ほどして東京のコンサルタントだ、という人から電話が来た。

松葉工業と業務提携をしたいという会社があるが、一度お会いして頂けないか、ということだった。

会うことについては、やぶさかでないが、その会社はどんな会社か、と松葉が聞くと、一度、お会いして詳細をお話ししたい、と言う。

松葉は、会う前に相手の何らかの情報を得たいと、聞き出そうとするが、「ただ、お会いしてから」と繰り返すばかりだ。何だか胡散臭さを感じて、丁重にお断りした。

そして、１か月ほどして、また東京のコンサルタントだ、と名乗る人から電話が来た。

アルミ鋳物の会社に関心があるという大手の企業から同じく業務提携をしたいと話が来ているという。

松葉は、聞いた。

「業務提携とは、具体的にはどういうことですか」

「松葉様のご意向に沿うように進めさせて頂きます」

相手は、かなりの低姿勢だ。

「そうですか、ありがとうございます。提携と言っても、生産委託なのか、資本参加なのか、或いは買収なのか、いろいろとあると思いますが、どのようにお考えなのでしょうか」

「社長様、このような提携のお話が他でもおありでしたか」

「他で、何か聞かれたのですか」

「いや、このようなお話にお詳しいような気がしまして」

などと言って、探りを入れて来るばかりだ。松葉は小首をかしげた。

「先方は、どのようにお考えなのですか」

松葉が畳み掛けるように聞き返した。

「あくまでも、社長さんのご意向に従うと先方はおっしゃっています」

「そうですか。条件次第ではお話を進めて頂いてもよろしいですが、先方の会社名を伺うことはできますか」

「分かりました。名前の公開については、先方に話をしてみます。そちらに、一度ご挨拶にお伺いさせて頂きたいと思っていますが、いつ頃がよろしいでしょうか。私どもはいつでも結構ですが」

「来られることは構いませんが、先方の会社名をお聞きしてからお会いするようにいたしましょう」

松葉は、そう言って先方の返事を待つことにした。

しかし、２週間経っても何らの連絡もなかった。

失敬な会社だな、電話１本寄越さない、と思っているところに、大学の経営経済学研究会で一緒だった兵賀から電話が掛かってきた。

兵賀は、公認会計士事務所を経て、東京丸の内で経営コンサルタントの事務所を開いていた。

「早速、関心を持った企業が現れたよ、松葉」

松葉は、社内で会社売却の話を始めた頃、並行して買い手がいるものか、どうか、兵賀に相談していた。

「そうか、さすが兵賀だね。すごいネットワークを持っているのだな。ありがとう」

松葉は感心しながらお礼を言った。

「いやいや、大したことないよ。たまたまだ」

相変わらず、謙虚な奴だ。昔とちっとも変ってない。

「実は、兵賀、この1か月ほど前に2社のコンサルタントから電話が掛かってきて、業務提携したい会社があるが、どうかと打診してきたよ」

「何！　松葉、お前は他にも声掛けていたのかよ」

「いや、全く知らないコンサルタントから、突然掛かって来たのだよ」

「はぁ、そうか。もう九州まで食指を伸ばして来たか。松葉、そんなのを相手にするなよ。民事再生など法的手続きをしたところに片っ端から電話して、安い買い物はないか、再生手続きはしてみたが、暗礁に乗り上げて、二進《にっち》も三進《さっち》も行かなくなった会社を、安く買い叩こうとしているのだよ。で、松葉は、何と言ったのだよ」

「相手先の会社名を聞いたが、2社とも回答はなかったね」

「そうか。今頃、松葉の会社の周辺に探りを入れているよ。脈がある、と判断したら名前を教えるだろう。奴らが、そんなことを始める前に、こちらから電話ででも、言っていた方が良いよ。『民事再生は終結しました。再生債務も全て完済しています』とな。そうしないと、仕入先などに信用不安が走るよ。そう言っておけば、二度と掛かって来ないよ。

再生債務の終わったところを相手にしても商売にならないからね」

「そんなものか」

「そうだよ。金持より貧乏人の方が儲けさせてくれる、とこの業界でも常識になってきたようだ。金持ちを相手にしても儲からない、ということだ」

「何だよ、その貧乏人というのは」

「借金のたくさんある会社のことだ」

「借金の多い会社の買収となると、借金の肩代わりもしなくてはならないだろうし、たいへんだろう。債権者によっては、買収した会社に無理難題を言って来るかもしれないから、面倒なことにならないだろうか。変なリスクがまとわり付きそうな気がするが」

「そう思うのが普通だろう、しかし、違うのだな、連中の考えることは。そこに債権回収会社が登場するのよ」

「そうか、そういうことか。なるほど、そこで債務処理を済ませて、きれいな形にして相手方に買収させるというスキームだな」

「そう、債務者も、債権者もその方が良いのだよ。いつまでも債権を抱え込んで、税金を払い続けるよりましだ、と言うことだよ。不良債権といえども資産には間違いないからな。

業務提携などと、きれいごと言っているが、もがき、苦しみ、七転八倒している会社の方が美味しいのだよ。この民事再生という法は、彼らにとってまたとないビジネスチャンスなのだよ」

「なるほど、ところで、兵賀の言っている先は、どんなとこだい」

松葉は、逸る気持ちを抑えながら聞いた。

「松葉の希望の通りメーカーだよ。一流メーカーだよ。非常に前向きな話だった。一度、挨拶に行きたいと言っていたよ」

兵賀とは、経営経済学研究会で輪読会が終わったあと、麻雀をするのが常だった。先輩にむしり取られて、帰りの電車の中で、二人で慰め合ったのが、今では懐かしい思い出だ。また、社会に出てからも松葉がスリランカに工場を造ったと知るや、一番に飛んで来て喜んでくれた。

持つべきものは友、と言うけれど本当にそうだな、と松葉はつくづくそう思った。

「来週までは出張はないから、いつでも良いよ」

「分かった、先方と打合せしてみるな。今回は挨拶だけに留めておく?」

「わざわざ、九州くんだりまで来て、挨拶だけでは申し訳ないだろう。決算書ぐらい用意しておこうか」

「ありがとう。そうすれば、先方の心証は良くなると思うよ。３期分、用意しておいてくれる？」

「分かった。そして、今後のスケジュールをお願いしたいけど」

「そう伝えておくね。松葉、これはビッグ商談になるかもしれないよ。相当松葉工業の業種に魅力を感じている風だった。他にも同業者で売り物はないかと聞いてきたよ」

「へぇ、天秤に掛けるつもりかよ」

「いや、違う。２社、まとめて買おうかと思っているみたいだった」

「そうか、それは本気だね。２社まとめて買ってしまえば、プライスリーダーが取れるからね。２社まとめられれば、それは更に美味しい買い物になると思うよ」

「松葉、売ってしまうのは、惜しくないか。松葉が、ライバル会社を買い取った方が良くはないか」

「そんな金はどこにもないよ」

「金？　金はどうでもなるよ。投資したくて、うずうずしている会社が結構多いよ」

「そうか投資会社と組むということか。しかし、なあ、問題はヒトだよ、ヒト。松葉工業にヒトを派遣できる余裕はどこにもない。残念なことだけどね。中小企業の宿命みたいなものだ。前にも話した通り、業界そのものは可能性を秘めているだけに、魅力満載だ。ウン十億は下らないだろう」

「それはそうだろう。松葉工業ほどの会社を一から始めようとすると、5、6年では築けないだろう。相手は、時間を買う、という概念を持っているからね。その評価も当然加味してくるだろう。2社まとめて買収可能となると、100億は下ることはないだろう。まぁ、相手を連れて来るよ。その時、ニュアンスを掴めよ。松葉、あまり最初から爪を伸ばすではないぞ」

「ワッハッハ、兵賀、お前、俺の質素な生活ぶりを知っているだろう。そんな考え持つかよ」

最後は、そんな冗談で兵賀との電話は終わった。

松葉は、一人になって、兵賀とのやり取りを反芻した。

これは、社長、常務にも早速報告しておいた方が良い、善は急げ、とばかり、と電話を取って、

「朗報だ、すぐ来てくれ」と言った。

「何か良いことでもありましたか」

と、三人共ににこしながら、やって来た。

「おい！　早速現れたぞ」

「何が、ですか」

「わが社に関心があると言ってきた会社が、だよ」

「そうですか、何という会社ですか」

「それは、今からだ。取り敢えず、伝えておきたいと思ったから来てもらった」

そして、松葉は兵賀とのやり取りを三人に話した。

「へぇー。100億ですか」

「まだまだ、今からだからな。分からないぞ。そんな話が出たというぐらいに聞いといてくれ。捕らぬ狸の皮算用になり兼ねないからな。これで常務の退職金は、1億は払えるな」

「会長、冗談言わないで下さいよ」

西は、真顔でふざけないで下さい、とばかり不貞腐れたようにして言った。

「会長、どっちを取ったらいいのですか」

社長も、捕らぬ狸になるか、本当に1億円払えるのか、戸惑っているみたいだ。

「どっちもそうだ。売却価格次第ではそうなるということだ」

「そうですか。もう1社巻き込んで、この話を進めた方が良いですね。もし、それができたら、スリランカに学校も造れそうですね」

一挙に、社長の夢が膨らんだようだ。

「学校ね、それって良いね。ジャパニーズコロンボテクニカルハイスクールってどうだ」

「良いですね。会長、最後のご奉公ができそうですね」

竹之下も、乗り気のようだ。

「おい、最後の奉公？　最後ではないよ、ご奉公できる間はご奉公させてもらうよ。売却したら、もう俺は知らん、なんてことはしないよ。生ある限り協力は惜しまないよ」

「そうですよね。会長はそんな人ではないですよね。産みの親でもありますからね」

「常務、何だよ。改まって。俺が必要とされる間は頑張る、ということだよ。三人で協力してスリランカのために頑張ってくれ。回りまわって日本にも貢献することになると思うよ」

「それでは、会長に理事長になってもらって、校長は社長という体制で決まりですね」

「常務、何だよ。三人で協力して、と言ったではないか。俺はもういいよ」

「えっ、会長。まだまだ頑張る、とおっしゃったばかりではないですか」

竹之下が、真顔で詰め寄るようにして言った。竹之下は、いつも真顔だ。

「いやいや、協力はするが、主役は君たちだ。常務の人事案は撤回、もう一人スリランカの教育関係者を登用した方が良いと思うよ。トロイカ方式で現地の意向も組み込んでいく方が良いだろう」

「会長、捕らぬ狸が、現実を帯びてきましたね」

「ワッハハ。まだ、捕らぬ狸だからな。みんな気が早いね」

「と言うことは、たいへん夢のある仕事だからですよ」

「私たちの人生が、思わぬ展開になりそうで、わくわくしますね」

三人とも、将来を見据えての展望が開けそうに思ったのか、顔が光り輝いていた。

「会長！　ここに仙田さんがいてくれたら、と思うと残念ですね」

竹之下が目を潤ませて言うと、

「そうだ。本当にそうだ。仙田さんがいてくれたら、どんなに喜んでくれただろう」

そう言った松葉の目から涙がこぼれ落ちた。

「会長！　こうなったら、もう１社を当たってみましょうか」

「いや、いや、急いては事を仕損じるぞ、待て。今はまだ早い。これは、最後のジョーカーに使えそうだよ。この売却のことは、まだトップシークレットだ。気を付けてくれよ。情報が拡散すると、また何を言われるか分からないからな。言おう、言おう、と掛かっているのがいるからな」

「いますよ、きっと。また、ここでも言われそうですね。『やはり、松葉工業もダメだったか。会社を身売りしたそうだ』と」

「そして、更に言われそうです。『三人ともスリランカへトンズラしたらしい』と」

「人の口には戸は立てられない、と言いますから、どんどん拡散して行きそうですね」

「そうだよ。そして、恐ろしいことに真逆に伝わってしまうことだってある。小学生の時、先生がこんなおもしろい実験をして見せた。クラス50名のみんなを並ばせて、一番前の生徒に耳元でこう囁いた。『明日、台風が来たら学校に来るな』と。それを順番に後ろの生徒に聞こえないように口伝えして、最後の生徒に発表させた。何とその生徒は『明日、台風が来ても学校に来い』と大きな声で全く反対のことを言ったので、クラスは騒然となった。そしてみんな笑い出した」

「そんなことが現実の社会でも日常茶飯事に起こっているような気がします。10年ぐらい前でしたが、こんなことをある人から言われたことがあります。『ゴルフ場に通じる道路の拡幅工事がなかなか始まらないのは、ゴルフ場の山が掛かって、ゴルフ場がその土地を市に売るのを拒んでいるからだそうだ』と」

「何！　そんな馬鹿なことを言う人がいたのか。それで社長は何と言ったのだ」

「そんなことはないと思いますよ。会長は、今も拡幅工事の陳情をしていますし、日本広しといえども、ゴルフ場に通じる道路でこんな道路はどこにもない、と言っているぐらいですから、と言いました」

「それでいい。しかし、いい加減なことを言う人もいるものだ。巷では、こんなことが普通に語られているのだな。こんな馬鹿馬鹿しい話はこれで終わりにしよう。我々は、高邁な理想を掲げながらも、一歩一歩、夢実現に向けて地道に努力を重ねて行けば、必ずや向こうの方から近付いて来る。信念を持って、これからの人生を送って行こう。自分を中途半端に納得させて、妥協を図って行くようなことは、決してしてはいけない。横睨みの人生でもつまらない。自分はこの世に一人しかいないから、素晴らしい。君が君だから素晴らしい。君のコピーはあり得ないからだ」

完

岬《はな》　下巻《げかん》

2024年3月18日　第1刷発行

著　者　　まつはじめ
発行人　　久保田貴幸

発行元　　株式会社 幻冬舎メディアコンサルティング
〒151-0051　東京都渋谷区千駄ヶ谷4-9-7
電話　03-5411-6440（編集）

発売元　　株式会社 幻冬舎
〒151-0051　東京都渋谷区千駄ヶ谷4-9-7
電話　03-5411-6222（営業）

印刷・製本　中央精版印刷株式会社
装　丁　　弓田和則

検印廃止
©HAJIME MATSU, GENTOSHA MEDIA CONSULTING 2024
Printed in Japan
ISBN 978-4-344-69076-9 C0093
幻冬舎メディアコンサルティングＨＰ
https://www.gentosha-mc.com/

※落丁本、乱丁本は購入書店を明記のうえ、小社宛にお送りください。
送料小社負担にてお取替えいたします。
※本書の一部あるいは全部を、著作者の承諾を得ずに無断で複写・複製することは
禁じられています。
定価はカバーに表示してあります。